Ellin Carsta

Rebenblut

TINTE & FEDER

Das Buch

Gysinheym am Rhein 1359: Isabel Velten ist eine starke Frau, der das Schicksal in der Vergangenheit übel mitgespielt hat. Jahre nach dem Tod ihres geliebten Ehemannes scheint sie endlich ihren Frieden gefunden zu haben. Gemeinsam mit ihrem Sohn Albert und der befreundeten Familie Stauber bestellt sie mit großem Geschick die Weinberge.

Als Albert zusammen mit Matthis Stauber gerade auf Geschäftsreise unterwegs ist, um neue Abnehmer für ihren Wein zu finden, taucht völlig überraschend der Bischof im Kloster auf. In seiner Funktion als Verpächter der Veltens und Staubers will er sämtliche Verträge aufkündigen. Isabel weiß, dass das nicht rechtens ist, und will sich mit allen Mitteln zur Wehr setzen, auch der Abt scheint auf ihrer Seite zu sein. Doch ihr rennt die Zeit davon, denn die Verhandlungen dürfen nur die jungen Männer selbst führen. Sie setzt alles daran, Albert und Matthis rechtzeitig zurückzuholen. Doch der Bischof ist ein ebenso mächtiger wie listiger Gegner, der bald sein wahres Gesicht zeigen wird. Mit tödlichen Folgen ...

Die Autorin

Ellin Carsta ist ein Pseudonym der Autorin Petra Mattfeldt, die zusammen mit ihrer Familie in Norddeutschland lebt. Mit ihrer Serie um die »heimliche Heilerin« begeistert sie zahlreiche Fans von historischen Romanen. In »Rebenblut« gibt es ein Wiedersehen mit der Familie Velten aus »Rebengold«.

Weitere Informationen zur Autorin finden Sie unter www.petra-mattfeldt.de.

ELLIN CARSTA

REBEN BLUT

HISTORISCHER ROMAN

TINTE & FEDER

Deutsche Erstveröffentlichung bei
Tinte & Feder, Amazon Media E.U. S.à r.l.
5 Rue Plaetis, L-2338 Luxembourg
August 2017

Umschlaggestaltung: bürosüd° München, www.buerosued.de
Umschlagmotiv: © mykhailo pavlenko/Shutterstock; © HorenkO/
Shutterstock; © TaraPatta/Shutterstock
Lektorat: Renate Novak
Korrektorat: Gisela Wunderkirchner/DRSVS
Printed in Germany
By Amazon Distribution GmbH
Amazonstraße 1
04347 Leipzig, Germany

ISBN: 978-1-542-04731-9

www.tinte-feder.de

Gysinheym, im Jahre des Herrn 1359

1. Kapitel

Es war noch ganz früh am Tag, als Isabel den Hang erklomm und sich, oben angekommen, auf die Erde setzte, um die Sonne zu beobachten, wie sie den Himmel langsam rosa färbte und nach und nach ihr Leben spendendes Licht auf die Reben abgab. Isabel fühlte sich gut. Mehr noch, sie war glücklich! Acht Jahre war es nun schon her, dass ihr erster Ehemann Albert auf dem Weg hierher ums Leben gekommen war. Danach hatte sie eine schwere Zeit gehabt, und es gab noch immer Nächte, in denen sie aus dem Schlaf hochschreckte, doch sie hatte es überstanden.

Sie hatte es geschafft, ebenso wie ihre Freundin Hanna, deren Mann auch tot war und mit der zusammen sie in dem großen Haus lebte, das vormals dem Winzer Augustin Schonau gehört hatte. Gemeinsam hatten sie dort ihre Kinder aufgezogen und einander durch alles hindurchgeholfen. Hannas Sohn Matthis war mit seinen einundzwanzig Jahren inzwischen ebenso ein erwachsener Mann wie Isabels Sohn Albert, der nun neunzehn Lenze zählte. Isabel war dankbar, dass der Herr die Familien zusammengeführt hatte. Zwei Witwen allein mit ihren Kindern – in diesen Zeiten hätte es wahrlich auch ein nicht so gutes Ende nehmen können.

Die Sonne gewann an Kraft, und Isabel streckte ihr Gesicht mit geschlossenen Augen den wärmenden Strahlen entgegen. Sie liebte diese Zeit des Tages, in der sie ganz allein war mit sich und ihren Gedanken. Gedanken und Sehnsüchten, die nur ihr gehörten und über die sie nie sprach. Nicht einmal mit Hanna. Und die Freundin hielt es ebenso. Es war wie eine stillschweigende Übereinkunft. Beiden war bewusst, dass das Leben ihnen einiges genommen, aber auch viel geschenkt hatte. Und keine von ihnen wagte auszusprechen, dass es womöglich noch nicht alles gewesen sein konnte und jede von ihnen im Geheimen auch den Wunsch in sich trug, eines Tages wieder zu einem Mann zu gehören. Schließlich hätte dieser Entschluss das Ende des Zusammenlebens bedeutet, das sie kannten und so sehr schätzten.

Sie zog die Knie näher zu sich heran und legte ihre Arme darum. Die Sonne stieg allmählich höher und zauberte einen rosa Schimmer auf den Rhein. Gedankenversunken ließ Isabel ihren Blick auf dem Fluss ruhen. Der Rhein – er war nichts als fließendes Wasser, und doch bedeutete er für die Menschen so viel mehr. Er war ein Hort der Sehnsucht, verbunden mit der Hoffnung auf gute Geschäfte und Wohlstand, mit Geschichten, die aus den fernsten Ländern dieser Welt hierhergetragen wurden. Geschichten fremder Kulturen und fremd aussehender Menschen, die ihrerseits Hoffnungen und Wünsche mit sich brachten. Der Rhein trug die Schiffe mit den Reben zu den Schenken, Höfen und sogar Schlössern. Und kaum ein Gewürz, Stoff, Eisen oder Leder, das nicht seinen Weg über den Fluss in die Städte des Landes fand. Ja, der Rhein bedeutete Leben, Handel und Pracht. Doch ebenso brachte er auch manches Mal Verderben und Tod, und Isabel fragte sich, was er ihnen dieses Jahr bringen würde.

Matthis und Albert waren bereits seit Wochen unterwegs und würden wohl noch mindestens einen weiteren Monat dazu nutzen, neue Geschäftsverbindungen zu knüpfen. Isabel lächelte bei dem Gedanken an die beiden, waren sie doch – obwohl oder auch gerade weil sie früh ihre Väter verloren hatten – genau zu solch hart arbeitenden Männern herangereift, die sich den Respekt der Menschen verdienten und auf die ihre Väter stolz gewesen wären. Nicht mehr lange, so Isabels Hoffnung, da sie die Geschäfte ganz allein und ohne ihre Unterstützung führen würde. Zwar war sie mit ihren knapp vierzig Jahren noch nicht so alt, dass sie es nicht mehr leisten konnte, aber sie musste sich eingestehen, dass sie ihre Knochen mehr und mehr spürte, wenn sie des Abends ihre Glieder ausstreckte, nachdem sie ihr Tagewerk im Weinberg vollbracht hatte. Vor allem aber freute sie sich darauf, endlich mehr von der Verantwortung abgeben zu können, die sie auf ihren schmalen Schultern trug. Hanna, das wusste Isabel, ging es ebenso. Und schließlich war da auch noch ihr zweitgeborener Sohn Conrad, der in diesem Jahr siebzehn wurde und damit ebenfalls bald ein richtiger Mann sein würde. Er würde seinen Weg gehen, genau wie Hannas Zwillingssöhne Friedrich und Wendel, die nur ein Jahr jünger waren als Conrad.

Bis ihre Emilia und Hannas Tochter Anna so weit waren, als erwachsen zu gelten, war noch ein bisschen Zeit. Isabel hoffte inständig, dass sie selbst in der Lage sein würde, einen guten Ehemann für Emilia zu finden, wenngleich dies dann die Aufgabe ihres ältesten Sohnes Albert sein würde. Doch Isabel würde sich ein gehöriges Mitspracherecht herausnehmen, auch wenn sie nur eine Frau war. Aber bis dahin war noch ein wenig Zeit. Emilia war erst dreizehn. Frühestens in zwei, eher in drei Jahren musste Isabel sich darum kümmern. Schon oft hatten Hanna und sie darüber geplaudert, was wohl aus ihren Mädchen einmal würde. Schließlich war Hannas Tochter Anna im gleichen Alter wie Emilia, und die Mütter hatten sich manches Mal vorgestellt, wie sie zur gleichen Zeit nach den stattlichsten Männern für ihre Töchter Ausschau halten würden.

Es war Anfang Mai, und die Reben standen in voller Blüte. Es würde ein gutes Jahr werden. Im vorletzten Jahr hatten sie einen Großteil der Hänge neu bepflanzen müssen. Sie würden dieses Jahr noch keinen Wein geben, doch dafür gediehen die Reben auf den Hängen weiter drüben, die sie vom Kloster gepachtet hatten, umso besser. Sie atmete noch einmal tief ein, genoss einen letzten Moment lang die wärmenden Sonnenstrahlen. Dann stand sie auf, klopfte die Erde von ihrem Kleid und stieg gemächlich den Hang wieder herab. Sie fühlte sich stark genug, diesen Tag zu begehen und jede Aufgabe zu meistern, die der Herr ihr auferlegen würde.

Sie hatte das Haus fast erreicht, als sie hinter sich jemanden ihren Namen rufen hörte. Isabel drehte sich um. Abt Dimitrius, der Vorsteher des Benediktinerklosters Johannisberg, der ihr in all den Jahren ein guter Freund geworden war, eilte mit hochrotem Kopf auf sie zu.

»Isabel, der Herr sei mit Euch!«, keuchte er.

»Und der Herr mit Euch, mein Abt!« Isabel schmunzelte. Schon oft hatte sie gedacht, dass Abt Dimitrius sich selbst einen Gefallen täte, würde er manche gar zu reichliche Mahlzeit weglassen. Schließlich hatte er um die Körpermitte um einiges zugelegt. »Weshalb so eilig?«

»Euretwegen.« Es klang unheilvoll. »Ich muss dringend mit Euch sprechen, mit Euch und auch mit Hanna.«

Isabel legte die flache Hand auf ihre Brust. »Ihr ängstigt mich. Ist etwas geschehen?«

Er nickte. »Auch wenn ich es kaum zu hoffen wage, will ich Euch doch fragen: Sind Eure Söhne schon heimgekehrt?«

Isabel schüttelte den Kopf. »Nein. Und wir erwarten sie auch nicht so bald zurück. Weshalb?«

»Das hatte ich befürchtet.« Er wiegte besorgt den Kopf. »Lasst uns hineingehen. Ich werde Euch alles erklären.«

»Gewiss«, entgegnete Isabel, wenngleich sie am liebsten auf eine sofortige Erklärung gedrängt hätte. »Kommt herein und lasst Euch auftragen. Ich werde Hanna Bescheid geben.«

Gemeinsam gingen sie ins Haus, und Isabel sah als Erstes in der Küche nach, ob Hanna dort war. Die Freundin war genau wie Isabel stets früh am Tag auf den Beinen. Dort fand sie jedoch nur Gundel, ihre Magd, vor.

»Guten Morgen, Herrin«, grüßte diese, als Isabel den Raum betrat.

»Guten Morgen, Gundel. Hast du Hanna gesehen?«

»Sie deckt im Esszimmer ein. Ich wollte es machen, doch sie bestand darauf, es selbst zu erledigen.«

»Danke, Gundel.« Isabel verließ die Küche und gab dem Abt, der im Flur gewartet hatte, ein Zeichen. »Bitte folgt mir ins Esszimmer.« Der Kirchenmann tat, wie ihm geheißen, ohne etwas zu erwidern.

Als sie eintraten, stand Hanna mit dem Rücken zu ihnen, drehte sich jedoch um, da sie ein Geräusch hinter sich gehört hatte. »Guten Morgen, Isabel.« Sie erblickte den Kirchenmann hinter ihrer Freundin. »Abt Dimitrius, zu so früher Stunde? Gott zum Gruße.«

»Der Herr mit dir«, gab der Abt zerstreut zurück.

Hanna und Isabel tauschten einen Blick. »Der Abt möchte mit uns beiden sprechen«, erklärte Isabel.

»Ist etwas geschehen?«, fragte Hanna beunruhigt.

Der Abt nickte nur.

»Setzen wir uns doch«, schlug Isabel vor, um nicht unhöflich zu sein. »Ich werde Gundel Bescheid geben, dass sie uns auftragen soll.«

»Habt Dank, aber ich möchte nichts.« Der Abt hob abwehrend die Hand. »Und ich habe auch nicht viel Zeit.«

Isabel und Hanna kannten Abt Dimitrius bereits vom ersten Tag an, als sie hier angekommen waren. Zwar hatten sie anfänglich ihre Schwierigkeiten miteinander gehabt, doch das hatte sich rasch gegeben. Schon bald waren sie einander in aufrichtiger Freundschaft verbunden. Und das hatte sich nie geändert. Dass der Abt nun derart förmlich wurde und sogar eine kleine Speise ablehnte, konnte nichts Gutes bedeuten. Die drei setzten sich an den Tisch.

»Ein hoher Gast weilt seit gestern in meinem Kloster, der Bischof«, erklärte Abt Dimitrius, kaum dass sie Platz genommen hatten.

»Der Bischof? Das ist eine Ehre für Euer Kloster«, erwiderte Isabel anerkennend.

»Fürwahr, das ist es. Doch der Grund seines Besuches erfreut mich weniger.«

»Was ist der Grund?«

»Es geht um die verpachteten Hänge.«

»Unsere Hänge?«, vergewisserte Hanna sich.

»Sämtliche Hänge, die das Kloster verpachtet hat.«

»Was ist damit?«, fragte nun Isabel nach.

»Ich kann es nur ahnen, doch ich vermute, dass die Kirche sie zurückwill.« Abt Dimitrius atmete laut vernehmlich aus. Es musste ihm schwer auf dem Herzen gelegen haben, dass er diese Nachricht überbringen musste.

»Ausgeschlossen«, urteilte Isabel sogleich. »Der Pachtvertrag läuft noch zwei Jahre!«

»Ich weiß das. Und der Bischof weiß es auch. Doch die Lage hat sich geändert.«

Isabel verschränkte die Arme und lehnte sich auf ihrem Stuhl zurück. »Welche Lage hat sich geändert?« Es klang schärfer, als sie es beabsichtigt hatte.

Abt Dimitrius seufzte. »Die Lage der Kirche. Damals, als man die Rufer ausschickte, um die Weinberge zur Pacht anzubieten, hatten wir große Verluste durch die Pestilenz zu beklagen gehabt. Doch heute haben wir wieder genug Mönche, die die Hänge bestellen können.«

»Mit anderen Worten: Damals brauchtet Ihr die Bauern und heute nicht mehr.« Isabel funkelte ihn wütend an.

Hanna legte ihr die Hand auf den Unterarm, um ihr Mäßigung zu bedeuten. »Abt Dimitrius ist gewiss nicht derjenige, der so entscheiden würde«, mahnte Hanna.

Isabel senkte den Blick. »Verzeiht, mein Abt.«

»Ich bin genauso erschrocken, ach, was sage ich, wütend wie Ihr, Isabel. Die Willkür in diesem Land ist fast unerträglich. Da ist es egal, ob ein Fürst, Herzog, König, Bischof oder gar der Heilige Vater in Rom urteilt. Am Ende müssen es die tragen, die treu und ehrlich einen jeden Tag ihr Bestes geben. Es tut mir so leid«, versicherte er.

»Das wissen wir.« Hanna nickte ihm zu.

»Und doch haben wir einen gültigen Vertrag«, stellte Isabel klar. »Wir können in Verhandlungen darüber treten. Doch einfach nehmen kann die Kirche uns die Hänge nicht.«

»Das ist wahr. Doch müssen diese Verhandlungen mit denen geführt werden, mit denen der Vertrag besteht.«

Isabel ahnte, worauf der Abt hinauswollte. »Vermutlich ist der Zeitpunkt, zu dem der Bischof Euch besucht, wohl gewählt. Schließlich ist bekannt, dass die Winzer in den warmen Monaten, bevor die Lese ansteht, auf Reisen sind, um ihre Geschäfte abzuschließen.«

Der Abt schüttelte den Kopf. »Ich denke wirklich nicht, dass der Bischof dies im Sinn hatte, als er sich auf den Weg zu uns machte.«

Isabel legte den Kopf schief. »Eure Gutgläubigkeit spricht für Euch, mein Abt. Ich verlasse mich lieber auf meine Erfahrung.«

»Isabel«, fuhr Hanna sie an.

»Es stimmt, und du weißt es ebenso gut wie ich«, gab Isabel zurück. Dann wandte sie sich wieder ihrem Besucher zu. »Bitte, helft uns. Was können wir tun, mein Abt?«

»Ich werde Euch helfen, wie es nur in meinen Kräften steht. Doch ich fürchte, es gibt nicht viel, was ich tun kann.«

»Welche Botschaft sollt Ihr vom Bischof überbringen?«

»Noch gar keine«, sagte der Abt. »Ich bin hier, um Euch zu warnen. Der Besuch des Bischofs war nicht angekündigt, was sehr ungewöhnlich ist. Und im Gespräch habe ich nur nebenbei erfahren, warum er selbst in unser Kloster kam, statt einen Boten zu senden. Ebendeshalb bin ich gekommen. Habt Ihr irgendeine Vorstellung, wo sich Eure Söhne befinden?«

Die Frauen schüttelten zeitgleich die Köpfe.

»Nein«, sagte schließlich Hanna und tauschte einen Blick mit der Freundin.

»Sie haben sich aufgemacht in Richtung Norden, um dort neue Geschäftspartner zu finden. Wir hoffen auf Handel mit der Hanse«, erklärte Isabel.

»Mit der Hanse«, echote der Abt. »Ein großer Partner, wenn es gelingt.«

»Und ein großer Gegner, wenn Matthis und Albert Geschäfte abschließen, die wir am Ende nicht erfüllen können«, stellte Isabel bitter fest.

Hanna sah sie ängstlich an. Offenbar wurde ihr erst jetzt das Ausmaß dessen bewusst, was eine Auflösung der Verträge mit dem Kloster für sie bedeuten könnte. »Wir brauchen die Trauben von den gepachteten Hängen«, sagte Hanna in fast flehendem Tonfall.

»Das ist mir bewusst«, erwiderte Abt Dimitrius betroffen. »Deshalb beschwöre ich Euch: Sucht Eure Söhne, lasst nach ihnen schicken! Sie müssen heimkommen, um mit dem Bischof zu verhandeln. Gott allein weiß, was sonst geschieht.«

»Wir haben einen gültigen Vertrag«, beharrte Isabel. »Erst im vorletzten Jahr haben wir die schonauschen Hänge neu bepflanzt, weil wir mit den Reben der gepachteten Klosterhänge gerechnet haben. Man kann uns die Lese nicht verwehren. Nicht einmal der Bischof kann das.«

»Vielleicht will er es gar nicht, und womöglich habe ich Befürchtungen, die sich nicht bewahrheiten. Doch nicht nur Ihr, Isabel, habt bereits Intrigen erlebt und die Menschen von ihrer schlechtesten Seite kennengelernt. Auch ein Kirchenmann wie ich musste schon Verderbtheit erleben, wo ich sie nie vermutet hätte. Deshalb vertraue ich neben meinem Glauben an Gott auch meinem Gefühl. Und das sagt mir, dass etwas Unheilvolles geschehen wird. Wenn Ihr also eine Möglichkeit seht, einen Boten auszusenden und nach Euren Söhnen suchen zu lassen, so tut es! Wenn ich mich täusche, entgeht Euch womöglich ein Geschäft, das die beiden noch hätten abschließen können. Aber wenn nicht …« Er vollendete den Satz nicht.

»Habt Dank für Euer Kommen.« Isabel stand auf und bedeutete so, dass das Gespräch beendet war. »Wir werden Euren Rat beherzigen. Was denkt Ihr, wann wir vom Bischof Nachricht erhalten?«

Ebenso wie Hanna erhob sich auch der Abt. »Ich weiß es wirklich nicht«, antwortete er und zuckte mit den Schultern.

»Wenn es in Eurer Macht steht, so haltet ihn ein wenig hin, damit wir Zeit gewinnen.«

»Ich werde tun, was ich kann. Doch ich fürchte, ein kleiner Abt kann gegen einen Bischof nur wenig ausrichten.«

»Versucht es dennoch«, bat Hanna eindringlich.

»Das werde ich«, versprach der Abt. »Gebe der Herr, dass ich mich täusche. Es wäre mir eine Freude, meinen Fehler einzugestehen und mich für meinen Vorstoß zu entschuldigen, sollte ich am Ende unrecht haben.«

»Gebe es der Herr«, erwiderte Isabel nachdenklich und verabschiedete sich von dem Abt, der mit hängenden Schultern einen Gruß sprach und sich sodann auf den Rückweg machte. Der Anstieg zum Kloster hinauf erschien ihm diesmal noch steiler als sonst.

Isabel und Hanna verloren keine Zeit. Sie holten ihre Kinder zusammen, um ihnen die Lage zu erklären. Isabel hatte bereits den Entschluss gefasst, sich selbst auf den Weg zu machen, um Matthis und Albert zu finden und so rasch wie nur möglich nach Gysinheym zurückzuholen.

»Aber was soll ich sagen, wenn der Bischof vorstellig wird?«, gab Hanna zu bedenken. Sie sah Isabel fest an. »Du bist immer die Starke von uns gewesen. Und du bist klüger als ich.«

Isabel wollte protestieren, als sich Hannas Sohn Wendel zu Wort meldete: »Mutter hat recht«, urteilte er. »Sie ist für solche Verhandlungen nicht gemacht. Friedrich und ich können gehen, um Matthis und Albert zu suchen.«

»Ich begleite euch«, sagte Conrad sofort.

»Aber dann ist überhaupt kein Mann mehr auf dem Hof«, widersprach Friedrich und sah Conrad an.

Dieser gab den Blick zurück. »Glaubst du wirklich, dass wir in dieser Sache viel ausrichten können?«

»Zwei Fünfzehnjährige und ein Sechzehnjähriger allein auf einer solchen Reise?« Isabel sah Hanna an. »Wohl ist mir nicht dabei.«

»Wir sind erwachsene Männer«, widersprach Wendel heftig.

»Seid ihr gar nicht«, stellte seine Schwester Anna fest.

Wendel wollte etwas erwidern, als Hanna sich zu Wort meldete. »Ihr seid erwachsene Männer«, erklärte sie und warf ihrer Tochter einen mahnenden Blick zu. »Und Conrad ist noch ein Jahr älter. Der Gedanke, dass ihr euch auf die Suche begebt, ist klug. Und ich werde euch begleiten und ebenfalls mein Bestes geben. Womöglich müssen wir uns trennen, sollten wir Kenntnis erhalten, wo Matthis und Albert sich aufhalten könnten.«

»Du traust es uns nicht zu«, stellte Friedrich bitter fest.

»Doch, das tue ich«, widersprach Hanna. »Aber ich traue es mir nicht zu, mich allein und ohne euch auf den Weg zu machen.«

Hierauf wusste Friedrich nichts zu sagen. Isabel fand es bewundernswert, mit welcher Verlässlichkeit es Hanna immer wieder gelang, die Dinge so darzustellen, dass es für alle gut war.

»Was sagt ihr?«, fragte Isabel in die Runde. »Wollen wir es so machen?«

»Schaffst du denn alles hier auf dem Hof allein mit den Knechten?«, fragte Conrad.

»Uns gibt es schließlich auch noch«, warf Emilia ein. »Wir können ebenso hart arbeiten wie ihr.«

Isabel legte den Arm um die Schultern ihrer Tochter und zog sie sanft an sich. »Da hat Emilia recht. Wir werden es hier schon hinbekommen. Ihr müsst nur so rasch wie möglich wiederkommen.«

»Das versprechen wir.« Conrad nickte seiner Mutter zu.

»Fühlst du dich dem Bischof gewachsen?«, fragte Hanna.

»Nein«, entgegnete Isabel rundheraus. »Doch es bleibt mir keine Wahl, und womöglich überrasche ich mich selbst.« Sie schmunzelte. »Oder auch ihn. Wer weiß das schon?«

Nicht einmal zwei Stunden später hatten Hanna, Conrad, Friedrich und Wendel ihre Bündel gepackt und verabschiedeten sich von Isabel, Emilia und Anna, um sich auf den Weg zu machen. Es war das erste Mal seit acht Jahren, dass sie nicht zusammen sein würden. Isabel schluckte schwer, als sie und die Mädchen den vieren noch nachwinkten, bis diese aus ihrem Sichtfeld verschwunden waren. Und ganz plötzlich war da eine

Befürchtung, geradezu Angst, die wie giftige Galle in Isabel aufstieg: Was, wenn sie die vier womöglich nie wiedersah?

Sie schloss kurz die Augen, legte dann den einen Arm um Emilias, den anderen um Annas Schultern. »Kommt. Gehen wir hinein. Es gibt viel zu tun.« Sosehr sie sich auch um ein Lächeln bemühte und ihrer Stimme einen unbeschwerten Klang geben wollte, gelang es ihr doch nicht. Das Gefühl, dass etwas Unheilvolles bevorstand, hatte sie mit eiserner Kralle gepackt.

2. Kapitel

»Bischof Dietterus, seid Ihr es wirklich? Welche Ehre für mich und die Meinen!« Es war nur wenige Stunden her, dass Isabel sich von Hanna und den Jungen verabschiedet hatte.

Mit einer jovialen Geste streckte er ihr die Hand entgegen. Isabel beugte das Knie und küsste seinen Ring.

»Seid gegrüßt, Isabel Velten. Ich habe schon viel von Euch gehört.«

»Wirklich? Aber nein, Ihr wollt nur freundlich sein, nicht wahr?«

»Nun, ich hörte von einer Witwe, der es gelungen ist, nach dem Tode ihres Mannes dessen Geschäfte weiterzuführen. Eine Frau! Fast hätte ich es nicht glauben wollen.« Er verzog spöttisch den Mund.

Isabel musste sich zusammennehmen, um das Lächeln nicht von ihren Lippen weichen zu lassen. »Nun, das muss in der Tat eine andere Witwe sein. Ich habe lediglich so lange geholfen, das Erbe meines Gatten zu bewahren, bis mein Sohn, der in allzu jungen Jahren seinen Vater verloren hatte, alt genug war.«

»Untertreibt Ihr da nicht? Soweit ich weiß, gehören die weiten Hänge dort draußen niemand anderem als Euch.«

»Ach, diese Hänge. Ich dachte, Ihr sprecht von den gepachteten Klosterhängen.«

»Von den Klosterhängen und denen, die früher einmal Augustin Schonau gehörten. Von beiden. Wie ich hörte, gab es bereits zwei Ehemänner, die Ihr zu Grabe tragen musstet.«

Isabel fühlte sich unwohl. Dieser elende Kerl versuchte eine Antwort von ihr zu bekommen, die sie ihm nicht geben wollte. Ja, es stimmte. Die Hänge des alten Augustin gehörten jetzt ihr. Und es stimmte ebenfalls, dass sie diese nach dem Tod ihres zweiten Mannes von diesem geerbt hatte. »Der Herr erlegt manch einem ein schwereres Schicksal auf als dem anderen«, erwiderte sie ausweichend.

»Der Herr lässt jeden nur die Last tragen, die er auch tragen kann«, entgegnete der Bischof.

»Welch tröstlicher Gedanke, Bischof Dietterus. Ich werde ihn mir merken.« Sie deutete mit dem Arm. »Bitte, nehmt doch Platz.« Sie winkte Gundel zu. »Bring dem hohen Gast unseren besten Wein und trag Schinken und Braten auf, Gundel.«

»Ja, Herrin.« Die Magd, die im Türrahmen gestanden und die Befehle abgewartet hatte, verschwand sogleich.

Der Bischof sah sich um. »Wahrlich, Ihr lebt vortrefflich hier. Ein schönes Haus. Habt Ihr selbst es so eingerichtet oder war das noch Augustin Schonau?«

Schon wieder erwähnte er den vollständigen Namen. Isabel spürte förmlich, dass der Bischof mit seinem Wissen um die Besitzverhältnisse auf irgendetwas hinauswollte.

Isabel deutete auf einen der Stühle, auf dem der Bischof sogleich Platz nahm. Sie setzte sich ihm gegenüber an den Tisch. »Ich habe an der Einrichtung nichts verändert, seit ich eingezogen bin«, erklärte sie.

»Bitte helft mir ein wenig«, bat der Bischof. »In welchem Verhältnis standet Ihr zu Augustin Schonau?«

Isabel sah ihn einen Moment lang nachdenklich an. Nun gut. Offenbar wusste er genau, worauf er hinauswollte. Dann konnte sie auch ebenso gut darauf eingehen. »Augustin Schonau war der Schwiegervater meines zweiten Ehemannes.«

»Eures Ehemannes? Aber wenn er dessen Schwiegersohn war, war er dann nicht mit der Tochter Schonaus verheiratet?«

»Das ist richtig. Sie ist verstorben.«

»Verstorben. Es gibt viele Todesfälle um Euch herum.«

Isabel hatte Mühe, die Fassung zu bewahren. Die Bemerkung des Bischofs glich einer Unterstellung, dass sie etwas mit den Todesfällen zu tun gehabt hätte. »Das geschah, Jahre bevor ich herkam. Sie war sehr krank.«

»Ich verstehe. Und Augustin Schonau?«

»Ist einem Herzleiden erlegen.«

»Und Euer Gatte?«

Isabel seufzte. »Mein erster Mann Albert ist auf dem Weg hierher ums Leben gekommen, mein zweiter Ehemann Gunter bei einem Brand.«

»Herrje, herrje! Wahrlich, Ihr habt einiges erlebt.« Er sah sich erneut im Raum um. »Aber es hatte auch sein Gutes. Soweit ich es beurteilen kann, seid Ihr eine der größten Winzerinnen in dieser Gegend.«

Gundel kam mit einem Tablett in den Händen herein. Darauf befand sich ein Teller mit Schinken und Braten, den sie auf den Tisch stellte. Zwei weitere Teller platzierte sie vor ihrer Herrin und dem Bischof. Dann griff sie die Karaffe mit Wein und stellte zu guter Letzt zwei Gläser auf den Tisch. In diesem Moment bedauerte Isabel, dass sie die Anweisung erteilt hatte, im Falle, dass Gäste sie besuchen kamen, nicht die üblichen Becher, sondern die feinen Gläser, die aus Italien stammten, zu kredenzen. Ein Gefühl sagte Isabel, dass es genau solcher Reichtum war, den der Bischof zwar bei sich selbst, bei anderen jedoch nicht allzu gern sah. Doch nun war es zu spät, und Gundel schenkte den Wein bereits in die Gläser ein.

»Danke, Gundel«, sagte Isabel, woraufhin die Magd nickte und das Esszimmer sogleich wieder verließ, ohne ein Wort zu sagen.

»Habt Dank für Euren Zuspruch«, nahm Isabel das Gespräch wieder auf, griff ihr Weinglas und trank einen Schluck. Erst zögerte sie, wollte sie nicht gar zu unhöflich erscheinen. Doch sie hatte schon jetzt das Gefühl, von diesem Mann in die Ecke gedrängt zu werden, und verspürte nur wenig Lust, sich hiermit abzufinden. Also wagte sie einen Vorstoß. »Aber gewiss seid Ihr nicht gekommen, um Euch die Familiengeschichte einer einfachen Frau anzuhören.«

Der Bischof trank ebenfalls. »Ein guter Tropfen. Wahrlich. Als einfache Frau hätte ich Euch nicht bezeichnet.« Er nahm noch einen Schluck.

»Was für Eure Güte spricht. Und dennoch will ich Eure Zeit nicht über Gebühr in Anspruch nehmen. Also, was kann ich für Euch tun?«

Er musterte sie einen Moment mit einem Blick, den Isabel nicht zu deuten wusste. »Ich fürchte, hierüber mit Eurem Sohn Albert und einem gewissen Matthis Stauber, der ebenfalls hier leben soll, sprechen zu müssen. Sind sie da?«

»Ich bedauere, das sind sie nicht. Wenn ich ganz offen sein darf, ich bin verwundert, dass sich der Bischof höchstselbst die Mühe macht, uns in unserem Heim aufzusuchen. Es muss etwas gar Dringendes sein, das Ihr mit meinem Sohn und Matthis zu besprechen habt.«

»Dringend wohl nicht«, beteuerte er mit einer Miene, als wollte er ausdrücken, sich eher einer lästigen Angelegenheit gegenüberzusehen. »Zumindest nicht für mich. Es ist als Höflichkeitsbekundung meinerseits zu verstehen, dass ich mir die Mühe gemacht habe, persönlich vorstellig zu werden. Es geht um Entscheidungen, die getroffen wurden und die Euch und auch andere betreffen. Und da Ihr Euch in den vergangenen Jahren Euren Verpächtern gegenüber nichts habt zuschulden kommen lassen, wollte ich das Gespräch selbst führen. Wie gesagt, aus Höflichkeit. Aber nun ja. Wobei …« Er stockte. »Wenn wir schon dabei sind … Mir kamen Berichte zu Ohren, dass Ihr die Trauben, die Ihr von den klösterlichen Hängen gewinnt, nicht im Kloster keltern lasst. Ist das zutreffend?«

Isabel bekam eine Gänsehaut. Sie wusste, dass es hierüber in dem seinerzeit zwischen ihrem Mann Albert und dem Kloster geschlossenen Vertrag zwar keine bindende Vereinbarung gegeben hatte, doch war es damals auch niemandem notwendig erschienen, da keiner vorhersehen konnte, welche Möglichkeiten sich später durch Augustin Schonau ergeben würden. Dass das Kloster jedoch davon ausgegangen war, das Keltern der Trauben von den verpachteten Hängen übernehmen zu können und hierfür gesondert entlohnt zu werden, war klar. Isabel hatte sich damals gefreut, dank ihrer Verbindung zu Augustin Schonau nicht bei den Mönchen keltern lassen zu müssen. Seinerzeit war sie weder Abt Dimitrius noch den Ordensbrüdern so wohlgesinnt gewesen wie heute. Es waren andere Zeiten gewesen. Dass ihr die damalige List nun womöglich zum Nachteil gereichen würde, machte sie unruhig, ja geradezu nervös, und sie knetete ihre Finger. Als sie sah, dass der Bischof es bemerkte, fühlte sie sich ertappt und hörte sofort auf. »Es war nicht immer genug Platz für alle Trauben«, log sie, einem spontanen Einfall folgend.

»Im Kloster war zu wenig Platz?«

»Nicht Platz. Ihr wisst ja, wie wenige Mönche es in jener Zeit gab. Sie hätten Tag und Nacht arbeiten müssen, um alles zu schaffen. Und als Augustin Schonau mir damals vorschlug, den Wein in seiner Kelterei zu gewinnen, nahm ich das Angebot an.« Sie setzte ein gewinnendes Lächeln auf. »Das nehmt Ihr mir doch hoffentlich nicht übel? Die Trauben hätten schlecht werden können. Ich musste etwas tun.«

Der Bischof rieb sich nachdenklich das Kinn. Isabel konnte nur hoffen, dass Abt Dimitrius ihre Darstellung bestätigen würde und sie sich am Ende nicht noch den Vorwurf gefallen lassen müsste, gelogen zu haben. Kurz überlegte sie, noch einmal nachzulegen und den Bischof aufzufordern, Abt Dimitrius zu fragen, damit dieser ihm bestätigen könnte, dass es so gewesen war. Doch das traute sie sich nicht. Abt Dimitrius war gewiss kein Dummkopf und würde ihr helfen wollen, das war sicher. Ob er aber deshalb seinen Bischof belügen würde? Das wollte Isabel lieber nicht riskieren. Womöglich würde der Bischof auch so schon nachfragen, ob die Behauptung stimmte. Nervös kaute Isabel auf ihrer Unterlippe.

»Offen gesagt, davon weiß ich nichts«, stellte der Bischof klar. »Aber wie dem auch sei. Ihr wart ohnehin nicht verpflichtet, im Kloster zu keltern. Allerdings hätte man es als Zurückweisung empfinden können, sollte es nicht gewesen sein, wie Ihr sagtet.«

»Es war, wie ich sagte, mein Bischof.« Isabel hoffte, dass es überzeugend genug klang, um weitere Nachfragen seitens des Bischofs zu vermeiden.

»Um auf das Eigentliche zurückzukommen«, sagte der Bischof nun, »was denkt Ihr, wann ich Euren Sohn und Matthis Stauber sprechen kann?«

»Sie sind noch auf Handelsreise«, sagte Isabel. Wahrscheinlich wusste der Bischof bereits von einem der Brüder im Kloster von diesem Umstand, und sie hätte sich nur tiefer in den Morast geredet, hätte sie dies ohne Not geleugnet. »Wie viele Winzer es zu dieser Zeit sind«, erklärte sie. »Ich weiß nicht genau, wann sie zurück sein werden.«

»Das ist wirklich bedauerlich. Es bedarf ihrer Anwesenheit. Immerhin sind sie der Kirche als Pächter verpflichtet.«

»Sie haben die Weinberge wie vereinbart bestellt und beschäftigen Leute, die sie pflegen. Somit kommen sie all ihren Verpflichtungen nach.«

»Mag sein. Und doch sind sie jetzt nicht hier, obwohl ich als ihr Verpächter mit ihnen zu sprechen habe.«

»Verzeiht einer unwissenden Frau, aber ich denke nicht, dass Pächter verpflichtet sind, sich stets am Ort ihrer Pacht aufzuhalten für den Fall, dass sich etwas ergeben sollte.«

»Das ist Auslegungssache. Aber tatsächlich widerspricht es den gültigen Gesetzen, die Pachtsache ohne Schutz zurückzulassen.«

»Viele Winzer, die ich kenne, nutzen die Monate, da die Lese noch nicht ansteht, um die Geschäfte abzuschließen, die sie später erfüllen.«

»Der eine macht es so, der andere so. Doch wir reden hier über eine Pachtsache der Kirche.«

»Dann wird es wohl sein, wie Ihr sagt, mein Bischof«, versuchte Isabel zu beschwichtigen. »Albert hat die Obhut der Pacht in meine Hände gegeben. Ich bin eine erfahrene Winzerin, wie Ihr auf Eurem Weg hierher sehen konntet.« Sie deutete mit dem ausgestreckten Arm in die Richtung, in der sich, wenn man aus der Tür trat, ihre Reben befanden.

»Ich möchte Euch nicht zu nah treten, aber letztendlich seid Ihr eine Frau, die mehrere Ehemänner unter die Erde gebracht hat und nun deren Schaffen für sich zu nutzen weiß. Mit Euch hat die Kirche keinen Vertrag.«

»So mag es wohl sein.« Isabel rang nach Fassung. »Doch steht es niemandem zu, ein Urteil darüber zu fällen, ob die Wahl eines Mannes, wem er während seiner Abwesenheit sein Hab und Gut anvertraut, eine gute oder schlechte war.«

»Was erlaubt Ihr Euch?«

»Versteht mich nicht falsch, Bischof. Doch Ihr seid hier in meinem Haus, das, wie Ihr zugeben werdet, in einem vortrefflichen Zustand ist. Dort draußen könnt Ihr meinen Weinberg sehen, die Reben gepflegt und in Reih und Glied. Ich sorge dafür, dass es meinen Kindern und meinem Gesinde an nichts fehlt, und Ihr wollt mir sagen, dass ich nichts als eine Witwe bin, die keine Ahnung von den Trauben oder dem Geschäft hat? Verzeiht meine Ehrlichkeit, doch einem klugen Mann wie Euch hätte ich eine bessere Beobachtungsgabe zugetraut.«

Der Bischof funkelte sie wütend an. Er griff abermals nach seinem Glas und trank einen Schluck. Dann veränderte sich sein Blick. »Ich muss schon sagen, was ich über Euch gehört habe, stimmt. Ihr habt eine scharfe Zunge.« So etwas wie Anerkennung schwang in seiner Stimme mit.

»Es war nicht meine Absicht, allzu scharfzüngig zu klingen«, entgegnete Isabel in verbindlichem Ton. »Doch wenn Ihr darauf hinauswollt, dass mein Sohn seine Vertretung durch meine Person hier vor Ort nicht klug gewählt hat, so möchte ich in aller Deutlichkeit widersprechen.«

Der Bischof führte das Glas ein weiteres Mal an seine Lippen, schmunzelte, trank aber nicht. »Ein guter Wein. Besser als alles, was es im Kloster zu trinken gibt.«

»Wirklich? Es sind die gleichen Trauben.«

»Nein«, er schüttelte den Kopf. »Es sind andere. Ich kann es schmecken. Woher kommen sie?«

Isabel trank einen Schluck, als wollte sie sich vergewissern. »Ihr habt tatsächlich eine feine Zunge. Dieser Wein stammt nicht von den klösterlichen Weinbergen, sondern von meinen eigenen. Ich habe die Rebe aus Frankreich.«

»Aus Frankreich?«

»Ganz recht. Von einer dortigen Winzerin, die mir in Freundschaft verbunden ist.«

»Gibt es gar so viele Frauen, die sich inzwischen den Reben widmen?«

»Es scheint so, Bischof.« Isabel lächelte.

Er wurde nachdenklich. »Sosehr ich Eure Gastfreundschaft zu schätzen weiß, will ich Euch nunmehr, da Ihr mir versichert habt, im Namen Eures Sohnes während seiner Abwesenheit handeln zu können, den Grund für meinen Besuch mitteilen.«

»Ich danke Euch für die Anerkennung, die Eurerseits damit verbunden ist, mich als seine Vertretung anzusehen.«

»Und Matthis Stauber?«

»Für ihn gilt das Gleiche«, log Isabel. »Es ist, wie Ihr sagtet: Wir alle leben hier in diesem Haus zusammen und versuchen gemeinsam, das Beste für die Unseren zu schaffen. Es ist nicht immer leicht, doch die Kräfte zu bündeln ist klug und hat uns über all die Jahre viel Gutes beschert.«

Der Bischof sah sie an, zog dann eine Pergamentrolle hervor und hielt sie Isabel hin. »Hier. Zeigt das Eurem Advocatus oder einem, der lesen und schreiben kann und dem Ihr vertraut.«

Die Winzerin nahm sie entgegen und entrollte sie. Sie spürte den Blick des Bischofs auf sich ruhen. »Eine Änderungsurkunde«, erklärte Isabel ohne Umschweife und reichte sie dem Bischof zurück.

»Ihr könnt lesen?« Der Bischof sah sie überrascht, fast erschrocken an.

Ein Lächeln huschte über Isabels Gesicht. »Im Ort gibt es einen Schreiber, dessen Dienste ich des Öfteren in Anspruch genommen habe. Ich wurde neugierig auf die Kunst des Lesens und Schreibens. Es hat eine Weile gebraucht, doch heute beherrsche ich es besser, als ich je zu hoffen gewagt hatte.«

»Erstaunlich.« Die Miene des Bischofs hatte sich verändert. Die Gelassenheit war einem nachdenklichen Schweigen gewichen. Er trank sein Glas aus, und sofort beugte Isabel sich vor und schenkte ihm nach. »Habt Dank«, sagte er und gönnte sich gleich noch einen Schluck. »Fürwahr, Ihr seid die ungewöhnlichste Frau, die ich je getroffen habe.« Es klang weder freundlich noch gütig, eher so, als wüsste er nicht recht damit umzugehen, dass sie über derartige Fähigkeiten verfügte.

»Ihr seid sehr gütig, Bischof.« Sie nickte ihm zu.

Einen Moment sagte keiner etwas, dann unterbrach der Bischof das Schweigen. »Ihr habt recht, es ist eine Änderungsurkunde. Ich bitte Euch, sie im Namen Eures Sohnes zu unterzeichnen.«

Isabel lächelte. »Das kann ich nicht tun, Bischof.«

Er griff erneut nach dem Glas und führte es an seine Lippen, ohne zu trinken. »Weshalb nicht?«

»Es würde eine Schlechterstellung bedeuten«, erklärte sie.

»Keine Schlechterstellung, eine Anpassung«, widersprach der Kirchenmann. »Und das auch nur in einem geringen Maß.«

»Ein schöneres Wort, doch das ändert nichts an den Tatsachen.«

»Die Anpassung ist notwendig«, rechtfertigte sich der Bischof. »Und die anderen Pächter haben bereits alle zugestimmt.«

Isabel lächelte ihm zu, sagte jedoch nichts.

»Und ich fürchte, Ihr habt keine Wahl.«

»Weshalb nicht?«

»Nun, wenn Ihr die Anpassung nicht hinnehmt, wird das Kloster die Verträge gänzlich kündigen.«

»Verzeiht mir die Offenheit, Bischof, aber auch die Kirche und in diesem Fall das Kloster hat sich an bestehende Verträge zu halten.«

»Solange sie zumutbar sind. Doch das sind sie für das Kloster und die Kirche nicht mehr. Wir hatten in den Zeiten der Pestilenz große Verluste zu beklagen und nicht mehr genug Brüder, die die Weinberge bestellen konnten. Nun sind es wieder genug. Jeder wird das verstehen. Und die Schlechterstellung ist, wie gesagt, kaum von Belang.«

»Ich bin kein Advocatus, Bischof. Deshalb kann ich hierzu nichts sagen.«

»Denkt Ihr daran, einen Advocatus in dieser Sache zu befragen?« Der Bischof drehte das Glas in seinen Händen.

»Selbstverständlich.« Isabel hob den Blick. »Mein Sohn wäre durchaus zu Recht enttäuscht, stimmte ich einer Vereinbarung zu, ohne mir über die Konsequenzen vollkommen im Klaren zu sein.«

»Ihr seid geschickt darin, die Dinge so darzustellen, dass es Euch stets noch zur Ehre gereicht.«

»Aus Eurem Munde ist diese Zurechtweisung ein Lob, mein Bischof.«

»Und wieder habt Ihr es getan«, stellte er schmunzelnd, jedoch auch in einem Tonfall fest, den Isabel nicht recht zu deuten wusste.

Isabel trank einen Schluck Wein. »Kann ich die Urkunde hierbehalten, um sie meinem Advocatus zu zeigen?«

»Und wenn ich mich dagegen ausspreche?«

»Nun, dann werde ich gewiss nicht unterzeichnen.«

»Und wenn Euer Advocatus die Bedenken vertreiben kann, unterzeichnet Ihr dann?«

»Wäre meine Unterschrift überhaupt etwas wert? Es ist eine Sache, meinen Sohn während seiner Abwesenheit zu vertreten, aber eine ganz andere, Verträge mit dem Kloster in seinem Namen zu schließen. Ich fürchte, sie würden nicht anerkannt werden.«

»Es ist an mir, ob die Unterschrift anerkannt wird oder nicht. Und ich versichere Euch, sie würde anerkannt. Oder versucht Ihr, Euch aus der Situation herauszuwinden?«

»Durchaus nicht. Doch noch vor nicht einmal einer Stunde hieltet Ihr mich nicht für geeignet, auch nur über die Reben zu wachen, während mein Sohn fort ist. Und nun diese Wandlung?«

»Ich möchte die Angelegenheit geregelt wissen. Und Ihr scheint, wenn auch nur eine Frau, dennoch vernünftig und geeignet zu sein.«

»Was steckt wirklich dahinter, Bischof?« Isabel legte den Kopf schief.

»Was meint Ihr?«

»Es ist nur ein Gefühl, das mir zur Vorsicht rät. Und diesem Gefühl konnte ich bis zum heutigen Tage stets vertrauen.«

»Ihr seid zu argwöhnisch, Isabel Velten.«

»Mag sein. Und doch wundere ich mich.«

Der Bischof stand auf und übergab ihr die Urkunde. »Sprecht mit Eurem Advocatus und überlegt es Euch. Und schickt mir dann einen Boten mit der Nachricht, ob Ihr den Vertrag schließen wollt. Ich werde die erforderlichen Urkunden für jeden von uns vorbereiten lassen. Oder Ihr kommt gleich selbst. Dann ist alles geregelt. Doch es bleibt nicht sehr viel Zeit. Bereits in drei Tagen muss ich weiterreisen. Bis dahin hätte ich gern die Unterschriften aller Weinbauern, die Hänge der Kirche gepachtet haben, beisammen.«

»Was ist, wenn ich nicht unterschreibe?«, fragte sie, während sie sich ebenfalls von ihrem Stuhl erhob.

Der Bischof sah sie mit einem Lächeln an, das sie nicht einzuordnen wusste. Dann verabschiedete er sich und ließ sich von Isabel zur Tür begleiten. Sie sah ihm noch einen Moment nach, wie er gemächlichen Schrittes an ihren Weinbergen entlangging.

»Was wollte er, Mutter?«, fragte Emilia, die genau wie Anna zu ihr an die Tür getreten war.

»Ich weiß es nicht genau«, murmelte Isabel. »Aber nicht das, was er vorgegeben hat.«

»Was meinst du?« Anna sah sie fragend an.

»Der Advocatus muss kommen. Rasch, lauft hinunter ins Dorf und holt ihn!«

»Ja, Mutter.« Emilia und Anna tauschten einen kurzen Blick und wollten gerade loslaufen, als Isabel sie doch noch zurückhielt. »Wartet, bis der Bischof außer Sichtweite ist. Ich will nicht, dass er bemerkt, wie eilig ihr es habt.«

Wieder tauschten Emilia und Anna einen Blick, warteten ab, bis sie die Aufforderung erhielten, sich auf den Weg zu machen. Erst als der Bischof aus ihrem Sichtfeld verschwunden war und dann nach einer Weile wieder zu sehen war, nachdem er die Gabelung hinter sich gelassen und den ansteigenden Weg zum Kloster eingeschlagen hatte, gab Isabel den Mädchen ein Zeichen. Und so schnell ihre Füße sie trugen, rannten die beiden los.

»Es ist also wirklich nichts Ungewöhnliches an der Urkunde?«, vergewisserte Isabel sich, nachdem der Advocatus das Schriftstück mehrere Male gründlich durchgelesen und ihr gesagt hatte, nichts Bedenkliches feststellen zu können.

»Nun ja, im Vergleich zu dem alten Pachtvertrag wurden die Abgaben ein wenig erhöht. Doch das ist nicht ungewöhnlich. Solltet Ihr Euch darauf einigen, wird der nur noch zwei Jahre laufende alte Vertrag durch diesen neuen ersetzt und sichert Euch im Gegenzug zu den höheren Abgaben eine längere Pachtdauer.«

Isabel kaute nachdenklich auf ihrer Unterlippe. »Ich hätte schwören können, dass der Bischof etwas im Schilde führt«, sagte sie mehr zu sich selbst.

»Wenn ich an Eurer Stelle wäre, würde ich unterzeichnen«, versicherte der Advocatus.

Isabel sah ihn prüfend an. »Kennt Ihr den Bischof?«

»Gewiss weiß ich, wer er ist. Doch gesprochen habe ich noch nie mit ihm. Weshalb?«

Isabel antwortete nicht, hielt nur weiter ihren Blick auf den Advocatus gerichtet.

»Jetzt verstehe ich, weshalb Ihr fragt.« Er verzog wütend das Gesicht. »Wie lange kennen wir uns inzwischen … acht Jahre, nicht wahr? Und hattet Ihr je einen Grund, an meiner Treue und Ehrlichkeit Zweifel zu hegen? Ich bin meinem Amt und dem Recht verpflichtet. Eure Andeutung ist eine Beleidigung!«

Isabel blickte kurz zu Boden. »Bitte verzeiht mir. Ich werde nur das Gefühl nicht los, dass mit diesem Vertrag etwas nicht stimmt.« Sie zog ihre Geldkatze hervor und gab dem Advocatus einige Münzen. »Habt Dank für Eure Hilfe, Advocatus. Und verzeiht mir mein Misstrauen.«

Er nahm das Geld mit versteinerter Miene entgegen. Offenbar hatte ihn der nicht ausgesprochene Verdacht tiefer getroffen, als Isabel zunächst dachte. »Gott mit Euch, Isabel Velten. Und wenn Ihr das nächste Mal nach mir schicken lasst, dann horcht zuvor in Euch hinein, ob Ihr mir wirklich vertraut. Noch einmal werde ich mich nicht so beleidigen lassen.«

»Der Herr mit Euch, Advocatus. Ich werde an Eure Worte denken.«

Er nickte und ging hinaus. Die Verärgerung war ihm noch immer deutlich anzumerken, als er das Haus verließ und die Tür lauter ins Schloss fallen ließ, als es vonnöten gewesen wäre.

Isabels Gedanken überschlugen sich in ihrem Kopf. Was war zu tun? Hatte sie womöglich überreagiert? Hatten sich Hanna und die Burschen vollkommen umsonst auf den Weg gemacht, um Matthis und Albert so rasch wie möglich heimzuholen?

Matthis, ging es ihr durch den Kopf. Von ihm war am Ende des Gesprächs mit dem Bischof kaum mehr die Rede gewesen. Selbst wenn sie so kühn sein sollte, die Urkunde für Albert zu unterzeichnen, konnte sie dies für Matthis keinesfalls. Warum hatte der Bischof hierzu nichts gesagt? Und was würde geschehen, wenn Matthis durch sein Nichterscheinen gar nicht in der

Lage war, die Änderung zu akzeptieren? Was geschah dann? Isabels Kopf schmerzte, so sehr hämmerten die Gedanken von innen gegen ihre Stirn. Sie musste noch einmal mit dem Bischof sprechen, insbesondere über Matthis' Hänge.

Aber vorher musste sie dringend mit Abt Dimitrius sprechen. Nur ihm konnte sie jetzt vertrauen. Es war jedoch fraglich, ob der Abt, wenn sie ihm eine Nachricht zukommen lassen würde, überhaupt in der Lage wäre, sich ein weiteres Mal aus dem Kloster davonzuschleichen, während sein wichtiger Gast ein Auge auf ihn hatte. Daher beschloss Isabel, selbst zum Kloster zu gehen. Auch wenn sie dort vielleicht nur einige wenige Momente mit Abt Dimitrius sprechen könnte, würde es ihm womöglich reichen, ihr einen Hinweis zu geben. Sie betete zum Herrn, dass es gelingen möge.

3. Kapitel

»Ich möchte zum Bischof«, erklärte Isabel ohne Umschweife, als der Novize das Tor auf ihr Klopfen hin nur einen Spaltbreit geöffnet hatte.

»Ich weiß nicht, ob das möglich ist«, erklärte dieser zögernd.

»Es ist möglich«, versicherte Isabel und schob das Tor ein Stück weiter auf, um sich Einlass zu verschaffen. Überrumpelt machte der Novize einen Schritt beiseite, sah sich zu einem anderen um, der nur mit den Schultern zuckte.

»Wo ist er also?«, verlangte Isabel zu wissen.

»Isabel, welch freudige Überraschung!« Abt Dimitrius kam herbeigeeilt.

»Gott mit Euch, mein Abt.« Isabel lächelte ihn herzlich an. »Verzeiht mein Eindringen, doch ich würde gern mit dem Bischof sprechen. Er hat mich gestern aufgesucht, um mit mir die neuen Pachtbedingungen zu besprechen, und ich würde gern noch etwas mit ihm klären, bevor ich endgültig zustimme.«

Abt Dimitrius schien überrascht. »Bevor Ihr endgültig zustimmt?«, echote er. »Ihr seid also einverstanden?«

»Ja, das bin ich. Ihr wirkt erstaunt.«

»Ich, nun, ich kenne die neuen Urkunden nicht.« Der Abt warf ihr einen Blick zu, der Isabel verriet, dass er nicht vor den Novizen mit ihr sprechen wollte.

»Und an Euch hätte ich auch noch eine Frage, mein Abt. Jedoch ist sie vertraulicher Natur und hat nichts mit der Pacht der Weinberge zu tun. Dürfte ich Euch also einen Moment Eurer Zeit rauben?«

»Gewiss. Darf ich Euch in mein Arbeitszimmer bitten?« Der Abt deutete den Klosterflur hinunter.

»Habt Dank, mein Abt.«

Sie folgte ihm und trat ein, als er ihr den Eingang freigab. Dann wartete sie, bis er die Tür hinter sich geschlossen hatte. Isabel wollte gerade etwas sagen, als er den Finger auf seine Lippen legte. Dann zeigte er auf die geschlossene Tür, als wollte er ihr bedeuten, dass man sie womöglich belauschen würde. Isabel nickte.

»Es geht um mein Seelenheil, mein Abt«, sagte sie laut. »Darf ich mich setzen? Es fällt mir schwer, auszusprechen, was mein Gewissen plagt.« Leise fügte sie hinzu: »Habt Ihr etwas erfahren können?«

»Gewiss, Isabel, setzt Euch. Ihr könnt mir alles anvertrauen.« Er schob den Stuhl zurecht, sodass dieser laut über den Boden scharrte. »Der Bischof treibt ein falsches Spiel«, sagte er so leise, dass selbst Isabel es kaum verstehen konnte. »Ich weiß nichts Genaues, aber er führt etwas im Schilde.«

»Habt Dank, mein Abt«, sagte Isabel laut, zog abermals am Stuhl und setzte sich schließlich. Fieberhaft dachte sie nach.

»Nun denn, so sagt mir, was Euer Gewissen plagt, Isabel«, forderte der Abt laut und machte eine Handbewegung, die ihr bedeutete, weiterzusprechen.

»Es ist, äh, es sind Gedanken, die ich habe«, antwortete Isabel. In diesem Moment glaubte sie, ein Geräusch vor der Tür wahrzunehmen. Dem Abt schien es genauso gegangen zu sein.

Auch sein Kopf fuhr herum. Als sich darauf ihre Blicke trafen, nickten sie sich wissend zu. Sie wurden belauscht.

»Gedanken«, fuhr Isabel fort, »die ich nicht haben dürfte. Unkeusche Gedanken, wenn Ihr versteht.« Sie schmunzelte und zog an der Kutte des Abts, um diesen nah zu sich heranzuziehen. »Was soll ich tun?«, flüsterte sie.

»Unkeusche Gedanken?«, sagte der Abt laut. »Nun, lasst mich nachdenken. Ihr seid schon viele Jahre Witwe, nicht wahr?«

»Ja, mein Abt.«

»Es ist tragisch, eine solch lange Zeit allein zu sein. Tragisch und schicksalhaft. Es ist eine Prüfung, die Ihr zu meistern habt.« Er beugte sich ganz nah an ihr Ohr. »Was hat der Bischof Euch vorgeschlagen?«

»Einen neuen Vertrag. Die Pachtzeit wird um weitere zehn Jahre verlängert, dafür die Pacht ein wenig erhöht«, flüsterte sie zurück. »Und was ratet Ihr mir, mein Abt? Was kann ich tun, um die unkeuschen Gedanken zu vertreiben?«, sagte sie dann laut.

»Das ist nicht das Schriftstück, das ich zu sehen bekam«, sagte Abt Dimitrius nah an ihrem Ohr. »Quälen Euch diese Gedanken, weil Ihr Euch ihrer schämt?«

»Ja, mein Abt, so ist es«, erwiderte Isabel ein wenig zerstreut, aber laut genug, dass sie auch noch vor der Tür zu verstehen war. »Was kann ich tun?«, fragte sie dann ebenso laut, und der Abt verstand, dass diese Frage sich keineswegs auf die vermeintlichen unkeuschen Gedanken bezog.

»Betet«, sagte der Abt laut, beugte sich rasch nah heran und flüsterte: »Unterschreibt ja nichts! Nicht ein Schriftstück.« Er richtete sich wieder auf, ging ein paar Schritte durch den Raum. »Ich werde für Euch beten und meinerseits überlegen, was zu tun ist.« Abt Dimitrius sah Isabel an, und sie verstand, was er ihr mit der letzten Bemerkung sagen wollte. Sie nickte ihm zu, als es an der Tür klopfte. Sofort ging der Abt hinüber und öffnete. »Bischof?«

Der Kirchenmann drückte die Tür noch weiter auf und trat an Abt Dimitrius vorbei. »Ich hörte, dass eine Besucherin ins Kloster gekommen ist. Isabel Velten«, er ging auf sie zu, »welche Freude, Euch zu sehen! Wolltet Ihr zu mir?«

»Ja, Bischof.« Isabel stand auf, um im nächsten Moment das Knie zu beugen und den ihr dargebotenen Ring zu küssen. »Zu Euch und zu meinem Abt.«

»Zu Abt Dimitrius? Weshalb? Die weitere Verpachtung der Weinberge obliegt nicht ihm. Er überwacht lediglich, dass die geschlossenen Verträge eingehalten und vor allem die Trauben eingebracht werden.«

Isabel lächelte. »Es ging nicht um die Reben. Abt Dimitrius ist für uns Menschen hier in Gysinheym weit mehr als nur der Vorsteher des Klosters. Er schützt und bewahrt unser aller Seelenheil. Ein Kirchenmann, wie man ihn sich besser nicht wünschen könnte.«

»Wirklich? Das war mir gar nicht bekannt.« Der Bischof sah zu Abt Dimitrius hinüber. Jedoch war nicht erkennbar, ob sein Blick lobend oder doch eher tadelnd war.

»Aber ja. Hat sich denn nie jemand gewundert, warum ein jeder im Ort so bereitwillig die Abgaben leistet und die Ordensbrüder sogar noch unterstützt, wenn es vonnöten ist?«, fragte Isabel. »Ja, ganz recht, das verdankt Ihr alles dem Wirken von Abt Dimitrius, der uns das Wort Gottes bringt und dafür Sorge trägt, dass wir auf dem richtigen Pfad bleiben.«

»Ich bin beeindruckt, Abt Dimitrius. Fürwahr, es gibt tatsächlich keine Schwierigkeiten in dieser Gegend. Doch ist die Frage, ob eine allzu große Verbundenheit am Ende noch dem eigentlichen Zweck, nämlich dem Wohl der Kirche, dient.« Der Bischof ließ den Abt bei diesen Worten nicht aus den Augen.

»Wie könnte es anders sein? Trägt doch Abt Dimitrius' Fürsorge dazu bei, aus einem jeden, ja selbst dem Einfachsten der Einfachen eine gottesfürchtige oder vielmehr gottverehrende Seele zu machen, der nichts besser gefallen kann, als dem Höchsten zu dienen und alles daranzusetzen, ihm Ehre zu erweisen. Nicht nur im Miteinander, sondern auch im Leisten von Abgaben zum Wohle des Klosters und der Kirche. Und ich bin sicher, dass Ihr für diese Gelder eine gute Verwendung habt.«

»Wie meint Ihr das?« Der Bischof drehte sich zu Isabel um. Zorn lag in seinem Blick.

»Na, ist es denn nicht die Aufgabe der Ordensbrüder, dafür zu sorgen, dass genug Gelder beschafft werden, um die Herrlichkeit des Heiligen Vaters in Rom, des Vertreters Gottes auf Erden, und ebenso der Seinen, der braven Diener in Gestalt eines braven Bischofs wie Euch, zu sichern? Was sonst kann die Aufgabe sein, als den höchsten Vertretern der Kirche und damit Gott selbst die Felder zu bestellen, auf dass sie reiche Ernte tragen?«

»Das ist Eure Sichtweise?«

»Gewiss. Eure etwa nicht?« Isabel gab sich Mühe, bestürzt zu wirken. Kurz überlegte sie, ob sie das Spiel wirklich noch weitertreiben sollte. »Darf ich offen sprechen?«, bat sie.

»Nur zu. Mich deuchte, Ihr tätet es bereits.«

»Bischof, Euer Besuch in unserem bescheidenen Gysinheym und dem Kloster dieser braven Benediktiner zeigt uns, dass wir einfachen Menschen hier im Ort Euch und damit der gesamten Kirche wichtig sind. Geht einmal durch unser Dorf, und Ihr werdet hören, dass die Menschen nur Gutes über Euch sagen. Und das, so denken viele von uns, habt Ihr vornehmlich unserem Abt zu verdanken, der während der Zeit, da Ihr an bedeutenderen Orten wie Köln, Augsburg oder Nürnberg weilt, für Euch und im Sinne der Kirche hier für Ordnung und das Seelenheil eines jeden sorgt.«

Der Bischof überlegte einen Moment. Offenbar wusste er nicht recht, was er von Isabels Worten halten sollte. Vermutlich war es seine Eitelkeit, die ihn glauben ließ, dass ihre Worte ernst gemeint waren.

»Ja«, sagte er schließlich, »Abt Dimitrius leistet gute Arbeit, und wir wissen ihn sehr zu schätzen.«

»Eure Anerkennung ehrt mich«, sagte Abt Dimitrius, dem nicht entgangen war, dass Isabel manche Worte mit einem gewissen Spott ausgesprochen hatte. Er konnte nur hoffen, dass es dem Bischof nicht aufgefallen war. Er selbst kannte Isabel jedoch lange und gut genug, um beurteilen zu können, dass ihre Worte keineswegs ernst gemeint gewesen waren. Zwar konnte er als Kirchenmann nicht aus seiner Haut, und es gefiel ihm keinesfalls, wie lästerlich Isabel über das Wirken der Kirche dachte. Doch wusste er auch, dass er hieran nichts würde ändern können. Also nahm er es, wie es war.

»Ihr sagtet, dass Ihr auch zu mir wolltet?«, nahm der Bischof das Gespräch wieder auf.

»Ja, das ist richtig.«

»Oder habt Ihr zunächst das Bedürfnis, weiter mit dem Abt zu sprechen?«

»Er gab mir bereits einen Rat, und den werde ich beherzigen.« Isabel sah Abt Dimitrius an. »Habt Dank, mein Abt. Ich werde beten, wie Ihr es mir geraten habt.«

»Und ich für Euch, Isabel«, gab Abt Dimitrius zurück.

»Nun, dann kommt mit mir in den Saal«, bat der Bischof. »Hier ist es zu eng, und die Feuchte dringt durch die Mauern.« Er sah sich mit verzogenem Mundwinkel im Arbeitszimmer des Abtes um. »Kein Raum, in dem ich arbeiten wollte«, stellte er noch fest, ging hinaus und wartete auf dem Klostergang, bis Isabel die Kammer ebenfalls verlassen hatte und ihn erreichte.

Der Abt folgte ihr, wurde jedoch vom Bischof mit einer Handbewegung aufgehalten. »Es ist nicht vonnöten, dass Ihr uns begleitet. Gewiss erwarten Euch Eure Aufgaben, Abt. Isabel Velten dürfte bei mir in guten Händen sein.«

»Wie Ihr wünscht, Bischof.« Der Abt beugte sich herunter und küsste den ihm dargebotenen Ring. Dann ging er in sein Arbeitszimmer zurück.

Bevor er die Tür schloss, sah er den jungen Novizen, der den Bischof bei dessen Besuch begleitete, hinter einer Säule hervorlugen, hinter der er sich zuvor verborgen gehalten hatte. Der Abt sagte nichts und zog die Tür hinter sich ins Schloss. Nun wusste er wenigstens, wer der Lauscher war.

Noch bevor der Bischof etwas zu einem der Ordensbrüder gesagt oder dazu aufgefordert hatte, kam ein Mönch mit einem Tablett herbei, sogleich gefolgt von zwei weiteren Kuttenträgern, die Speisen und Getränke auftrugen. Spätestens jetzt hätte der Bischof nicht mehr leugnen können, dass das, was Isabel über die für ein standesgemäßes Bischofsdasein notwendigen Gelder gesagt hatte, zutraf. Die Speisen waren so reichlich, dass man hätte meinen können, ein König sei zu Gast und nicht eine einfache Winzerin. Sie war im Laufe der Jahre schon einige Male im Kloster gewesen. Doch niemals war ihr so reichlich aufgetragen worden wie heute.

»Wo habt Ihr nur all diese Speisen her, Bischof? Ich habe noch nie eine so reiche Auswahl gesehen.«

»Aber ach was, das ist nicht der Rede wert.« Auf einen Wink des Bischofs schenkte einer der Mönche die Becher voll Wein. »Solch wunderbare Gläser, wie Ihr in Eurem Heim habt, gibt es hier leider nicht. Ein sträflicher Unterlass, wenn Ihr mich fragt.«

Die Mönche entfernten sich, nachdem sie sich vor dem Bischof verbeugt hatten.

»Bitte, Isabel, greift doch zu. Kapaun, gebratenes Schwein, Schinken, Brot und Schmalz … und besonders die mit Honig überzogenen Früchte sind gar köstlich. Stellt Euch vor, so etwas gab es bis zu meiner Ankunft im Kloster nicht. Es hat meinem Diener einige Mühe bereitet, sie heranzuschaffen.«

Der Tonfall des Bischofs war auf eine so unangenehme Art arrogant und abfällig, dass Isabel all ihre Kraft aufwenden musste, um seinem Blick standzuhalten und sich nicht angewidert abzuwenden. Sie zwang sich zu einem Lächeln. »Es wird mir ein Genuss sein, alles zu kosten, was Ihr mir anbietet.«

»Das solltet Ihr. Meiner Meinung nach wissen die Menschen die guten Dinge des Lebens nicht ausreichend zu schätzen. Nehmt nur diese Früchte. Weshalb sollte man sie ohne den süßen Honig genießen, wo doch alles so reichlich vorhanden ist?«

Isabel fand ihn von Augenblick zu Augenblick immer unerträglicher. »Nun, Bischof, ich fürchte, nicht jeder Bauer, Fassschläger, Zimmermann, Steinmetz oder Winzer hat stets genug Früchte, geschweige denn Honig im Haus, um es sich zu gönnen.«

Der Bischof machte eine Handbewegung, als wollte er ein lästiges Insekt verscheuchen. »Dann sollten sie dafür Sorge tragen. Was haben sie von der vielen Arbeit, wenn sie sich nicht belohnen?«

»Wie wahr, Bischof. Doch haben sie hohe Abgaben zu leisten.« Sie verkniff sich die weitere Bemerkung, dass die Menschen so hohe Abgaben leisten mussten, damit Männer wie der Bischof sich ein ebensolch feudales Leben leisten konnten.

»Dann müssen sie eben härter arbeiten«, tat der Bischof den Einwand ab. »Aber nun ja, was scheren uns die Arbeiter, nicht wahr? Schließlich seid Ihr wohl doch gekommen, um mir Eure Zusage für den neuerlichen Pachtvertrag zu geben und im Namen Eures Sohnes zu unterzeichnen. Oder stimmt etwas nicht mit der Urkunde?«

Isabel trank nachdenklich einen Schluck Wein. »Es ist alles in Ordnung damit. Mein Advocatus hat es bestätigt.«

»Gut, gut. Dann können wir zur Unterschrift schreiten.«

»Gern. Doch was ist mit den Staubers?«

»Was soll mit ihnen sein?«

»Nun, selbst wenn meine Unterschrift auf der geänderten Urkunde meines Sohnes Bestand haben sollte, weil naheliegt, dass er mich als Verwalterin eingesetzt hat, solange er fort ist, wird dies doch wohl kaum für Matthis Stauber gelten.«

Der Bischof hielt eine Keule in der Hand und biss herzhaft hinein. Fett tropfte von seinem Kinn. »Kann kein anderer für den Stauber unterzeichnen?«

»Niemand, der dazu befugt wäre.«

»Sagtet Ihr nicht bei meinem Besuch bei Euch, dass Ihr auch in seinem Namen sprechen dürftet?«

»Sprechen ja, unterschreiben nicht.«

Der Bischof biss wieder ab, hielt die Keule in der Linken und griff mit der Rechten den Becher, den er in großen Schlucken leerte. »Ich gebe Euch die Vollmacht«, beschied er sie, »für ihn zu unterzeichnen.«

Isabel ließ den Becher sinken, den sie noch immer in der Hand hielt. »Das könnt Ihr nicht!«

Der Bischof warf die Keule auf seinen Teller. »Wer sagt, dass ich das nicht kann? Ich bin der Bischof!«

»Gewiss, doch könnt Ihr nicht einfach jemanden beauftragen, im Namen eines anderen eine Unterschrift zu leisten.«

Er wischte sich mit dem Ärmel über den Mund. »Ihr verderbt mir mein Mahl mit Eurem lang gezogenen Gesicht und Euren Ansichten«, schnauzte er plötzlich. »Ich bin der Bischof. Was ich sage, wird geschehen. Und jetzt unterzeichnet die

Urkunden und dann geht zurück in Euer Winzerhaus!« Er drehte sich um. »Vincent«, rief er laut. »Bring die Urkunden.«

Sofort eilte ein junger Mann in einer Mönchskutte herbei, den Isabel nie zuvor im Kloster gesehen hatte. Vermutlich hatte er den Bischof nach Gysinheym begleitet. Er hatte offenbar auf den Befehl des Bischofs gewartet, denn er hielt bereits vier Urkundenrollen sowie eine Schreibfeder in der Hand und legte alles etwas entfernt von den Speisen auf dem Tisch ab.

»Warum so unwirsch, Bischof?«, fragte Isabel. »Habe ich Euch erzürnt? Dann nehmt bitte meine Entschuldigung an.« Sie beobachtete ihn genau. Sein plötzlicher Ausbruch, die Art, wie er das Essen in sich hineinschlang und den Wein hinunterstürzte, wie er die Keule auf den Teller geworfen hatte, als ihm etwas missfiel, der barsche Ton, mit dem er seinen Diener gerufen hatte, und schließlich die Art und Weise, wie er über die hart arbeitenden Menschen geurteilt und diese in gewissem Sinne geradezu verspottet hatte wegen des einfachen, entbehrungsreichen Lebens, das sie führten – all das gab ihr das Gefühl, es hier nicht mit einem Edelmann, der er zweifelsohne war, zu tun zu haben, sondern mit einem unleidlichen und kaltherzigen Dickwanst, der sich wie ein trotziges Kind aufführte.

»Euer Gerede könnt Ihr Euch und auch mir ersparen, Isabel Velten. Unterschreibt diese Urkunden dort und nehmt Euch Essen mit, so viel Ihr tragen könnt. Und dann aus meinen Augen!«

Der Diener stand noch immer neben dem Tisch, unschlüssig, was er tun sollte.

Isabel zog die Urkunde hervor, die der Bischof ihr bei seinem Besuch dagelassen hatte. »Weshalb liegen dort vier Urkundenrollen?«

»Ihr seid eben doch nur ein dummes Weib, auch wenn Ihr Euch auszudrücken versteht. Je eine Urkunde für das Velten-

und das Stauber-Anwesen für Euch und je eine für mich. Das macht vier.«

»Und was ist mit der, die Ihr mir bereits überreicht habt und die ich hier in Händen halte?«

»Macht damit, was Ihr wollt«, entgegnete er schroff.

Eine Vorahnung keimte in Isabel auf. Sie griff nach einer der Urkunden auf dem Tisch und entrollte sie.

»Gut so. Gib ihr die Schreibfeder, Vincent, damit wir endlich zum Ende kommen.«

Isabel brauchte die Zeilen nur kurz zu überfliegen. »Das ist nicht die Urkunde, die Ihr mir dagelassen habt.«

»Dann ist es eben eine andere, na und?«

Jetzt endlich wurde Isabel klar, weshalb weder sie noch der Advocatus etwas Beanstandenswertes in dem Schriftstück gefunden hatten: Es war nicht die Urkunde gewesen, die sie unterschreiben sollte. Deshalb auch die eigenartige Reaktion des Bischofs, als er feststellte, dass Isabel des Lesens mächtig war. Er hatte ihr diese Urkunde nur aus einem einzigen Grund vorgelegt: damit sie diese von ihrem Advocatus prüfen ließ und dann eine andere Urkunde, von der der Bischof behauptet hätte, es sei dieselbe, unterschrieben hätte.

»Das ist nicht die Vereinbarung, über die wir gesprochen haben, und es steht etwas vollkommen anderes darin als in meiner.«

»Die Voraussetzungen haben sich eben geändert.« Der Bischof nahm sich eine weitere Keule und biss hinein, ganz so, als sei nichts geschehen.

»Das unterschreibe ich nicht«, sagte Isabel und wartete auf seine Reaktion.

Der Bischof ließ die Keule sinken und sah sie mit wutverzerrtem Gesicht an. »Ihr werdet unterschreiben, weil ich es Euch sage.«

»Reicht mir die Feder«, bat sie den Diener, der sich beeilte, der Aufforderung Folge zu leisten.

Isabel nahm die Schreibfeder entgegen, entrollte sodann die Urkunde, die sie selbst mitgebracht hatte, und setzte ihre Unterschrift darunter. »Diese Urkunde ist gültig und keine andere«, sagte sie nachdrücklich.

Der Bischof biss noch einmal in die Keule, dass das Fett nur so spritzte. Dann legte er den Rest auf seinen Teller, ließ sich von seinem Diener nachschenken und stürzte den Wein in nur wenigen Schlucken herunter. Geräuschvoll knallte er seinen Becher auf den Tisch. Mit einer raschen Bewegung entriss er Isabel die Urkunde und drückte sie dem verdutzten Vincent in die Hand. »Verbrenn dies.«

»Das dürft Ihr nicht!«, empörte sich Isabel und sprang von ihrem Stuhl auf.

Sofort schoss auch der Bischof in die Höhe, packte mit seiner fettigen Hand ihre Schulter und drückte sie zurück auf den Stuhl. »Ich bin der Bischof, und es geschieht, was ich sage!« Er drehte sich zu Vincent. »Worauf wartest du? Lauf und verbrenn es im Feuer, auf dem die Suppe kocht. Eil dich!«

»Ja, Herr.« Vincent rannte davon, und Isabel blieb nichts anderes übrig, als zuzusehen, wie er mit ihrer Urkunde in der Hand verschwand.

»Und jetzt unterschreibt Ihr!«

»Eine Unterschrift unter Zwang nützt Euch nicht das Geringste«, gab Isabel wütend zurück.

»Unter Zwang? Wer spricht denn hier von Zwang?« Er ließ ihre Schulter los und setzte sich wieder hin. Dann schenkte er sich selbst Wein nach. »Wenn Ihr die neuen Verträge nicht eingehen wollt, erkläre ich die gepachteten Weinberge für beschlagnahmt.«

»Das könnt Ihr nicht!«

»Doch, ich kann. Und ich werde.«

»Ich werde mir Hilfe holen. Das könnt Ihr nicht tun!«

Er breitete die Arme aus. »Ich sehe hier niemanden, der mit der Kirche einen Pachtvertrag hat. Dort liegen die Angebote für die Herren Matthis Stauber und Albert Velten. Und keiner der beiden ist hier zugegen, um mit ihnen in Verhandlungen zu treten.«

»Sie werden nach Hause kommen, und dann kann verhandelt werden.«

»Nun, das wird zu spät sein. Das Kirchengesetz spricht für sich. Allem Anschein nach wurde die Pachtsache von den Pächtern aufgegeben. Damit hat der Verpächter das Recht zur Kündigung. Ich werde einen Aushang machen, wie es das Gesetz verlangt. Sollten die Pächter nicht innerhalb von dreißig Tagen hierauf in die Verhandlungen eintreten, fällt die Pachtsache an den Verpächter zurück.« Er tippte mit dem Finger an seine Brust. »An mich oder vielmehr die Kirche. So will es das Gesetz.«

»Jeder wird erfahren, was heute hier geschehen ist, Bischof.« Isabel stand so abrupt auf, dass sie ihren Stuhl umwarf, der laut klappernd auf den Boden schlug. »Ich werde mich an die anderen Winzer wenden, an den König, den Erzbischof und, wenn es sein muss, an den Kaiser.«

»Die anderen Bauern – oder Winzer, wie Ihr sie nennt – haben übrigens allesamt zugestimmt.«

»Wussten sie überhaupt, was sie da unterschrieben?«

Der Bischof grinste breit. »Aber selbstverständlich. Alles andere wäre ja gegen das Gesetz.«

»Matthis und Albert werden heimkommen, und die Verhandlungen werden geführt.« Isabel schäumte vor Wut. »Öffentlich, damit ein jeder bezeugen kann, was sich abspielt!«

»Gewiss, versucht es nur. Holt die beiden her. In dreißig Tagen treffen wir uns wieder hier. Ich freue mich schon darauf, Isabel Velten.«

Isabel erwiderte nichts. Tränen waren ihr in die Augen gestiegen, doch das sollte dieser Halsabschneider auf keinen Fall sehen. Sie raffte die Röcke und verließ ohne Gruß den Saal.

Auf dem Klosterkorridor kam ihr Abt Dimitrius entgegen, der an ihrer Miene abzulesen versuchte, was sich zugetragen hatte. »Isabel, was ist geschehen?«

Sie beugte sich ganz nah zu ihm heran. »Kommt zu mir nach Hause, dann berichte ich es Euch.« Ohne ein weiteres Wort wandte sie sich ab und rannte mehr, als dass sie ging, bis sie das Klostertor hinter sich gelassen hatte.

Kurz blickte sie nach links auf die gepachteten Weinberge, wo die Reben in voller Blüte standen. So hart hatte sie dafür gearbeitet. Sie würde sie sich nicht wegnehmen lassen. Niemals. Sie würde kämpfen, und wenn es das Letzte war, was sie tat.

4. Kapitel

Hanna stand an der Reling und sah wie gebannt zum Ufer hinüber, ganz so, als hoffte sie, dort irgendwo Matthis und Albert ausmachen zu können. Für das Treiben an Bord des Treidelbootes hatte sie keinen Blick. Zu angespannt war sie aus Sorge, was wohl geschehen mochte, würde es ihnen nicht gelingen, die beiden alsbald ausfindig zu machen. Es konnte noch Wochen oder sogar Monate dauern, bis Matthis und Albert von sich aus den Weg zurück nach Gysinheym antreten würden. Keinesfalls würde es Isabel gelingen, die Verhandlungen so lange hinauszuzögern. Es war ohnehin fraglich, ob sie es rechtzeitig schaffen würden, selbst vom besten Fall ausgehend, dass sie nur wenige Tage brauchen würden, um die jungen Winzer zu finden.

Langsam zog die Landschaft an ihr vorbei. Hanna sah zu ihren Söhnen und zu Conrad hinüber, die sich mit zwei anderen jungen Männern unterhielten. Auch wenn Hanna es ihnen gönnte, einmal fort von Gysinheym zu sein, neue Menschen kennenzulernen und andere Landschaften als stets nur die Weinberge zu sehen, konnte sie sich des Gefühls nicht erwehren, dass es ihr nicht gefiel, wie heiter und unbeschwert die drei wirkten. Schließlich ging es bei dieser Reise nicht darum, Freundschaften zu schließen, sondern Matthis und Albert ausfindig zu machen und so ein vom Ausmaß nicht absehbares Unglück von den Familien abzuwenden.

Immer verkniffener wurde ihr Blick. Fest presste sie die Lippen aufeinander, beobachtete die fröhliche Plauderei noch einen Moment lang und drehte sich schließlich wieder um. Starr blickte sie zum Ufer hinüber und mahnte sich selbst zur Ruhe. Die Jungen hatten ja recht. Ob sie nun voller Sorge oder aber mit Leichtigkeit ihre Aufgabe angingen, am Ergebnis würde es nichts ändern. Dann konnten sie sich ebenso gut amüsieren, wenngleich Hanna selbst nicht im Geringsten der Sinn danach stand.

»Ist Eurem Gatten nicht unwohl, Euch ganz allein auf diesem Kahn reisen zu lassen?«

Hanna zuckte ein wenig zusammen. Sie hatte den Mann gar nicht bemerkt, der sich neben sie gestellt hatte und sie nun ansprach. Sofort spürte sie, wie ihr die Röte ins Gesicht stieg.

»Ich, äh, ich bin nicht allein.« Sie deutete mit dem Kopf auf Friedrich, Wendel und Conrad.

»So viele junge Kerle, die eine gestandene Frau umgarnen? Nun, ich kann sie verstehen.« Er lächelte Hanna breit an, sodass diese noch mehr errötete.

»Das sind meine Söhne«, stellte sie klar und überlegte kurz, ob sie noch erklären müsste, dass Conrad nicht ihr Sohn, sondern der ihrer Freundin war. Rasch verwarf sie den Gedanken. Was ging es diesen Kerl schon an, wer sie begleitete?

»Wohin fahrt Ihr, wenn ich fragen darf?«

Sie musterte den Fremden. Er war gut zwei Köpfe größer als sie, und seine Kleidung war nicht die schlechteste. Er sah nicht aus wie ein Mann, der sich mit Gelegenheitsarbeiten durchschlug, sondern eher wie einer, der genau wusste, wohin er gehörte. Sein Haar war ebenso dunkel wie Hannas, seine Haut von der Sonne gebräunt. Er sah gesund und kräftig aus und mochte wie sie selbst um die vierzig Lenze zählen.

»Wir fahren nach Norden«, antwortete Hanna.

»Wohin genau?«

»Warum wollt Ihr das wissen?« Misstrauen schwang in ihrer Stimme mit.

Sein Lächeln wurde noch breiter. »Will ich gar nicht. Ich möchte ein Gespräch mit Euch führen. Dass Ihr nach Norden fahrt, weiß ich, schließlich bin ich auf demselben Kahn. Ihr könntet mir auch erzählen, dass Ihr in den Orient unterwegs seid, solange Ihr nur mit mir sprecht.«

»Ihr seid ein unverschämter Kerl! Hat Euch das schon mal jemand gesagt?«

»Ja, schon oft«, erwiderte er grinsend. »Die Frage ist: Gefällt es Euch oder stößt es Euch ab?«

Hanna stemmte die Hände in die Hüften.

»Mutter, ist alles in Ordnung?«

Hanna drehte sich um. »Friedrich«, sagte sie erleichtert und lächelte ihren Sohn an. »Du kommst genau zur rechten Zeit. Ich würde gern mit dir sprechen.« Sie zog ihren Sohn zu sich heran und wandte sich dann wieder dem Fremden zu. »Wenn Ihr uns entschuldigen wollt – das Gespräch ist vertraulich.«

»Ich will nicht, aber ich habe wohl keine Wahl.« Der Fremde führte die Hand an seinen Hut und deutete eine Verbeugung an. »Ich hoffe, wir werden noch einmal Gelegenheit zu einer kleinen Plauderei haben.« Dann ging er davon.

»Was wollte er?«, fragte Friedrich und sah ihm nach.

Hanna zuckte mit den Schultern.

»Ihr schöne Augen machen«, erklärte Conrad, der zusammen mit Wendel ebenfalls herübergekommen war.

»Nun hör aber auf!«, empörte sich Hanna. »Als ob ein Kerl mir schöne Augen machen würde. Die Zeiten sind lange vorbei.« Sie schüttelte den Kopf. »Was sind das für welche, mit denen ihr dort drüben gesprochen habt?«

»Sie kommen aus Worms und sind auf dem Weg nach Bremen.«

»Und was wollen sie dort?« Hanna sah erneut zu den jungen Männern hinüber.

»In Bremen werden einige neue Kapellen gebaut, und sie wollen dort eine Anstellung finden«, berichtete Wendel.

»Sind sie Steinmetze?«

»Der eine ist Steinmetz, der andere Zimmermann.«

»Nun gut, das sind ehrenwerte Handwerksberufe«, urteilte Hanna, wenngleich Zweifel in ihrer Stimme mitschwang und sie die jungen Männer nicht aus den Augen ließ. »Und was habt ihr mit ihnen zu besprechen gehabt?«

Wendel seufzte. »Gar nichts, Mutter. Sie fragten, wohin wir unterwegs seien, und wir taten es ihnen gleich.« Er beugte sich näher zu seiner Mutter. »Was ist denn? Du wirkst so …«, er suchte nach den richtigen Worten, »… wütend. Haben wir etwas falsch gemacht?«

Hanna sah ihren Sohn liebevoll an. »Aber nein.« Sie tätschelte ihm die Wange. »Verzeih meinen Argwohn.« Sie sah einen nach dem anderen an. »Ich kann nur den Gedanken nicht verscheuchen, was Isabel zu Hause auszustehen hat und wie lange es wohl dauern wird, bis wir Matthis und Albert finden.«

»Wenn wir sie überhaupt finden«, wandte Conrad ein. Er zuckte mit den Schultern. »Wir wissen nur von einigen Städten, in denen sie Geschäfte machen wollen. Doch ob sie noch dort sind?«

»Sie wollten rheinabwärts über Coblenz nach Köln und von dort aus über Land in die Hansestädte Dortmund, Münster, Osnabrück, Bremen und womöglich auch noch nach Hamburg und Lübeck reisen. Sie sind jetzt knapp drei Wochen unterwegs. Wahrscheinlich waren sie bereits in Dortmund und Münster und müssten nun mindestens Osnabrück erreicht haben. Dort sollten wir mit unserer Suche beginnen.«

»Was ist, wenn wir sie nicht finden?«, fragte Isabels Sohn Conrad.

»Daran darfst du nicht einmal denken«, mahnte Hanna.

»Und doch tue ich es. Kann der Bischof uns wirklich alles wegnehmen?«

»Abt Dimitrius wusste es selbst nicht genau. Womöglich kommt es längst nicht so schlimm, wie wir jetzt fürchten. Doch die Jahre haben deine Mutter und mich gelehrt, auf Gefahren vorbereitet zu sein.«

»Ich habe die Willkür der Kirche so elendig satt.« Conrad sah erst Hanna, dann Wendel und Friedrich an. »Das Beste wäre, wir würden gar nichts mehr mit den Klosterbrüdern zu schaffen haben.«

»So darfst du nicht sprechen«, mahnte Hanna und senkte die Stimme. Fast ängstlich sah sie sich um. »Abt Dimitrius hat uns in all den Jahren stets zur Seite gestanden. Und wir haben auch keine Wahl. Wenn das Kloster uns die Weinberge nimmt, stehen wir vor dem Nichts.«

»Nein, Mutter, nicht wir«, widersprach Wendel und betonte das letzte Wort. »Die Veltens haben noch ihre eigenen Weinberge, auch wenn das Kloster die Verträge kündigt. Nur wir Staubers haben dann nichts mehr.«

Conrad fuhr zu Wendel herum. »Willst du damit andeuten, dass meine Mutter nur auf ihren Vorteil bedacht ist und einen von euch im Regen stehen lassen würde, wenn es mit der Kirche hart auf hart käme?« Er baute sich breit vor Wendel auf, den er um fast einen Kopf überragte.

»Werdet ihr damit wohl augenblicklich aufhören!«, ging Hanna dazwischen. »Was sind denn das für Töne? Haben wir Staubers und Veltens nicht immer zusammengehalten?«

»Es gab Zeiten«, erinnerte Friedrich mahnend, »da wir alles andere als in Freundschaft miteinander verbunden waren.«

Hanna funkelte ihren Sohn wütend an. »Ja, ich gebe dir recht. Es sind schlimme Dinge geschehen, ein Unglück reihte sich ans nächste, und der Herr hat unsere Familien auf eine harte Probe gestellt. Doch wir sind noch hier und die Veltens mit den Staubers enger verbunden, als sie es je waren. Oder will einer von euch etwas anderes behaupten?« Ihre Stimme war lauter geworden, als sie es beabsichtigt hatte. Sogleich blickten einige Leute, die in ihrer Nähe standen, zu ihnen herüber. Hanna bemerkte es, doch sie war über die Bemerkung ihres Sohnes zu aufgebracht, als dass sie sich hätte zurücknehmen können. Zornig funkelte sie Friedrich an, sah dann zu Wendel und schließlich zu Conrad. »Na, möchte noch einer von euch etwas dazu sagen?«

»Ich weiß, wie meine Mutter denkt«, sagte Conrad und blickte seinerseits seinen Begleitern fest in die Augen. »Die früher im Besitz des Schonauer befindlichen Hänge mögen jetzt auf den Namen Velten lauten, doch jeder von uns, ob nun Stauber oder Velten, hat seinen Teil zum Gedeihen der Reben beigetragen. Was den Staubers an Unglück widerfährt, betrifft ebenso die Veltens und umgekehrt. Hanna hat recht. Selbst wenn die Kirche die Pacht nicht weiterführt, bleiben uns immer noch die anderen Reben. Uns allen. Daran kann auch der Bischof nichts ändern.«

Hannas Miene entspannte sich, und ein zartes Lächeln umspielte ihre Lippen. »Du bist wahrlich deiner Mutter Sohn, Conrad! Ich weiß, wie stolz Isabel in diesem Augenblick auf dich wäre.«

Conrad sah etwas verlegen zu Boden. »Danke, Hanna.«

Sie tätschelte ihm kurz die Wange und warf ihren eigenen Söhnen noch einmal einen mahnenden Blick zu. Gewiss hatte Friedrich nicht unrecht, es hatte Streit, eine Zeit lang sogar eine regelrechte Feindschaft zwischen den Familien geherrscht. Kaum hatten sie sich auf dem Kahn kennengelernt, der die Veltens wie die Staubers damals nach Gysinheym gebracht hatte, waren Isabels Schwager Richard und Hannas Ehemann Johann in Streit geraten, in dessen Verlauf sowohl Richard als auch Isabels Ehemann Albert ums Leben gekommen waren. Es war ein Unfall gewesen, und Hanna hätte nicht zählen können, wie oft ihr Ehemann Johann ihr in den darauffolgenden Monaten gesagt hatte, wie sehr er es bedauerte. Aber er hatte es nicht mehr ändern können.

Im Grunde ihres Herzens hatte auch Isabel gewusst, dass es ein Unfall gewesen war. Doch konnte man der Witwe wirklich vorwerfen, dass sie hierdurch hart, ja scheinbar geradezu herzlos geworden war und Hannas Ehemann Johann sich am Ende sogar erhängt hatte? So oft hatte Isabel der Freundin später gesagt, wie sehr es ihr leidtat, derart unnachgiebig gegenüber Johann gewesen zu sein. Doch ebenso wie Johann konnte sie nichts mehr ungeschehen machen, und ihnen allen, den Staubers wie den Veltens, blieb nichts anderes übrig, als damit zu leben.

Wenn Hanna darüber nachdachte, was hieraus an Glück und Zufriedenheit in ihrer aller Leben erwachsen war, stieg in ihr ein tiefes Gefühl der Dankbarkeit auf für all das, was sie nun hatten. Und sie würde dafür Sorge tragen, dass auch ihre eigenen Kinder dies nie vergessen würden.

»Ich möchte eine Weile für mich sein«, sagte sie zu den dreien. »Und ihr solltet dem Herrn dafür danken, dass es Menschen in unserem Leben gibt, auf die wir uns verlassen können. Denn wenn ihr das vergessen solltet, verliert ihr alles.« Sie deutete mit einer Kopfbewegung in Richtung der beiden Burschen. »Geht zu euren neu gewonnenen Freunden hinüber und vertreibt euch ein wenig die Zeit. Ich werde hierbleiben und den Rhein und die Landschaft an mir vorbeiziehen lassen. Nun geht schon.«

Die drei taten es, ohne ein weiteres Wort zu verlieren. Friedrich stand das schlechte Gewissen über die Zweifel, die er geäußert hatte, ins Gesicht geschrieben. Versöhnlich legte er den Arm um Conrad und sagte etwas zu ihm, woraufhin dieser eine wegwerfende Handbewegung machte und dem Jüngeren freundschaftlich über den Kopf wuschelte. Hanna sah es mit einem Gefühl der Zufriedenheit. Ihre Worte hatten gewirkt.

Am ersten Abend kamen sie bis Camp und legten dort eine Rast ein. Nach nur wenigen Stunden fuhren sie weiter stromabwärts und erreichten in den frühen Morgenstunden Coblenz. Der Kapitän nahm etliche Waren auf, sodass der Kahn nun schwer beladen war und tief im Wasser lag. Als sie am späten Vormittag Andernach erreichten, wurden ebendiese Waren wieder abgeladen und hierfür neue aufgenommen, die sie nach Linz am Rhein brachten. Am Abend legten sie in Hunff an und verweilten dort mehrere Stunden, bevor sie wieder losmachten und weiter rheinabwärts fuhren.

Wo immer sie haltmachten, schickte Hanna Friedrich, Wendel und Conrad aus, damit sie sich erkundigten, ob jemand mit Matthis oder Albert gesprochen hatte. Jedoch ohne Erfolg. So ging es zwölf Tage, auch nachdem sie den Rhein verlassen hatten und über Land und zuletzt auf der Weser reisten, bis sie schließlich Bremen erreichten.

Hanna war erleichtert, als sie über die Planke ans Ufer der Weser schritt und endlich wieder festen Boden unter den Füßen hatte. Conrad, Friedrich und Wendel folgten ihr unmittelbar und verabschiedeten sich schließlich von Kuno und Gottlieb, dem Steinmetz und dem Zimmermann, die am Ziel ihrer Reise angekommen waren und nun eine Anstellung beim Bau der neuen Kapellen anstrebten. Auch Hanna wünschte ihnen Glück und Gottes Segen, bevor diese sich in Richtung Dom aufmachten, um dem dortigen Baumeister ihre Arbeitskraft anzubieten.

Hanna sah sich um. Das Treiben hier am Hafen war nicht so bunt wie in Köln. Dort war sie zwar nur ein einziges Mal gewesen, nämlich zusammen mit ihrer Familie und den Veltens auf dem Weg nach Gysinheym, dennoch erinnerte Hanna vieles hier in Bremen daran: insbesondere einige Damen, die nur deshalb am Hafen zu flanieren schienen, um ihre teuren Kleider zu zeigen, und vor allem die überall herumstehenden Ochsenkarren, mit denen die ankommenden Waren auf die Kontore der Hansestadt verteilt wurden.

Die Stadt Bremen hatte sich allem Anschein nach von den Schwierigkeiten, die ihr zeitweiliger Ausschluss aus der Hanse im letzten Jahr mit sich gebracht hatten, erholt. Hanna wusste nicht viel darüber, nur das, was die Händler erzählten, die in Gysinheym haltmachten und das weitertrugen, was sie selbst gehört hatten. Es hieß, dass Bremen eine Handelssperre, mit der die Hanse Flandern bestraft hatte, umgangen und dennoch Geschäfte mit diesen getätigt hatte. Als die Hanse hiervon Kenntnis erlangte, hatte Bremen schwere Strafen hinnehmen müssen. Schließlich hatten die Stadtoberen reumütig vor den Lübeckern zu Kreuze kriechen müssen, um die Wiederaufnahme in die Hanse geradezu zu erbetteln. Die Hanse hatte daraufhin eingelenkt, aber der Handel in Bremen hatte noch monatelang schwer darunter gelitten. Doch das lag, wie Hanna nun urteilte, offenbar hinter ihnen. Auf sie machte die Stadt einen lebendigen Eindruck, und Hanna freute sich darauf, einige Tage in Bremen zu verbringen. Inständig hoffte sie, Matthis und Albert hier zu finden und so bald wie möglich mit ihnen nach Gysinheym zurückzukehren. Sie betete darum, dass ihr dies gelingen möge.

»Kommt, suchen wir uns eine Unterkunft. Und fragt, wen immer ihr trefft, nach Matthis und Albert. Wir wollen gleich hier am Hafen beginnen.«

Es verging über eine Stunde, bis sie auch den letzten Arbeiter befragt hatten. Doch keiner konnte sich erinnern, die beiden jungen Winzer, die ihnen beschrieben wurden, in den letzten Wochen in Bremen gesehen zu haben, geschweige denn sagen, wo diese sich aufhielten.

Sie gingen weiter bis ins Knochenhauerviertel und kamen schließlich in der Schenke »Zur roten Sau« unter. Kurz überlegte Hanna, zwei Kammern statt nur einer zu mieten, doch kam ihr dies wie eine Verschwendung vor. Also richteten sie sich zu viert in einer Kammer ein. Hanna war es nicht unrecht, konnte sie doch so im Blick behalten, wann die Burschen kamen und gingen, und weiter ein Auge auf sie haben. Womöglich waren Friedrich, Wendel und Conrad so weit, sich in der Welt dort draußen zurechtzufinden und ihren Weg zu gehen. Aber Hanna war noch nicht bereit, sie gehen zu lassen, wie sie sich in den letzten Tagen auf dem Kahn hatte eingestehen müssen.

»Wir gönnen uns zwei Tage«, entschied Hanna. »Wir werden bei sämtlichen Weinhändlern, in jedem Wirtshaus und jeder Schenke vorstellig werden und überall fragen, ob irgendjemand die beiden gesehen hat. Sollte dies ohne Erfolg bleiben, müssen wir weiterziehen. Dann sind sie noch weiter nördlich, als wir angenommen haben.«

»Wie willst du da so sicher sein?«, hakte Wendel nach. »Was, wenn sie ihren ursprünglichen Plan verworfen haben und eine ganz andere Strecke genommen haben?«

»Warum hätten sie das tun sollen?«, fragte Conrad.

»Womöglich haben sie von einem Weinhändler gehört, der großen Bedarf hat, und wollten mit diesem ins Geschäft kommen. Dann könnten sie auch ganz woanders sein.«

»Der Gedanke ist nicht verkehrt«, urteilte Friedrich.

»Wir machen Folgendes«, erklärte Hanna. »Wir werden die beiden beschreiben und überall nach ihnen fragen. Gleichermaßen werden wir mit den Menschen hier sprechen, um herauszufinden, ob sie einen Händler kennen, der große Mengen Wein abnimmt und daher ein guter Geschäftspartner wäre. Wenn Albert und Matthis hier waren oder aber irgendwo anders von einem solchen Händler gehört haben, müssen wir es ihnen gleichtun.«

»Dagegen spricht«, wandte Conrad ein, »dass sie dann vermutlich schon wieder nach Hause gekommen wären, hätten sie all den Wein verkauft, den wir liefern können.«

»Das ist wahr«, sagte Hanna. »Aber sie wollten die Route bis zu den nördlichen Städten der Hanse nehmen. Wir sind auf dem richtigen Weg.« Sie wusste selbst nicht, woher sie die Zuversicht für eine solche Äußerung nahm. Doch tatsächlich war sie sich sicher, schon bald etwas über den Verbleib von Matthis und Albert zu erfahren. Sie glaubte fest daran.

Als sie sich Stunden später zur Ruhe bettete und schon kurze Zeit danach das gleichmäßige Schnorcheln Wendels hörte, erhob sie sich noch einmal von ihrem Lager und kniete sich nieder. Ganz still und ohne die Lippen zu bewegen, betete sie zu Gott, dass er ihr Vorhaben gelingen lassen möge. Ein Gefühl tiefer Sicherheit durchflutete sie, gepaart mit der Überzeugung, dass der Herr sie erhört hatte. Es würde gelingen. Es konnte gar nicht anders sein.

5. Kapitel

Einen Tag nach dem Streit mit dem Bischof hatte Isabel eine kurze Unterredung mit Abt Dimitrius führen können und ihm erzählt, was sich am Vortag im Kloster zugetragen hatte. Dieser hatte sich fassungslos gezeigt, sah jedoch keine Möglichkeit, Isabel in dieser Situation zu helfen. Tags darauf erreichte Isabel die Nachricht, dass der Bischof abgereist war. Sie zweifelte keinen Moment daran, dass er sein Versprechen oder vielmehr seine Drohung wahr machen und in dreißig Tagen wiederkommen würde, um die Verhandlungen mit Matthis und Albert aufzunehmen oder aber das Pachtverhältnis zu kündigen.

Das war nun bereits gut zwei Wochen her. Mehr als die Hälfte der Zeit, die der Bischof als Frist gesetzt hatte, war um, und Isabel hatte weder etwas von Hanna gehört, noch waren Albert und Matthis heimgekehrt. Und sosehr sie es sich auch wünschte, Isabel rechnete nicht damit, dass dies bald geschehen würde.

Hanna und die Burschen hatten sich auf den Weg nach Bremen gemacht, wie sie es besprochen hatten. Die Wahrscheinlichkeit, Albert und Matthis dort zu finden, war im Hinblick auf die verstrichene Zeit und die Orte, die die beiden hatten aufsuchen wollen, einigermaßen hoch. Andererseits konnten sie im Grunde überall sein, sollte sich etwas auf ihrer Reise ereignet haben, was sie dazu bewogen haben könnte, anderswo ihren Geschäften nachzugehen.

Isabel selbst hatte die Zeit genutzt und mit den anderen Winzern in der Gegend gesprochen. Es gab sechs weitere, die Hänge von den Klosterbrüdern gepachtet hatten. Jeder von ihnen hatte die Urkunde unterschrieben. Bei allen hatte der Bischof die gleiche List angewandt: Er hatte ihnen eine Urkunde zur Verfügung gestellt, die sie von jemandem, der des Lesens und Schreibens mächtig war, überprüfen ließen. Hierin stand geschrieben, dass sie künftig außer dem Zehntel, das sie bisher zu leisten hatten, ein weiteres Fass Wein zu einem geringeren Preis als üblich an die Klosterbrüder verkaufen mussten. Im Gegenzug würden die Verträge, die ursprünglich nur noch zwei Jahre Gültigkeit gehabt hätten, um weitere zehn Jahre verlängert. Dies erschien den Winzern annehmbar.

Bei der Überprüfung der Urkunden, die sie am Ende tatsächlich unterzeichnet hatten, ergab sich jedoch ein vollkommen anderes Bild: Die Winzer hatten nicht mehr ein Zehntel, sondern die Hälfte der gesamten Trauben an das Kloster abzugeben und zusätzlich noch die Mönche gesondert zu bezahlen, wenn diese das Keltern übernahmen, worauf die Winzer angewiesen waren. Anfangs hatten sie Isabel gar nicht glauben wollen, als diese ihnen vorgelesen hatte, was wirklich in den Urkunden stand, die sie unterschrieben hatten, sondern gedacht, dass Isabel sie lediglich zu ihrem eigenen Vorteil gegen den Bischof aufbringen wollte.

Erst eine Zusammenkunft in Geralds Schenke, in der Isabel zu Beginn ihrer Zeit in Gysinheym bedient hatte, um ihre Familie über Wasser zu halten, brachte Klarheit. Außer dem Advocatus hatte Isabel auch den Schreiber des Ortes gebeten, anwesend zu sein, damit sichergestellt war, dass niemand die Winzer zu übervorteilen versuchte. Jede einzelne Urkunde war von beiden Männern vorgelesen worden. Zudem wurde ein reisender Medicus, der auf dem Weg nach Köln war, ersucht, ebenfalls einen Blick auf die Schriftstücke zu werfen.

»Dieser verdammte Hundsfott von einem Bischof!« Hans Megerlein, der ursprünglich aus Mainz stammte und genau wie die Staubers, die Veltens und die anderen Winzer dem damaligen Ruf des Klosters, die Weinberge zu pachten, um diese zu bestellen, gefolgt war, ballte die Hand zur Faust. »Aufknüpfen sollte man ihn! Das ist Betrug!«

»Mäßigt Euch«, forderte der Advocatus ruhig. »Ihr solltet einen klaren Kopf bewahren. Wir müssen einen Ausweg finden, sonst zieht Euch das Kloster schon bei der nächsten Lese das Fell über die Ohren.«

»Einen Ausweg?«, schnauzte Megerlein zurück. »Da gibt es keinen Ausweg! Oder wisst Ihr einen, Advocatus? Ihr seid doch ein Studierter. Ja, einem wie Euch wäre das nicht geschehen. Doch mit uns«, er deutete auf die anderen Winzer, »können sie es ja machen. Und du, Isabel, du bist die Einzige, die davongekommen ist. Aber uns andere vor dem Bischof zu warnen, das ist dir nicht in den Sinn gekommen«, spie er verächtlich aus.

»Ihr hattet bereits alle unterschrieben«, entgegnete Isabel ruhig, aber in deutlich mahnendem Tonfall. »Und fast hätte er auch mich reingelegt. Versucht hat er es genau wie bei euch anderen auch, Hans.«

»Nur dass du schlauer bist als wir. Ist es das, was du sagen willst?«

»He, he, Hans.« Gerald stellte mehrere Krüge Bier auf den Tisch. »Sie war es doch, die euch überhaupt erst darauf aufmerksam gemacht hat, was ihr da unterzeichnet habt. Stell dir vor, sie hätte es nicht getan! Dann wäre dir erst nach der Lese, wenn sie dir und auch den anderen hier alles genommen hätten, klar geworden, was geschehen ist.«

Hans grummelte etwas Unverständliches und nickte Isabel dann zu.

»Ich kann dich gut verstehen, Hans«, sagte Isabel. »Einen jeden von euch. Und glaubt nur nicht, dass ich besser dastehe. In nicht einmal mehr zwei Wochen wird das Kloster uns die Pachtverträge gänzlich kündigen, und wenn Matthis und Albert nicht rechtzeitig zurückkommen, kann ich nichts dagegen tun.« Sie seufzte. »Und auch wenn sie kämen – was würde es ändern?« Sie zuckte mit den Schultern. »Es ist nun einmal so, dass sie uns geholt haben, als die Pestilenz die Mönche dahingerafft hat und nicht mehr genug Ordensbrüder da waren, um die Weinberge zu bestellen. Jetzt brauchen sie uns nicht mehr, und es ist ihnen einerlei, was aus uns und unseren Familien wird.«

»Du hast ja noch deinen eigenen Weinberg, Isabel«, wandte Brunhilde Serbolt, Peters Frau, ein. »Aber wir haben sonst nichts. Wenn wir diese hohen Abgaben leisten müssen, bleibt uns nicht genug zum Leben. Das schaffen wir nicht.«

»Ich werde euch helfen, so gut ich kann«, sicherte Isabel sogleich zu. »Ich habe nicht vergessen, wie viele von euch mir damals halfen, als mein erster Mann gestorben war und ich nichts hatte. Ihr könnt eure Trauben bei mir keltern. Dann müsst ihr wenigstens hierfür die Mönche nicht auch noch gesondert bezahlen.«

»Für wie viel?«, fragte Hans Megerlein sogleich.

Isabel zögerte. Auch sie musste sehen, wo sie blieb. Doch aus der Not dieser Menschen Gewinn zu schlagen – allein der Gedanke war ihr zuwider. »Du glaubst, ich will damit noch Geld verdienen?« Sie zog die Augenbrauen hoch. »Wie lange kennen wir uns jetzt, Megerlein? Nicht einen lumpigen Heller will ich von euch.«

»Das ist sehr anständig von dir, Isabel. Verzeih meinen groben Tonfall! Aber das sind viele Trauben. Denkst du wirklich, dass deine Kelterei groß genug für alle ist?«

»Ich werde meine Trauben dieses Jahr etwas früher keltern«, erwiderte Isabel. »Wir müssen einander helfen. Nur so kann es gehen.«

»Dennoch wird der Verdienst nicht ausreichen, um unsere Familien zu ernähren, wenn schon die Hälfte an das Kloster abzugeben ist«, sagte Peter.

»Ihr solltet es nicht einfach hinnehmen«, wandte nun der Advocatus ein. »Betrug ist Betrug. Und ich bezweifle, dass der Erzbischof dem Bischof den Rücken stärkt, wenn wir die Sache nicht auf sich beruhen lassen.« Er blickte in die Runde. Den Anwesenden war deutlich anzusehen, wie unwohl ihnen bei dem Gedanken war, gegen den Bischof, einen einflussreichen Edelmann, vorzugehen.

»Welche Möglichkeiten haben wir?«, fragte nun Isabel an den Advocatus gewandt.

»Ihr, Isabel, so leid es mir tut, gar keine. Ihr wurdet nicht getäuscht. Zumindest habt Ihr nicht unterschrieben.« Er hob den Zeigefinger. Ihm war ein Gedanke gekommen. »Aber da fällt mir etwas ein. Habt Ihr die Urkunde noch, mit der der Bischof Euch die neue Verpachtung angeboten hat? Die erste, die in Ordnung war?«

Isabel schüttelte den Kopf. »Er hat sie mir weggenommen.«

»Verdammt!«, entfuhr es dem Advocatus. »Wir hätten sie als Beweis dafür vorlegen können, dass die Winzer arglistig getäuscht worden sind.«

»Es tut mir leid. Der Bischof hat sie mir entrissen und seinem Diener befohlen, sie zu verbrennen. Ich konnte nichts dagegen tun.«

»Euch trifft keine Schuld«, entgegnete der Advocatus sogleich. »Es hätte uns geholfen, doch wir haben auch so genug Zeugen, die bestätigen können, dass der Wortlaut der unterschriebenen Urkunden nicht mit dem der Urkunden, die den Winzern vorgelesen worden waren, übereinstimmt.«

»Also könnt Ihr das für uns regeln?«, fragte Megerlein den Advocatus.

»Das kann ich nicht versprechen, doch versuchen kann ich es.«

»Was wird uns das kosten?«, fragte Peter skeptisch.

Der Advocatus blickte in die Runde. »Umsonst mache ich es nicht. Meine Familie und ich müssen auch von etwas leben, genau wie Ihr.«

»Wie viel?«, wiederholte Peter.

»Fünfzehn Groschen von jedem und zusätzliche zwei, wenn es mir gelingt, Eure Forderungen gegenüber dem Bischof durchzusetzen.«

»Fünfzehn Groschen?«, echote Peter laut. »Warum nehmt Ihr uns nicht gleich alles ab, was wir haben?«, empörte er sich. »Dann können wir es ebenso gut den Klosterbrüdern in den Rachen werfen!«

»Fünfzehn Groschen und zusätzliche zwei. Oder sucht Euch einen anderen.« Der Advocatus hielt Peters Blick stand.

»Das werden wir«, schnauzte Megerlein. »Halsabschneider!«

»Hans, reiß dich zusammen!«, fuhr Isabel ihn an.

»Du bist also auf seiner Seite?«, gab Megerlein giftig zurück.

»Er«, sie betonte das Wort, »ist auf unserer Seite. Auch wenn er keinen Wein abfüllt, den du trinken kannst, und kein Brot backt, das du essen kannst, geht er seiner Arbeit genauso nach wie jeder von uns. Und hierfür muss er bezahlt werden.« Sie sah einen nach dem anderen in der Schenke an. »Versteht ihr denn nicht, was gerade geschieht? Genau das will der Bischof doch. Er weiß, dass wir Winzer nicht in der Lage sind, uns gegen den Betrug zu wehren. Einen Advocatus zu beauftragen kann unseren Verlust noch vergrößern. Und darauf baut er. Er hat jeden von euch betrogen und erwartet dennoch, dass ihr vor ihm auf die Knie geht und seinen Ring küsst, auf dass er euch nicht auch noch das letzte Hemd nimmt.«

»So war es seit jeher mit der Kirche«, schimpfte Brunhilde.

»Und ebendeshalb ist es wichtig, dass sich etwas ändert. Erzbischof Gerlach von Nassau ist ein guter Mann, der mit Karl IV., unser aller Kaiser, zusammenarbeitet und diesen unterstützt. Er ist Erzkanzler des Heiligen Römischen Reiches und hat den Vorsitz der Kurfürstenversammlung inne. Ein Mann von wahrer Größe, das ist er«, erklärte der Advocatus. »Und sollte er nicht auf das hören wollen, was wir gegen einen seiner Bischöfe vorzubringen haben, werden wir uns direkt an den Kaiser wenden«, vollendete der Advocatus nachdenklich, als legte er sich Argumente für einen Prozess zurecht.

Isabel sah ihn kurz an, dann ließ sie ihren Blick erneut über die Anwesenden schweifen. »Was schlagt Ihr vor, Advocatus?«

»Wer von Euch will meine Dienste?«, fragte er in die Runde. »Ich werde nur denen helfen, die mich bezahlen. Für die werde ich ein Schriftstück aufsetzen, das ich sowohl Abt Dimitrius als Verwalter des Klosters als auch dem Bischof zukommen lassen werde. Hierin fordere ich die Neuverhandlung der Verträge. Allerdings ergibt sich hier die erste Schwierigkeit.«

»Welche?«, wollte Brunhilde wissen.

»Wir müssen dafür sorgen, dass der Bischof das Schriftstück im Beisein von Zeugen erhält. Und zwar innerhalb von dreißig Tagen nach Unterzeichnung der Verträge.«

»Das ist bereits in elf Tagen«, erkannte Isabel.

»Das stimmt. Der Bischof hat die Frist, die er Euch, Isabel, gesetzt hat, um die Neuverhandlung der Verträge Eures Sohnes und des Stauber vorzunehmen, klug gewählt.«

»Mir sagte er, dass es so im Gesetz steht, dass die Frist nur dreißig Tage beträgt.«

»Das war eine glatte Lüge«, stellte der Advocatus klar. »Doch da Ihr der Frist nicht widersprochen habt, hat sie nun Gültigkeit.«

»Verstehe ich das richtig?«, hakte Megerlein nach. »Dieser Hundsfott von einem Bischof hat die Frist so gesetzt, dass unsere, um gegen die Gültigkeit der Urkunden vorzugehen, dann abgelaufen ist und er nur einen Tag später kommt, um Isabels Verträge aufzukündigen?«

»So sieht es aus«, bestätigte der Advocatus. »Er überlässt nichts dem Zufall.«

»Eines verstehe ich nicht. Selbst wenn dem Bischof das Schriftstück, in dem wir der Urkunde widersprechen, rechtzeitig, also innerhalb dieser dreißig Tage, im Beisein von Zeugen übergeben wird, warum sollte er darauf eingehen?«, fragte Megerlein.

»Das wird er nicht«, stellte der Advocatus fest und sah in die Runde. »Und das wollen wir auch gar nicht.«

»Wollen wir nicht?« Megerlein sah ihn erstaunt an.

»Nein. Unsere einzige Möglichkeit besteht darin, einen Prozess anzustreben, in dem der Erzbischof entscheidet. Der Bischof wird keinesfalls nachgeben, das ist gewiss.«

»Und warum sollen wir ihm dann ein Schriftstück zukommen lassen? Wenden wir uns doch besser gleich an den Erzbischof«, schlug Brunhilde vor.

»Die Urkunde muss dem gegenüber angezweifelt und für ungültig erklärt werden, der sie unterzeichnet hat. Und das innerhalb von dreißig Tagen. Geschieht dies nicht oder zu spät, ist das Recht des Widerspruchs verwirkt. Wenn wir uns jedoch an diese Vorgaben halten, wird zu einem späteren Zeitpunkt von höherer Stelle darüber entschieden und der Bischof in seine Schranken verwiesen werden. Doch der erste Schritt ist, der Urkunde zu widersprechen. Und außerdem wäre es klug, den Anschein zu erwecken, dass wir keinesfalls an einem Prozess interessiert sind, sondern lediglich wollen, dass die Verträge, die nie zur Unterschrift hätten vorgelegt werden dürfen, zurückgenommen werden.«

»Verstehe einer dieses Gerede.« Megerlein schüttelte den Kopf. »Der Advocatus will doch nur ein Schreiben nach dem anderen aufsetzen, um uns das Geld aus der Tasche zu ziehen.«

»Nein«, entgegnete Isabel nachdenklich. »Der Advocatus hat recht. Der Bischof wird in seiner selbstgefälligen Art nicht nachgeben. Er muss von höherer Stelle hierzu verpflichtet werden.« Sie sah den Advocatus an. »Was, wenn der Erzbischof gegen uns entscheidet?«

»Noch einmal«, erklärte der Advocatus. »Euch, Isabel, betrifft das hier nicht. Ihr wurdet lediglich aufgefordert, dafür Sorge zu tragen, dass die Pächter in die Verhandlungen eintreten. Verträge haben nur die anderen Winzer hier geschlossen. Ihr könnt keine Beschwerde vorbringen, da Euch kein Betrug widerfahren ist.«

»Aber Matthis und Albert werden nicht rechtzeitig hier sein.«

»Zum einen wisst Ihr das nicht«, entgegnete der Advocatus, »zum anderen kann es uns zum Vorteil gereichen.«

»Wie das?«, fragte Isabel verdutzt.

»Nun, wenn der Bischof wiederkommt, wie er es Euch angekündigt hat, um die Verhandlungen mit Matthis und Albert aufzunehmen, wird er mit den Winzern und vor allem aber mit mir vorliebnehmen müssen. Dies ist eine gute Gelegenheit, ihm Eure Forderungen in schriftlicher Form zukommen zu lassen und ihn des Betrugs zu beschuldigen.«

Ein Raunen ging durch die Schenke. Zwar waren sich alle einig, dass ein Betrug zu ihrem Nachteil vorlag und der Bischof die Schuld daran trug. Ihm das mitten ins Gesicht zu sagen oder ihn dessen in einem Schreiben zu bezichtigen, wie der Advocatus vorgeschlagen hatte, schien ihnen dennoch unvorstellbar.

»Ihr wollt wirklich den Bischof selbst des Betrugs beschuldigen?«, fragte Brunhilde ungläubig.

»Gewiss.«

»Aber er ist ein Edelmann«, wandte Brunhilde zögernd ein.

»Wäre er der Edelmann, für den Ihr ihn haltet, hätte er den Betrug nicht begangen. Aus irgendeinem Grund meinte der Bischof wohl, die klösterlichen Kassen aufbessern zu müssen.«

»Aber der Erzbischof wird auf seiner Seite sein«, entgegnete Peter. »Schließlich fließt das Geld direkt diesem zu. Und die Kirche hat schon immer gern von den Kleinen genommen.«

»Sie vertritt Gott auf Erden«, meldete sich nun erstmals Ottokar, ebenfalls ein Bauer, der sein Glück als Winzer gesucht hatte, etwas zögerlich zu Wort.

»Es geht hier nicht um eine Beleidigung der Kirche«, stellte der Advocatus klar. »Das wäre nicht klug. Es geht allein um den Bischof.« Wieder ließ er seinen Blick über die Anwesenden schweifen. »Doch bevor wir weitersprechen, will ich wissen, für wen ich tätig werden soll. Wer von Euch will gegen den Betrug vorgehen?«

Keiner der Winzer meldete sich. Brunhilde stieß ihrem Mann heftig in die Seite.

»Ich«, sagte Peter daraufhin eilig und hob die Hand. »Ich will Eure Hilfe und dass Ihr das Schriftstück für mich aufsetzt.«

Megerlein sah sich kurz zu den anderen um. »Ich ebenfalls, Advocatus«, stimmte er dann zu. »Es scheint, dass Ihr wisst, wovon Ihr sprecht. Doch ich kann Euch zunächst nur zehn Groschen geben. Den Rest bekommt Ihr, wenn die Trauben gelesen und gekeltert sind und ich das Geld für den Wein bekomme.«

»Damit bin ich einverstanden«, erwiderte der Advocatus.

Nach und nach meldeten sich auch die anderen. Einzig Ottokar senkte den Blick und sah zu Boden.

»Ottokar, was ist mit dir?«, fragte Peter.

Dem Angesprochenen war anzusehen, wie sehr er mit sich kämpfte. »Es ist nicht recht, sich gegen die Kirche zu wenden.«

»Nicht gegen die Kirche, sondern gegen den Bischof«, wiederholte der Advocatus noch einmal nachdrücklich.

Ottokar schwieg einen Moment und schien zu überlegen. »Nennt es, wie Ihr wollt. Es ist nicht recht. Ich werde mich euch nicht anschließen.«

»Aber glaub ja nicht, dass dein Vertrag dann noch geändert wird, wenn wir uns durchgesetzt haben«, meckerte Peter ihn an. »Dann musst du damit leben.«

»Lass ihn«, schritt nun Isabel ein. »Es ist seine Entscheidung, und wir haben nicht das Recht, sie ihm zu verübeln.«

»Ich gehe jetzt«, kündigte Ottokar an, trank sein Bier aus, legte zwei Münzen auf den Tisch, stand auf und ging unter den Blicken der Anwesenden zur Tür. Dort verharrte er, schien noch einmal zu überlegen. Schließlich schüttelte er den Kopf und trat grußlos hinaus.

»Feigling«, sagte Megerlein.

»Sei still, Hans«, fuhr Brunhilde ihn an. »Wir vertrauen auf den Advocatus, doch womöglich ist Ottokar am Ende der Einzige, dem noch etwas bleibt.«

»Habt Dank für dieses Übermaß an Vertrauen«, murmelte der Advocatus kopfschüttelnd.

»Wie geht es nun weiter, Advocatus?«, fragte Megerlein.

»Kommt morgen alle in meine Amtsstube und bringt Eure Urkunden mit, ich brauche Eure Namen. Und wenn jemand dabei war, als Euch die Urkunde vorgelesen wurde, soll derjenige auch gleich mitkommen.«

Die Anwesenden murmelten zustimmend.

»Was kann ich tun?«, fragte Isabel.

»Wie vertraut seid Ihr mit Abt Dimitrius?«

»Ich kenne ihn seit Jahren, und er war stets auf meiner Seite.«

»Gut. Aber auch wenn Ihr ihm vertraut, darf er keinesfalls etwas davon erfahren, was hier besprochen wurde.«

»Er würde uns nicht verraten«, versicherte Isabel.

»Darum geht es nicht. Er ist derjenige im Kloster, der die Forderungen des Bischofs gegen die Winzer durchzusetzen hat. Doch ich glaube, dass es ihm keinesfalls recht ist, was gerade geschieht, und ich habe einen Gedanken, wie wir ihn vollends auf unsere Seite ziehen, der Bischof hiervon jedoch nichts ahnen wird.«

»Wie?« Isabel sah ihn fragend an.

»Es ist spät geworden. Ich werde Euch noch nach Hause bringen«, bot der Advocatus an. »So können wir alles in Ruhe bereden.«

Der Advocatus verabschiedete sich von den Anwesenden und sagte noch einmal, dass sie alle am nächsten Tag zu ihm kommen sollten. Dann folgte er Isabel nach draußen.

Sie gingen schweigend nebeneinander her, bis sie ein gutes Stück von der Schenke entfernt und auf dem Weg zu Isabels Anwesen waren.

»Also, Advocatus«, begann Isabel schließlich, »was soll ich tun?«

»Für Euch habe ich eine besondere Aufgabe. Ich fürchte, Ihr werdet die Verbundenheit mit Abt Dimitrius ausnutzen und ihn täuschen müssen.«

»Dabei wäre mir nicht wohl.«

»Dann ist Euch eben unwohl«, entgegnete er. »Und dennoch müsst Ihr es tun. Oder wollt Ihr Eure Weinberge verlieren?«

Isabel sagte eine Weile nichts. »Nein, das will ich nicht«, stellte sie dann klar.

»Gut. Das dachte ich mir. Also hört mir genau zu.«

6. Kapitel

»Mutter, du musst mitkommen«, forderte Friedrich eindringlich und griff Hannas Hand. »Wir haben jemanden gefunden, der mit den beiden gesprochen hat.«

Conrad nickte bestätigend.

Am Morgen waren Friedrich und Conrad gemeinsam aufgebrochen, um ein letztes Mal in Bremen herumzufragen, ob jemand Matthis und Albert gesehen hatte oder gar etwas über deren Verbleib sagen konnte. Sie selbst war zusammen mit Wendel ebenfalls durch die Gassen gegangen und hatte die Menschen, denen sie begegneten, angesprochen, jedoch ohne Erfolg.

»Wirklich?« Hannas Herz schlug vor Aufregung schneller. Sie hatte die Hoffnung schon fast aufgegeben.

»Ja, einer der Wirte. Im letzten Jahr haben sie hier ein Fest veranstaltet, um die Händler nach den schlechten Monaten wieder in die Stadt zu locken. Sie nannten es Hansefest aus Freude darüber, dass man sie wieder in das Bündnis aufgenommen hatte. Dieses Jahr soll es wieder ein solches geben. Und hierfür brauchen sie allen Wein, den sie nur kaufen können. Hierüber hat der Wirt mit Matthis und Albert gesprochen.«

»Und wo sind sie jetzt?«

»Das weiß ich nicht. Ich habe ihm gesagt, dass ich dich hole und wir dann wieder zu ihm kommen. Nun beeil dich doch, Mutter!«

»Komm, Wendel.« Hanna lief, so rasch sie konnte. Einmal stolperte sie, doch Friedrich hielt sie fest an der Hand. »Gib acht«, sagte er nur, lockerte jedoch weder den Griff, noch wurde er langsamer.

Als die vier die Schenke »Zum goldenen Eber« betraten, sah der Wirt sogleich auf und trat hinter seinem Schanktisch hervor. »Dann ist das wohl deine Mutter, nicht wahr, Bursche?«

Friedrich nickte heftig. »Das ist sie. Sagt ihr, was Ihr mir erzählt habt.«

»Nun«, begann der Wirt, »ich habe die beiden gesehen, die Ihr sucht. Es ist nicht einmal eine Woche her.«

»Wirklich? Wisst Ihr, wohin sie von hier aus wollten?« Hanna stockte. »Oder ist es gar möglich, dass sie noch in der Stadt sind?«

Der Wirt schüttelte den Kopf. »Das glaube ich eigentlich nicht. Sie wollten noch mit unserer Duftnäherin sprechen, die im letzten Jahr das Hansefest ins Leben gerufen hat. Ich glaube, sie wollten herausfinden, ob sie mit einem eigenen Stand am Fest teilnehmen können oder es doch besser ist, den Wein an uns Schankwirte, die wir hier in Bremen ansässig sind, zu verkaufen.« Er zuckte mit den Schultern. »Aber so genau weiß ich es nicht.«

Hanna sah ihn fragend an. »Sie wollten mit Eurer Duftnäherin sprechen?«, wiederholte sie. »Was ist eine Duftnäherin?«

»Ihr kennt Anna von Goossen nicht?« Er wirkte überrascht. »Ich dachte, jeder im Land kennt ihren Namen. Aber womöglich liegt's nur daran, dass ich nie aus Bremen herausgekommen bin.«

Hanna hielt seinem Blick stand, eine weitere Erklärung erwartend. Der Wirt bemerkte es und deutete zu einem der Tische hinüber. »Setzt Euch doch.«

Im ersten Moment wollte Hanna ablehnen. Doch ahnte sie, dass es die Zunge des Wirtes lösen würde, wenn sie etwas zu trinken bestellen würde.

»Danke«, sagte sie deshalb, bedeutete Friedrich, Wendel und Conrad, sich zu setzen, und orderte vier Bier. »Und auch eines für Euch«, fügte sie hinzu.

Der Wirt sah sie zufrieden an. »Bringe ich sogleich«, erwiderte er, während seine Gäste zu dem Tisch hinübergingen. Außer ihnen waren nur noch zwei weitere Männer – ihrer Kleidung nach zu urteilen, Maurer – in der Schenke anwesend, die an einem Tisch in der Ecke saßen und die neuen Gäste gar nicht wahrnahmen. Nur einen Moment nachdem Hanna und die Burschen sich gesetzt hatten, kam der Wirt mit fünf gefüllten Krügen an den Tisch und ließ sich ebenfalls nieder.

»Erzählt mir bitte alles, was Ihr von der Begegnung mit den beiden noch wisst«, bat Hanna und überlegte dann kurz. »Wie könnt Ihr eigentlich so sicher sein, dass es die waren, die wir suchen? Haben sie Euch ihre Namen genannt?«

»Das auch.« Der Wirt nahm einen Schluck. »Aber ich habe Euren Sohn hier«, er deutete mit dem Kopf auf Friedrich, »für den gehalten, der sich mir als Matthis vorgestellt hatte. Und du«, er blickte Conrad an, »siehst diesem Albert zum Verwechseln ähnlich.« Er wandte sich wieder Hanna zu. »Ich habe die beiden vorhin auf der Gasse angesprochen, weil ich wissen wollte, ob sie nun einen eigenen Stand bei unserem nächsten Hansefest machen und ob sie trotzdem noch Wein liefern können.«

Erst jetzt wurde Hanna klar, dass sie sich nicht die Mühe hätten machen müssen, Matthis und Albert zu beschreiben. Es hätte völlig genügt, auf Conrad, Friedrich und Wendel zu deuten und zu fragen, ob jemand deren Brüder gesehen hatte.

Hanna schmunzelte. »Ich fand immer nur meine Zwillinge so gleich«, erklärte sie dem Wirt. »Dabei ist mir gar nicht in den

Sinn gekommen, wie viel Ähnlichkeit sie mit Matthis haben und Conrad mit seinem Bruder Albert.«

»Es ist wahrlich nicht zu übersehen«, pflichtete der Wirt ihr bei.

»Ihr spracht vorhin von einer Anna, die das Hansefest ins Leben gerufen hat. Wo finde ich sie?«

»Sie wohnt in einem der Patrizierhäuser direkt am Marktplatz. Es ist das schönste von allen, Ihr könnt es gar nicht verfehlen. Außerdem weiß ein jeder in der Stadt, wo sie lebt.«

Hanna wollte ihre Frage wiederholen, was genau eine Duftnäherin sei, beließ es aber dabei. Hier ging es nicht darum, ihre Neugierde zu befriedigen, sondern Matthis und Albert zu finden. »Wisst Ihr noch Weiteres zu berichten? Haben die Jungen«, sie räusperte sich, »die beiden jungen Winzer«, korrigierte sie sich, »Euch gesagt, wohin sie als Nächstes gehen wollten? Ich meine, nicht hier in der Stadt, sondern in welchen Ort sie danach reisen wollten.«

Der Wirt zog nachdenklich seine Stirn in Falten und schüttelte dann den Kopf. »Nein, ich glaube nicht. Darüber haben wir nicht gesprochen. Sie sagten, dass sie am Rhein lebten und den besten Wein hervorbrachten, den ich je gekostet hätte. Wir vereinbarten, dass sie mir ein Fass liefern würden.« Er sah zwischen Friedrich und Hanna hin und her. »Sagt, wenn Ihr die beiden nicht findet, steht das Geschäft dennoch?«

»Das Geschäft steht«, sicherte Hanna ihm zu.

»Sie haben mir das Fass für zehn Gulden angeboten«, erklärte der Wirt. »Wenn Ihr zum gleichen Preis mehr liefern könnt, so nehme ich es Euch ab.«

Hanna stutzte erst, dann schmunzelte sie. »Ein Fass kostet fünfzehn Gulden, Wirt. Und nichts anderes haben sie Euch angeboten.«

Der Wirt verzog den Mund, schließlich wurde ein breites Grinsen daraus. »Nehmt es mir nicht übel – einen Versuch war es wert.«

Hanna trank einen Schluck. »Ja, einen Versuch war es wert.« Sie bedeutete ihren Begleitern, ihre Krüge zu leeren. »Wir müssen uns jetzt auf den Weg machen. Habt Dank für die Auskunft und das Bier.« Hanna holte einige Münzen hervor und reichte sie ihm. »Bewahrt sie gut auf und mehrt sie, damit Ihr künftig unseren Wein kaufen könnt.«

»Ein Weib nach meinem Geschmack«, urteilte der Wirt, was ihm einen grimmigen Blick von Friedrich einbrachte. »Dann Gott mit Euch. Ich hoffe, Ihr findet die beiden.«

»Gebe es der Herr«, erwiderte Hanna. »Gott schütze Euch, Wirt.«

Sie standen auf, verließen die Schenke und schlugen den direkten Weg zum Marktplatz ein.

»Verzeiht mir, gute Frau«, sprach Hanna eine gut gekleidete Dame an, die soeben an ihr vorbeiflanierte. »Könnt Ihr mir sagen, wo ich die Duftnäherin finde?«

»Aber gewiss.« Die Frau deutete auf ein großes Patrizierhaus direkt gegenüber. »Dort. Wollt Ihr eines ihrer Kleider erwerben?«

»Nein, ich denke nicht.« Hanna sah an sich herab. »Auch wenn es gewiss kein schlechter Gedanke wäre.«

»Ich trage eines«, frohlockte die Frau. »Gebt acht!« Sie drehte sich einmal herum und sah Hanna dann an. »Bemerkt Ihr es?«

»Es duftet«, stellte Hanna überrascht fest und fächelte sich mit der Hand Luft zu. »Nach Lavendel?«

»Ganz recht, nach Lavendel. Ist es nicht wunderbar? Ich habe zwei solche Kleider, und wenn mein Gatte weiter so vortreffliche Geschäfte tätigt, wird es bald noch ein drittes geben.«

»Ihr seid zu beneiden.« Hanna lächelte sie an.

Conrad räusperte sich laut vernehmlich.

»Doch jetzt muss ich gehen«, erklärte Hanna daraufhin rasch. »Habt Dank für die Auskunft.«

»Gott mit Euch«, sagte die Frau.

Hanna erwiderte den Gruß, dann ging sie zusammen mit ihren Begleitern schnellen Schrittes zu dem Patrizierhaus hinüber. Friedrich, Wendel und Conrad warteten unten an der Treppe, während Hanna die Stufen hinaufstieg und klopfte.

Ein Wachmann, ein wahrer Hüne von einem Kerl, öffnete ihr. »Ja?«

»Gott zum Gruße«, sagte Hanna. »Lebt hier die Duftnäherin?«

»Ja. Meine Herrin ist im Kontor. Erwartet sie Euch?«

»Nein, das nicht. Aber ich müsste sie dennoch dringend sprechen.«

»Bitte, tretet ein. Ich werde fragen, ob sie Zeit erübrigen kann.«

Hanna deutete auf Friedrich, Wendel und Conrad. »Das sind meine Söhne«, erklärte sie. »Können sie mitkommen?«

Der Wachmann sah an ihr vorbei. »Gewiss.« Er winkte die drei mit der Hand heran. »Kommt herauf.«

»Danke«, sagte Hanna und wartete, bis ihre Söhne und Conrad zu ihr aufgeschlossen hatten. Dann betraten sie zusammen das Haus und blieben in dem geräumigen Flur stehen.

»Wartet hier. Es dauert nicht lange.« Der Wachmann ging durch einen abgehenden Korridor zum hinteren Teil des Hauses, was Hanna die Zeit gab, sich umzusehen. Lebte sie auch selbst in Isabels großem, komfortablem Haus, so war das nichts im Vergleich zu dem, was sich ihr hier bot. Die Wände waren mit edlen Teppichen behängt, auf mehreren kleinen Tischchen silberne Kerzenhalter drapiert. Allein der Flur war so groß, dass hierin die Kate, in der sie mit der ganzen Familie während der ersten Zeit in Gysinheym gelebt hatte, Platz gefunden hätte.

Conrad pfiff durch die Zähne. »Die hier in Bremen verstehen zu leben«, sagte er anerkennend.

»Danke.« Eine schlanke Frau mit hellblonden Haaren, die ihr bis zu den Hüften reichten, kam den Korridor entlang, gefolgt von dem Wachmann. »Es ist ein schönes Haus, nicht wahr? Wir fühlen uns auch sehr wohl hier.« Sie lächelte die Gäste an. »Ich bin Anna von Goossen«, stellte sie sich vor.

»Mein Name ist Hanna Stauber. Das sind meine Söhne Friedrich und Wendel, und der junge Mann hier ist Conrad Velten. Wir sind Winzer aus Gysinheym.«

»Gott schütze Euch«, erwiderte die Duftnäherin. »Was führt Euch zu mir?« Sie stutzte. »Einen Augenblick.« Sie musterte die jungen Männer. »Ihr beide«, sagte sie zu Friedrich und Wendel, »seid mit Matthis verwandt, nicht wahr? Seid ihr Brüder?«

»Ja, das sind wir«, gab Wendel ihr recht.

»Und du bist der Bruder von Albert«, mutmaßte sie. »Ihr habt wirklich große Ähnlichkeit.«

Hanna atmete erleichtert aus. »Sie waren also wirklich hier?«

»Aber ja.« Die Miene der Patrizierin veränderte sich. »Ist ihnen etwas zugestoßen?«

»Nein, nein«, entgegnete Hanna sogleich. »Aber wir suchen sie. Sie müssen unbedingt nach Gysinheym zurückkehren. Es geht um ihre Weinberge.«

Anna von Goossen runzelte die Stirn. »Es tut mir leid, sie sind bereits vor fünf Tagen abgereist.«

»Wisst Ihr, wohin sie wollten?«

»Ja. Sie sagten, dass sie, nachdem ihre Geschäfte so gut gelaufen seien, nach Hause reisen könnten. Sie wollten von hier aus erst nach Minden und dann weiter nach Bielefeld.«

»Und das war vor fünf Tagen?«, vergewisserte Hanna sich noch einmal.

»Ja, vor fünf Tagen.« Die Duftnäherin sah zu ihrem Wachmann. »So lange ist es her, oder?«

»Ja, Herrin«, antwortete der Mann knapp.

»Darf ich Euch fragen, was sie mit Euch zu besprechen hatten?«, fragte Hanna, obwohl sie von dem Wirt bereits wusste, dass es um das Hansefest gegangen war. Doch sie wollte sichergehen, nicht am Ende zu früh wieder von hier fortgegangen zu sein, ohne wirklich alles in Erfahrung gebracht zu haben, was es zu wissen gab.

»Kann ich Euch etwas anbieten?«, fragte die Duftnäherin und deutete zu einem der angrenzenden Räume hinüber.

»Nein, habt Dank. Wir müssen aufbrechen, sobald wir alles wissen, was es zu wissen gibt.«

»Nun gut, dann in aller Kürze«, willigte Anna von Goossen ein. »Die beiden kamen zu mir, weil jemand ihnen erzählt hatte, dass ich im letzten Jahr alles zum Gelingen des Hansefestes beigetragen habe. Eigentlich hatte ich gar nicht vor, es dieses Jahr wieder zu machen. Aber irgendwie scheint es jeder in Bremen zu glauben, und so, wie es steht, werde ich wohl auch in diesem Jahr wieder die Zügel in die Hand nehmen.«

»Ich weiß genau, was Ihr meint.« Hanna schmunzelte. »Wenn man einmal eine Aufgabe übernommen hat, ist es schwer, sich fortan dagegen zu wehren.«

Die Duftnäherin nickte lächelnd. »Nun ja, und aus diesem Grund sprachen dann die beiden jungen Winzer vor. Ich muss schon sagen, sie priesen Euren Wein in den höchsten Tönen an. Und fünfzehn Gulden für ein Fass ist ein guter Preis. Einige Händler, die ich kenne, nehmen mehr.«

»Wirklich? Ich dachte immer, mehr als fünfzehn Gulden würde niemand zahlen.« Hanna sah sie erstaunt an.

»Glaubt mir, Wein wird immer gebraucht. Und wenn man erst einmal Gefallen an einem guten Tropfen gefunden hat, bleibt man dem Winzer treu, sollte er nicht versuchen, einem das Fell über die Ohren zu ziehen.«

»Gut zu wissen«, stellte Hanna fest. »Und dann? Was habt Ihr ihnen gesagt?«

»Nun, anfangs wollten sie den Wein dem Rat der Stadt Bremen anbieten. Doch das geht nicht, die Ratsmitglieder sind keine Wirte. Der Jüngere von beiden, Albert, fragte dann, ob sie womöglich einen eigenen Weinstand während des Hansefests aufstellen könnten. Ich erklärte ihnen, dass sie hierfür die Schankerlaubnis des Rates bräuchten, und bot an, mich selbst darum zu kümmern. Und ich kann es Euch gegenüber wiederholen: Hier gibt es keine Schwierigkeiten. Der Rat erteilt die Genehmigung mit Freuden.«

»Also wollten sie den Wein letzten Endes gar nicht mehr den Wirten anbieten?«

»Soweit ich es verstanden habe, nicht, nein. Zumindest nicht, was das Hansefest angeht. Aber ich kann nicht sagen, wie viel Wein sie sonst noch in der Gegend verkauft haben. Wir hatten nur dies eine Gespräch.«

»Und wie seid Ihr verblieben?«

»Ich sagte ihnen zu, mich um die Schankerlaubnis zu kümmern. Das Hansefest ist erst im Oktober und somit noch genug Zeit. Ich versprach ihnen, die Schankerlaubnis, sobald ich sie vom Rat bekäme, an ein Weingut Velten nach Gysinheym zu senden, damit die beiden die Sicherheit hätten, ihren Wein tatsächlich an einem eigenen Stand anbieten zu können. Nun ja, und dann wollten sie einige Tage vor dem Fest mit den Fässern hierher nach Bremen kommen und ihren Wein verkaufen. Das war alles. Wartet bitte einen Moment«, bat sie dann und ging zu einem der angrenzenden Zimmer, in dem sie kurz verschwand, und kam dann wieder. »Dies wurde mir heute Morgen von einem Boten des Rates gebracht«, erklärte sie und hielt Hanna eine Pergamentrolle hin. »Das ist die Schankerlaubnis. Wenn Ihr sie gleich mitnehmt, brauche ich keinen Boten zu senden.«

Hanna nahm das Schriftstück entgegen. »Habt vielen Dank, Ihr seid eine sehr hilfsbereite Frau!«

»Warum auch nicht?« Anna von Goossen lächelte sie freundlich an. »Mir ist in meinem Leben viel Gutes widerfahren, und ich habe oft hilfreiche Menschen getroffen. Da ist es nur gottesfürchtig, Gleiches an andere Menschen zurückzugeben.«

»Wunderbar, wenn jemand Derartiges von sich sagen kann«, meinte Hanna.

»Da fällt mir noch etwas ein«, verkündete die Duftnäherin. »Ich glaube, die beiden wollten zum Vater des Mohren gehen, um mit diesem Geschäftsbande zu knüpfen.«

»Zum Vater des Mohren?«, fragte Hanna verdutzt. »Wer ist das nun wieder?«

Anna lachte auf. »Er ist ein Bremer Kaufmann, der mit Gewürzen, Tuch und vor allem Wein handelt. Seine Frau war eine Sklavin gewesen. Sie kam aus dem Orient oder auch anderswoher, ich weiß es nicht so genau. Auf jeden Fall hatte sie eine ganz schwarze Haut. Er kaufte sie, behandelte sie aber nicht wie eine Sklavin. Er schenkte ihr die Freiheit und heiratete sie schließlich. Die beiden liebten sich aufrichtig. Ihr Sohn ist genauso schwarz wie die Mutter. Sie starb bereits vor Jahren. Nun gibt es nur noch Vater und Sohn. Die beiden sind stets zusammen, obgleich der Sohn selbst schon so alt ist wie ich. Sein Name ist Simon, und sein Vater heißt Ludger. Doch überall nennt man ihn nur den Vater des Mohren.«

Hanna schüttelte den Kopf. »Ihr wurdet mir als Duftnäherin beschrieben, nun höre ich von einem Mann, der nur der Vater des Mohren genannt wird.« Sie gab Annas Lächeln zurück. »Bremen ist schon eine eigenartige Stadt.«

»Jetzt, wo Ihr es sagt … Aber wenn man hier lebt, fällt es einem gar nicht mehr auf.«

»Wo finde ich diesen Mohren und dessen Vater?«

»Sie wohnen nicht weit von hier, im letzten Haus auf der linken Seite. Ihr könnt es gar nicht verfehlen.«

»Vielen Dank.« Hanna hob die Schriftrolle. »Auch hierfür. Matthis und Albert werden sehr erfreut sein. Nun müssen wir sie nur noch finden.«

»Ich bete für Euch, dass es Euch alsbald gelingen möge«, sagte Anna von Goossen.

»Habt Dank«, erwiderte Hanna, und auch Friedrich, Wendel und Conrad, die während des Gesprächs kein Wort gesagt hatten, murmelten einen Dank. Dann begleitete Anna von Goossen die vier zur Tür.

»Gott schütze Euch, Duftnäherin.«

»Und der Herr mit Euch.«

Hanna war schon fast aus der Tür, als sie sich noch einmal umdrehte. »Sagt mir, wie kann man Düfte nähen?«, fragte sie schließlich.

Anna von Goossen legte den Finger auf ihre Lippen. »Das verrate ich nicht. Doch glaubt mir, wenn Ihr einmal eines meiner Duftgewänder getragen habt, werdet Ihr Euch nie wieder in etwas anderes kleiden wollen.«

Hanna lag eine Erwiderung auf der Zunge, doch sie schluckte sie herunter, nickte nur und verabschiedete sich. Als sie die Treppenstufen hinuntergestiegen war, wandte sie sich zu ihren Begleitern: »Dann also auf, gehen wir von der Duftnäherin zum Mohren und seinem Vater! Wem auch immer wir zu Hause hiervon erzählen – das glaubt uns keiner.«

»Irgendwie gefällt es mir in Bremen«, sagte Wendel. »Die Menschen sind anders als bei uns.«

»Was meinst du damit?«, fragte Conrad.

»Es dreht sich nicht immer nur alles um Reben und Weinberge. Hier scheint es alles zu geben, nicht nur Trauben.«

»Aber bei uns gibt es doch auch alles«, widersprach Hanna. »Vielleicht keine Duftkleider, aber die brauchen wir auch nicht.«

»Ich gebe Wendel recht«, erklärte Friedrich. »Wenn ich wählen könnte, würde ich hier leben wollen.«

Hanna erschrak, wollte es sich jedoch nicht anmerken lassen. »Du kannst aber nicht wählen«, erwiderte sie streng. »Wir sind Winzer, und hier gibt es weder Weinberge noch Reben. Also schlagt euch das gleich wieder aus dem Kopf«, wies sie ihre Söhne harsch zurecht.

Wendel hob an, etwas zu entgegnen, als Hanna sagte: »Da sind wir. Und jetzt möchte ich nichts mehr hören. Ihr wisst, wie ihr euch zu benehmen habt. Also macht mir keine Schande.«

Wieder stieg sie allein die Stufen zu dem Stadthaus hinauf und klopfte, während die drei unten an der Treppe warteten. Nach einer Weile klopfte sie noch einmal. Erst jetzt hörte man Geräusche aus dem Innern des Hauses. Ein Mann, so dunkel, wie Hanna es nie zuvor gesehen hatte, öffnete die Tür. Sofort schrak sie zurück. Auch wenn sie die Geschichte bereits kannte, hatte sie aus irgendeinem Grund nicht mit diesem Anblick gerechnet. Sie war geradezu schockiert, so andersartig sah der Mann aus.

»Seid gegrüßt im Namen des Herrn«, stammelte sie.

Der Mohr schien amüsiert. »Gott mit Euch, Fremde. Vergebt mir, wenn mein Anblick Euch erschreckt hat.«

»Nein, ich meine, ja, ich meine … oh, bitte verzeiht!«

Der Mohr strahlte sie an und entblößte dabei seine weißen Zähnen, die ihr wie Perlen auf einer Schnur schienen. »Ihr seid nicht von hier«, stellte er fest, »sonst würde Euch mein Anblick nicht verwundern. Woher kommt Ihr?«

»Ich, also wir«, sie deutete mit dem Arm nach unten, »wir kommen aus Gysinheym.«

»Aus Gysinheym? Gerade vor ein paar Tagen waren zwei Männer aus Gysinheym hier«, erklärte er freudig.

»Das waren mein Sohn Matthis und Albert Velten, der Sohn meiner Freundin.«

»Ach so.« Wieder schenkte er ihr sein strahlend weißes Lächeln. »Das erklärt es. Möchtet Ihr eintreten?«

»Nein, habt Dank. Wir sind auf der Suche nach den beiden. Es ist von größter Wichtigkeit, dass wir sie so bald wie möglich finden. Wisst Ihr womöglich, wo sie sich aufhalten?«

»Sie wollten Richtung Süden, also wieder nach Hause. Wo sie haltmachen wollten, weiß ich allerdings nicht. Wir haben ihnen Pferde verkauft. Das war vor drei, nein, vor vier Tagen. Sie müssten also bereits ein gutes Stück geschafft haben.«

Hanna schlug das Herz bis zum Hals. »Ihr meint also, dass sie sich schon vor ein paar Tagen auf die Heimreise gemacht haben?«

»Soweit ich weiß. Wir haben zugesagt, in nächster Zeit zu Euch nach Gysinheym zu kommen, um dort zu besprechen, wie viel Wein Ihr uns liefern könnt. Gibt es Schwierigkeiten?«

»Nein, nein, keinesfalls. Wir können Euch Wein liefern.« Hanna wollte ihm gegenüber nicht eingestehen, dass dies nur dann der Fall wäre, wenn Matthis und Albert rechtzeitig in Gysinheym eintrafen. »Dann ist es wohl das Beste, wenn wir uns auch auf den Weg nach Hause machen. Wahrscheinlich werden die beiden schon da sein, wenn wir heimkommen.«

»Ich wünsche es Euch«, sagte der Mohr höflich. »Kann ich sonst noch etwas für Euch tun?«

»Nein, habt vielen Dank. Gott schütze Euch.«

»Der Herr mit Euch und auf bald bei Euch in Gysinheym«, gab er höflich zurück und schloss die Tür, sobald Hanna sich umdrehte.

»Und jetzt?«, fragte Friedrich, als Hanna die Stufen wieder herunterstieg.

»Allem Anschein nach haben Matthis und Albert alles verkauft, was die Weinberge hergeben, und sind deshalb bereits nach Hause gereist. Es wird also das Klügste sein, wir beenden unsere Suche und kehren ebenfalls zurück.«

»Einfach so?«, fragte Wendel, als enttäusche ihn der Gedanke, so bald nach Gysinheym zurückzukehren.

»Ja, einfach so. Alles andere wäre dumm von uns«, gab Hanna streng zurück.

»Nun denn«, befand Conrad, »dann kehren wir also heim.«

Er warf Friedrich und Wendel einen Blick zu, der verriet, dass auch er gern noch eine Weile den Weinbergen und der harten Arbeit, die sie dort erwartete, ferngeblieben wäre. Doch keiner der drei wagte es, etwas Derartiges auszusprechen. Also folgten sie Hanna, die bereits den Weg zu ihrer Unterkunft einschlug, um die Kammer zu bezahlen und sich sodann auf die Heimreise zu machen. Ihr Schritt verriet Entschlossenheit, während die drei jungen Männer mit hängenden Schultern hinter ihr hertrotteten. Hanna tat, als bemerke sie es nicht, und schon bald erreichten sie die Schenke »Zur roten Sau«.

Noch am selben Tag kauften sie Pferde und brachen auf. Hanna hoffte, dass die Rückreise ohne Hindernisse verlaufen würde. Der Gedanke daran, dass sie die Reise vollkommen umsonst unternommen und hierfür viel Geld ausgegeben hatten, machte sie zornig. Dann auch noch die heruntergezogenen Mundwinkel ihrer Begleiter zu sehen ließ ihre Stimmung auf einen Tiefpunkt sinken. Sie ärgerte sich über Wendel, Friedrich und Conrad, die offenbar nur ihr Vergnügen im Sinn hatten und völlig außer Acht ließen, weshalb sie die Reise hierhergemacht hatten und wie ernst die Lage war. Sie versuchte, sich zu beruhigen und ihrer Wut Einhalt zu gebieten. Vor allem aber betete sie, dass Matthis und Albert bereits in wenigen Tagen und noch vor ihnen zu Hause ankommen würden. Dann würde alles gut werden. Ja, dann würde sich alles klären.

7. Kapitel

»Abt Dimitrius, habt Dank, dass Ihr mich empfangt!« Isabel trat in das Arbeitszimmer des Kirchenmannes.

Sorgfältig schloss er die Tür hinter ihr. »Die Wände haben hier, wie mir scheint, immer noch Ohren«, erklärte der Abt. Er drehte sich zu ihr um, bedeutete ihr mit einer Geste, vor dem Schreibtisch Platz zu nehmen, und setzte sich ebenfalls auf einen der Stühle. »Wie geht es Euch, Isabel?«

»Gut. Wirklich gut. Ihr meint doch wegen des Bischofs, nicht wahr?«, fragte sie.

»Ganz recht.«

»Nun, seit unserem letzten Treffen hat sich etwas verändert«, kündigte Isabel an. Es fiel ihr schwer, den Mann, den sie nun seit vielen Jahren kannte und schätzte, so zu belügen. Und doch musste es sein. »Ich habe eine Botschaft von Albert erhalten. Er und Matthis werden rechtzeitig heimkommen! Ich danke dem Herrn, dass er meine Gebete erhört hat.«

»Wirklich?« Das Gesicht des Abtes erstrahlte vor Freude.

»Ja, sie werden sogar vor der Zeit hier sein. Schon in sieben Tagen und damit drei Tage vor Ablauf der Frist.«

»Isabel, ich bin aufrichtig erleichtert!« Fast schien es, als wollte der Kirchenmann sie aus Übermut umarmen. Rasch nahm er sich zurück.

»Der Bischof wird erstaunt sein, die beiden hier zu sehen. Wir können nur hoffen, dass er nicht früher kommt und die Verhandlungen für gescheitert erklärt, indem er die gesetzte Frist widerruft.«

»Aber das kann er nicht, Isabel«, versuchte der Abt sie zu beruhigen.

»Er hat mir eine Urkunde zur Prüfung vorgelegt und wollte dann, dass ich eine ganz andere unterschreibe. Mit Verlaub und bei allem Respekt für das Amt des Bischofs, ich traue diesem Mann alles zu.«

»Ich verstehe, dass Ihr weiteres Unheil fürchtet, doch macht Euch nicht zu viele Sorgen. Euer Sohn und Matthis werden heimkehren und dann mit dem Bischof in Verhandlungen treten. Und diese, das kann ich Euch versichern, werden nicht nur zwischen ihnen und dem Bischof stattfinden. Ihr kennt mich, Isabel. Nie würde ich mich gegen das Kloster und meine Glaubensbrüder, geschweige denn die heilige Kirche wenden. Aber das Gebaren des Bischofs könnte schändlicher nicht sein.«

»Und genau deshalb muss ich Euch, mein Abt, eindringlich bitten, ihm keine Nachricht zukommen zu lassen, dass wir Matthis und Albert schon in sieben Tagen zurückerwarten. Ich habe den Advocatus befragt. Sollte der Bischof früher hierherkommen und behaupten, die Frist sei bereits abgelaufen, habe ich kein Schriftstück in der Hand, das dies widerlegt. Dann könnte er die Verhandlungen vor dem tatsächlichen Ablauf der Frist für gescheitert erklären und uns die Pachtverträge kündigen.«

»Aber, Isabel, was redet Ihr nur? Weshalb sollte ich so etwas tun? Ihr wisst, wie ich zum Bischof stehe. Nichts läge mir ferner, als ihn zu warnen und zum raschen Kommen aufzufordern.« Er runzelte die Stirn. »Hattet Ihr je einen Grund, an meiner Freundschaft und meiner Verbundenheit mit Euch zu zweifeln?«

»Nein, mein Abt, das hatte ich nicht. Bitte verzeiht mir meine Befürchtungen.«

Der Abt wirkte nachdenklich. »Ist da noch etwas, das Euch bedrückt, Isabel? Ihr seid so … ich suche nach den richtigen Worten … so anders«, sagte er schließlich. »Ich kann es nicht besser beschreiben.«

»Aber nein.« Sie winkte ab. »Ich denke, ich bin nur müde. Die letzten Wochen haben mich über die Maßen gefordert. Es war nie leicht, alles zu bewältigen. Doch jetzt war es besonders schwer.«

»Ich kann Euch gut verstehen. Verliert niemals den Mut, Isabel! Ihr habt schon so vieles durchgestanden. Glaubt mir, nicht mehr lange, dann werden all diese Dinge hinter uns liegen und vergessen sein. Der Herr wird darüber wachen.«

»Ich vertraue darauf, dass er das tut.« Sie stand auf. »Ich wollte Euch nur rasch Bescheid geben, aber nun muss ich gehen. Ich habe noch einige Vorbereitungen zu treffen, bevor mein Sohn wieder nach Hause kommt.«

»Gewiss«, erwiderte der Abt und erhob sich ebenfalls. »Möge Gott Euch schützen und über jeden Eurer Schritte wachen, Isabel.«

»Und möge der Herr Euch segnen und begleiten«, gab sie zurück. Dann verließ sie das Arbeitszimmer und nur wenig später das Kloster. Dass hierbei mehr Augen auf sie gerichtet waren als nur die des Abtes, konnte sie fast so deutlich wie ein Brennen auf ihrer Haut spüren.

Der Advocatus erwartete sie bereits bei ihr zu Hause im Esszimmer. »Habt Ihr es getan?«

»Ja. Aber wohl war mir nicht dabei«, gestand Isabel ein.

»Euch wird wieder besser zumute sein, wenn die Sache mit dem Bischof ausgestanden ist und er sich davongemacht hat. So Gott will, wird es ihm eine Lehre sein, und er verzichtet künftig darauf, Gysinheym heimzusuchen.«

»Mutter, können wir auch irgendetwas tun?« Emilia und Anna steckten ihre Köpfe zur Tür herein.

Isabel lächelte ihnen zu. »Nein, leider nicht. Wir können nur abwarten.«

»Ist gut«, gab Emilia in enttäuschtem Ton von sich. »Dann werden wir jetzt weiternähen, damit wir mit den Handarbeiten endlich fertig werden.«

»Das ist ein guter Gedanke«, lobte Isabel, der es leidtat, dass sie derzeit keine anderen Aufgaben für die Mädchen hatte. Alle Arbeiten in den Weinbergen waren verrichtet, und Isabel hielt es für besser, sich die nächsten Tage, die im Hinblick auf die Pacht und das weitere Vorgehen des Bischofs noch viel Unsicherheit mit sich bringen würden, ein wenig Ruhe zu gönnen.

Die Mädchen verabschiedeten sich von ihrer Mutter und dem Advocatus und gingen wieder in ihre Zimmer, um sich weiter dem Nähen zu widmen.

Die nächsten Tage schienen Isabel quälend langsam zu vergehen. Sie hatte vom Advocatus die Mitteilung erhalten, dass alle Winzer ihn aufgesucht, ihre Urkunden vorgelegt und auch gleich Zeugen mitgebracht hatten, die den in den unterzeichneten Urkunden geänderten Wortlaut bestätigen konnten. Zu seiner und auch Isabels Überraschung war selbst Ottokar gekommen, der sich während der Zusammenkunft der Winzer in der Schenke noch nicht hatte vorstellen können, sich gegen den Bischof – und damit seiner Ansicht nach gegen die Kirche – aufzulehnen. Der Advocatus begrüßte dessen Entscheidung, verbesserte sie doch seine Verhandlungsposition dahin gehend, dass die Betrugsvorwürfe gegen den Bischof nun geschlossen von allen Winzern vorgebracht wurden. Er war zuversichtlich, dass der Erzbischof seinem Gesuch entsprechen würde.

Es blieb nur zu hoffen, dass der Bischof tatsächlich so handelte, wie der Advocatus es voraussah, und auf die List mit dem Gespräch im Kloster hereinfiel. Isabel war sicher, dass der Abt und sie während ihres Gesprächs belauscht worden waren. Und sie hoffte inständig, dass der Spitzel sich sogleich auf den Weg zum Bischof gemacht hatte und dieser nicht zu weit fort von Gysinheym aufhältig war, um rechtzeitig innerhalb der von Isabel angegebenen sieben Tage zurückzukehren.

Vier Tage waren schon um, und je länger Isabel darauf wartete, dass endlich etwas geschah, desto nervöser wurde sie.

»Bitte, Mutter, setz dich doch«, bat Emilia, die mit ihrer Stickarbeit auf dem Schoß in der Wohnstube saß und Isabel beobachtete, wie diese auf und ab ging.

Anna ließ ihre Handarbeit ebenfalls sinken. »Fürchtest du nur, dass der Bischof nicht auf die List hereinfällt, oder denkst du, dass Mutter und den anderen etwas zugestoßen sein könnte?«

Isabel blieb abrupt stehen. »Aber nein, wie kommst du nur darauf, Anna? Deiner Mutter geht es gut, genau wie deinen Brüdern und meinen Söhnen. Das spüre ich tief in mir. Es ist nur dieser elende Bischof und die Sorge, was geschehen wird, wenn er nicht kommt.«

»Warum kann er das eigentlich einfach so machen?«, fragte nun Emilia. »Ich meine, so viele Jahre haben wir diesen Pachtvertrag und immer alles erfüllt. Dabei war es so viel Arbeit, auch für uns. Wie kann er das einfach so tun?« Die Dreizehnjährige sah ihre Mutter traurig, fast schon mutlos an.

Isabel zuckte mit den Schultern. »Weil er der Bischof ist.«

»Nein, ich meine, warum tut er das? Was will er?«

»Noch mehr Münzen, mein Schatz. Das ist die einzige Antwort, die ich dir geben kann.«

»Aber ich dachte immer, die Kirche hätte auch so mehr als genug«, wandte Anna ein. »Ich habe noch nie einen hungernden Mönch gesehen. Ihr etwa?«

»Eher andersherum«, meinte Emilia.

Isabel schmunzelte. »Ihr beiden tut gut, wisst ihr das? Ich wünschte oft, ich hätte mehr Zeit, um diese mit Euch zu verbringen und süße Momente wie diesen genießen zu können.«

Emilia warf der Mutter einen glücklichen Blick zu. Isabel spürte, wie viel Liebe darin lag. Sie atmete tief durch, setzte sich dann auf einen der Stühle und griff sich ebenfalls eine Stickerei, die bei Emilias Stoffen obenauf lag. Isabel begann zu sticken, doch nach wenigen Momenten hörte sie wieder auf. »Entschuldigt, doch ich kann das nicht. Es macht mich einfach wahnsinnig, nichts weiter tun zu können, als zu warten, zu warten und wieder zu warten.« Sie sprang vom Stuhl auf. »Ich hole Wein«, kündigte sie an und verließ den Raum.

Genau in diesem Moment klopfte es an der Eingangstür. Der Knecht hatte keine Gelegenheit zu öffnen. Isabel war mit raschen Schritten an der Tür und riss sie förmlich auf. Der Advocatus stand davor. Sein breites Grinsen verriet, dass er gute Nachrichten brachte.

»Und?«, fragte Isabel und verzichtete auf einen Gruß.

Der Advocatus trat in den Flur und schloss die Tür hinter sich. »Ich habe es gerade erfahren: Der Bischof wurde vor einer Stunde gesehen, wie er sich mit seinem Gefolge auf den Weg hinauf zum Kloster machte. Er ist da, Isabel.«

Isabel juchzte laut auf, sodass Emilia und Anna in den Flur gerannt kamen. Sie sahen zwischen den beiden Erwachsenen hin und her. Dann begriffen sie, was geschehen war, liefen zu Isabel hinüber und umarmten diese stürmisch. Tränen der Erleichterung liefen über Emilias Wangen. Die drei hielten sich in den Armen und sprangen übermütig auf und ab, bis sie vor lauter Jubeln und Lachen kaum mehr Luft bekamen.

»Ich danke Euch, Advocatus. Kommt Ihr dann wie vereinbart morgen hierher?«

»Ich werde kommen, und ich werde einige Dörfler als Zeugen mitbringen. Stellt Wein bereit, Isabel. Auch wenn ich nicht glaube, dass wir allzu lange warten müssen, bis sich der Bischof die Ehre gibt und Matthis und Albert zu sprechen wünscht in dem Glauben, dass diese noch nicht hier sein können.«

»Ich kann kaum erwarten, sein Gesicht zu sehen, wenn er feststellt, dass wir ihn hereingelegt haben.« Isabel strahlte.

»Offen gestanden, mir geht es genauso. Auch wenn ich als Advocatus stets Abstand wahren sollte – in diesem Fall widerstrebt mir das schändliche Treiben dieses angeblichen Edelmannes so sehr, dass es mir ein großes Vergnügen sein wird, den Bischof in seinem Lügengeflecht untergehen zu sehen.« Er wandte sich zum Gehen. »Doch jetzt will ich zurück ins Dorf und den Menschen Bescheid geben. Erschreckt nicht, wenn mich morgen gar zu viele begleiten, weil sie unbedingt dabei sein wollen, wenn der Bischof davongejagt wird.«

»Das Haus ist groß genug für alle«, erwiderte Isabel mit Gleichmut in der Stimme. »Und Wein haben wir auch genug. Lasst sie ruhig kommen. Ich werde vorbereitet sein.«

Am nächsten Morgen nahm sich Isabel mehr Zeit als sonst, um sich anzukleiden und ihre Frisur zu richten. Sie wollte tadellos sein, wenn sie dem Bischof nachher gegenübertrat.

Die Dörfler und der Advocatus kamen früher, als Isabel erwartet hatte. Fast war es schon unhöflich, derart zeitig am Tag zu erscheinen. Doch Isabel, Emilia, Anna und auch die Mägde und Knechte nahmen es ihnen nicht übel, sondern freuten sich, dass so viele aus dem Dorf den Weg zu ihnen gefunden hatten. Isabel ließ die Mägde reichlich auftragen. Ein jeder, der gekommen war, sollte sich an diesen Tag als einen des großen Triumphes erinnern. Es vergingen fast zwei Stunden, bis es an der Eingangstür klopfte und der Bischof selbst sich die Ehre gab, bei ihr vorstellig zu werden. Der Novize, der seinerzeit die Urkunde, die der Bischof ihr entrissen hatte, den Flammen zugeführt hatte, begleitete ihn.

Isabel trat in den Flur und schloss hinter sich die Tür des Esszimmers, in dem sich die meisten Dörfler aufhielten. Einige weitere waren in der Stube. Das Stimmengewirr war im ganzen Haus zu hören und klang wie das Summen in einem Bienenstock.

»Isabel Velten. Ich hoffe, ich komme nicht ungelegen.« Der Bischof sah sie mit einem verschlagenen, abschätzigen Lächeln an.

»Ungelegen nicht. Doch frage ich mich, was macht Ihr hier, Bischof? Ich habe Euch erst in fünf Tagen erwartet.«

»Eure Erwartungen gehen fehl«, bemerkte er und verzog arrogant das Gesicht.

»Das mag wohl so sein bei einer einfachen Frau, wie ich es bin. Nun denn, tretet näher und esst und trinkt mit uns.«

Der Bischof schien nur kurz überrascht. Offenbar störte er sich nicht weiter daran, dass er eigentlich mit wesentlich mehr Aufregung, vor allem aber Verängstigung gerechnet hatte, sobald die Winzerin ihn zu Gesicht bekam.

Isabel ging voraus und öffnete mit Schwung die Tür zum Esszimmer. Sofort verstummten alle. Sämtliche Augen waren auf den Bischof gerichtet.

»Gott mit Euch«, sagte er beim Eintreten. »Was ist der Anlass für diese ausgelassene Zusammenkunft so früh am Morgen, wenn ich fragen darf?«

»Gewiss dürft Ihr fragen, Bischof.« Der Advocatus trat heran. »Mein Name ist Ulrich von Mengen. Advocatus.« Er verbeugte sich.

Der Bischof schien irritiert zu sein, streckte ihm dann jedoch den Ring zum Kuss entgegen. »Advocatus, sagtet Ihr?«

»Ja. Und ein Freund der Familien Velten und Stauber«, fügte dieser hinzu.

Die Erklärung, dass der Advocatus ein Freund der Familien und somit offenbar nicht in beruflichem Auftrag hier war, schien dem Bischof zu gefallen, und seine eben noch angespannte Haltung löste sich wieder.

»Nun«, sagte der Bischof, »bisher hat mir niemand den Anlass für diese fröhliche Zusammenkunft genannt.«

»Wer weiß?« Isabel zuckte mit den Schultern. »Womöglich geht es bei mir immer so zu.«

»Wollt Ihr einem Mann der Kirche gegenüber respektlos erscheinen, Weib?«

Der Novize, der dem Bischof gefolgt war und nun neben ihm stand, fuhr zusammen.

»Ich?« Isabel legte sich übertrieben erschrocken die Hand an die Brust. »Als ob eine Frau wie ich es wagen würde.«

Der Bischof wurde wütend. Isabel genoss es zuzusehen, wie sein aufgequollenes Gesicht noch röter wurde. Der Novize beobachtete es mit Schrecken.

»Mir steht nicht der Sinn danach, mich mit niederem Volk zu streiten«, stellte der Bischof klar.

»Niederes Volk«, wiederholte Isabel und sah den Advocatus an. »Damit meint er dann wohl uns. Nun ja.« Sie machte eine wegwerfende Handbewegung. »Sei's drum.«

»Wollt Ihr gar nicht wissen, weshalb ich gekommen bin?« In der Stimme des Bischofs lag etwas Kaltes und doch Frohlockendes. Isabel konnte förmlich spüren, wie sehr er sich darauf freute, sie im nächsten Moment auf die Pachtverträge anzusprechen.

»Aber ich weiß doch, weshalb Ihr gekommen seid«, erklärte Isabel, und ihre Mundwinkel hoben sich. Nah, fast ein wenig zu nah trat sie an den Bischof heran. »Ihr seid gekommen, um die Schriftstücke entgegenzunehmen.«

»Die Schriftstücke?«, echote der Bischof.

Der Advocatus ließ sich die Schriftrollen eine nach der anderen reichen und legte sie dem völlig verdutzten Bischof erst in die Hände und, als diese voll waren, auf die ausgestreckten Arme, dass sie sich stapelten. »Dies, Bischof, sind die Schriftstücke, in denen die Winzer die Rückabwicklung der neuen Pachtverträge fordern. Die Urkunden, die sie unterschrieben haben, entsprechen nicht denen, die ihnen vorgelesen wurden, und gründen daher auf einer Täuschung.«

»Ihr wagt es!« Der Bischof schnaubte vor Wut und schleuderte die Schriftrollen zu Boden.

»Ihr könnt sie lesen oder auch einfach verbrennen. Doch die Winzer haben durch Euer Erscheinen hier und die vor Zeugen erfolgte Übergabe ihre Frist, um gegen die Urkunden vorzugehen, gewahrt und werden ihre Rechte notfalls beim Erzbischof oder gar Kaiser durchsetzen.« Der Advocatus baute sich breit vor dem Bischof auf. »Wir werden in dieser Sache nicht nachgeben, Bischof. Das ist gewiss. Stellt Euch darauf ein.«

Der Bischof funkelte Isabel wütend an und spuckte ihr ins Gesicht. »Du verdammtes Kebsweib! Du steckst dahinter mit all deiner Verkommenheit!«

Isabel wischte sich den Speichel aus dem Gesicht. »Spuckt nur auf mich, beschmutzt mich, verhöhnt mich. All das wird nicht das Geringste ändern, Bischof!« Das letzte Wort spie sie verächtlich aus.

Er hob den Zeigefinger und fuchtelte damit vor ihrem Gesicht. »Euer Sohn und der Stauber sind nicht hier. Ich werde Eure Pachtverträge kündigen und Euch von meinem Land jagen!«, schnauzte er.

»Euer Land?«, wiederholte der Advocatus schmunzelnd. »Wohl eher das Land der Kirche. Und ob es wirklich dazu kommt, werden wir noch sehen. Erst einmal habt Ihr genug damit zu tun, jeden einzelnen der auf Täuschung gründenden Pachtverträge neu schreiben zu lassen.«

»Niemals!« Er ließ seinen Blick über die Köpfe der Anwesenden schweifen. »Verflucht seid Ihr! Verflucht sei ein jeder von Euch, dreckiges Pack!« Der Bischof verlor vollkommen die Fassung. Er stieß die Menschen zur Seite, die um ihn herumstanden, er schubste sie, trat sogar nach ihnen. Wie von Sinnen stürmte er hinaus.

Der Novize hatte das Geschehen ungläubig verfolgt, konnte offenbar nicht fassen, was er soeben erlebt hatte.

»Bevor du deinem Herrn hinterherläufst«, sagte der Advocatus in ruhigem Tonfall und beugte sich hinunter, »solltest du erst noch diese Schriftstücke aufsammeln. Der Bischof wird sie brauchen, wenn er dagegen vorgehen will.« Er reichte ihm eine der Schriftrollen.

Der Novize schien zunächst unschlüssig, was er tun sollte. Schließlich bückte er sich, raffte die Schriftrollen hastig zusammen und lief seinem Dienstherrn nach.

Einen Moment lang sahen die Menschen ihnen noch nach, dann ganz plötzlich, als wäre ein Damm gebrochen, jubelten sie auf und grölten dem Bischof schändliche Beleidigungen hinterher. Isabel wischte sich mit dem Ärmel ihres Kleides mehrfach über das Gesicht. Den Geruch seines Speichels hatte sie noch immer in der Nase.

»Alles in Ordnung?«, fragte der Advocatus und sah sie mitfühlend an.

»Es braucht schon mehr als ein bisschen Spucke, damit ich die Fassung verliere«, entgegnete sie. »Sogar viel mehr«, fügte sie hinzu und sah grimmig zur Tür, durch die der Bischof soeben verschwunden war.

8. Kapitel

Sie kamen gut voran, rascher sogar, als Hanna zu hoffen gewagt hatte. Ihre Laune besserte sich mit jedem Schritt, den sie auf dem Pfad in Richtung Heimat zurücklegten. Hieran konnten auch die verdrossenen Mienen ihrer drei Begleiter nichts ändern, die nur von Zeit zu Zeit ein paar Worte fanden, um das Schweigen zu unterbrechen.

»Eigentlich war also alles umsonst«, stellte Conrad missmutig fest. »Dann hätten wir uns gar nicht erst auf die Suche machen müssen und uns die Anstrengungen der Reise ersparen können.«

»Dann hättest du Bremen nie zu Gesicht bekommen«, gab Hanna zu bedenken. »Und wenn mich nicht alles täuscht, war es genau das, was dir in den letzten Monaten die größte Freude bereitet hat. Oder irre ich mich?«

Conrad antwortete nicht. Hanna kannte ihn ebenso gut wie seine eigene Mutter. Er wusste, dass es vergebliche Mühe war, ihr etwas vormachen zu wollen.

»Ich kann euch wirklich nicht verstehen«, sagte Hanna nachdenklich, während sie ihr Pferd in ruhigem Schritt weiter vorantrieb. »Hier geht es um unser aller Überleben. Ohne die Weinberge sind wir nichts. Doch ihr seht nur euch selbst und schmollt wegen eines verpassten Vergnügens. Schämen solltet ihr euch!«

»Kannst du es denn überhaupt nicht nachempfinden?«, entgegnete Wendel kleinlaut und sah seine Mutter Verständnis heischend an. »Du hast dir das Leben in den Weinbergen ausgesucht. Nichts als Reben und jeden Tag die Schinderei auf den Hängen. Wir aber sind jung.«

»Rede nur so weiter, dann werde ich dafür sorgen, dass du nicht mehr viel älter wirst«, gab Hanna giftig zurück.

»Aber Mutter ...«, begann Wendel, brach dann jedoch ab.

Eine Weile sagte keiner von ihnen etwas, bis Hanna leise, fast so, als spreche sie zu sich selbst, fortfuhr: »Auch ich war einmal jung. Ich weiß, wie es sich anfühlt, wenn das Blut so heftig in den Adern pocht, dass man nicht still zu sitzen vermag.« Für einen kurzen Moment schloss sie die Augen, öffnete sie dann wieder. »Ich weiß, wie es ist, wenn man der Enge entfliehen will und doch keinen Ausweg sieht. Auch ich fühle, spüre, begehre. Auch in mir ist der Wunsch nach Leben.« Ihre Stimme wurde immer lauter, immer leidenschaftlicher die Art, wie sie die Worte sprach. »Ein freies Leben ohne all die Last auf den Schultern – wer wünschte das nicht?«

»Mutter, ich wollte nicht ... ich meine, das habe ich nicht gewusst«, versuchte Wendel zu erklären.

»Was hast du nicht gewusst? Dass ich fühle wie ein Mensch?«

Der Sohn senkte den Kopf. »Bitte verzeih mir.« Er sah zu Friedrich und Conrad hinüber. »Verzeih uns allen dreien unser Verhalten.«

»Ich möchte euch etwas fragen. Ist eigentlich keiner von euch stolz auf eure Brüder und das, was sie geleistet haben?« Ohne eine Antwort abzuwarten, sprach sie weiter: »Ich hätte stolzer nicht sein können, als ich hörte, dass sie von ihrem ursprünglichen Vorhaben, den Wein an die Bremer Wirte zu verkaufen, Abstand nahmen und sich stattdessen einen eigenen

Stand zu sichern versuchten, als sie von dem Hansefest erfuhren. Ist euch denn nicht klar, was geschehen ist? Matthis und Albert haben die Sache selbst in die Hand genommen und in ihren jungen Jahren gezeigt, was für Männer in ihnen stecken. Wollt ihr nicht ebenso sein? Wollt ihr nicht klug sein und für das kämpfen, was ihr erreichen könnt? Kam euch das nie in den Sinn?« Sie schüttelte den Kopf.

»Du hast recht«, bestätigte Friedrich. »Wir haben nur unser Vergnügen gesehen und nicht weiter nachgedacht.«

»Es tut uns leid«, fügte Conrad hinzu.

Die drei jungen Männer saßen auf ihren Pferden wie nasse Säcke, in sich zusammengefallen und den Blick starr auf die Ohren ihrer Pferde gerichtet.

»Begreift, was wirklich wichtig ist. Dann werdet ihr in eurem Tun Bedeutung finden«, mahnte Hanna.

»Ja, Mutter.« Wendel hob kurz den Blick.

Wieder ritten sie eine Weile schweigend. Da kam Hanna ein Gedanke. »Womöglich können wir das Feuer eurer Jugend auch nutzen.«

»Wie meinst du das, Hanna?« Conrad sah sie fragend an.

Sie klopfte auf den Lederbeutel, den sie sich um die Taille geschnürt hatte. »Die Urkunde hier, die Schankerlaubnis des Bremer Rates für das Hansefest«, begann sie. »Warum sollten nur Matthis und Albert nach Bremen reisen, um unseren Wein an die Bremer und die Besucher, die aus allen Landesteilen erwartet werden, auszuschenken? Zwar muss ich dies erst mit Isabel besprechen, doch könnte ich mir vorstellen, dass sie damit einverstanden ist, euch ebenfalls mitgehen zu lassen, sobald die Trauben gekeltert und die Arbeiten in den Weinbergen erledigt sind.«

Conrads Gesicht erhellte sich. »Wirklich? Ginge das?«

Hanna zuckte mit den Schultern. »Weshalb denn nicht? Wie gesagt, deine Mutter muss erst zustimmen. Und eure Brüder ebenfalls.« Sie schüttelte den Kopf. »Und ob ich es noch bereuen werde, fünf junge Männer im Tross in eine fremde Stadt reisen zu lassen, weiß ich nicht. Doch ich will euch vertrauen und keinesfalls glauben, dass ihr nicht begriffen habt, worum es im Leben geht.«

»Danke, Mutter, das haben wir nicht verdient.«

»Ja«, erwiderte Hanna mit einem Anflug von Gleichmut. »Aber womöglich wird es auch die beste Entscheidung sein, die ich je getroffen habe. Wer weiß das schon?«

Es vergingen weitere drei Tage, in denen sie Hamm durchquerten, an Dortmund, Wuppertal und Solingen vorbeiritten und schließlich in Köln die Pferde verkauften und sich einen Platz auf einem Treidelboot sicherten, das am nächsten Morgen in aller Frühe ablegen und rheinaufwärts fahren würde. Es sollte ihre letzte Nacht in einer Schenke sein. Noch zehn Tage, dann würden sie wieder daheim in Gysinheym sein. Hanna konnte es kaum mehr erwarten.

»Ich brauche eine Kammer für meine Söhne und mich«, erklärte Hanna dem Wirt, der mit einem Tuch einen Krug abtrocknete, während er mit Hanna sprach.

»Nichts mehr frei«, erwiderte dieser knapp.

Hanna seufzte. »Gibt es noch andere Schenken in der Nähe? Wir fahren morgen mit dem Treidelboot weiter und würden gern in einer Schenke übernachten, die nicht allzu weit weg vom Anleger ist.«

Der Wirt schüttelte langsam den Kopf. »Hier gibt es nur mich. Deshalb wollen ja auch alle, die rheinaufwärts fahren, hier unterkommen. Ich habe eine Scheune, in der Ihr schlafen könnt. Doch da seid Ihr nicht allein. Vieh ist zwar keines drin, aber zwei weitere Kerle. Wenn Euch das nicht stört, könnt Ihr für einen Groschen weniger dort übernachten.«

»Für die Hälfte«, verhandelte Hanna, »und am Morgen einen Brei.«

»Immer die Weiber«, schimpfte der Wirt. »Die Kerle zahlen, was verlangt wird. Aber die Weiber müssen stets widersprechen.«

»So war es immer und wird es immer sein«, entgegnete Hanna. »Sind wir uns also einig?«

»Bevor ich mir weiter Euer Gezeter anhören muss, machen wir es eben so«, willigte der Wirt ein. »Die Scheune ist hinter dem Haus. Wollt Ihr etwas essen und trinken?«

»Ja. Gebt uns vier Bier, Schinken und Brot«, forderte Hanna. »Wir nehmen es mit rüber in die Scheune. Ich will endlich meine müden Glieder ausstrecken.«

Nachdem der Wirt alles zusammengestellt hatte, nahmen Hanna und die Burschen ihre Bierkrüge und das Essen und gingen zur Scheune. Es wurde langsam dunkel, und im Innern flackerte eine einzelne Talgleuchte am anderen Ende der Scheune, die lediglich ein schwaches Licht spendete.

Hanna beschlich ein eigenartiges Gefühl, als sie eintrat. Sie konnte zwei Gestalten erkennen, ihre Gesichter aber nicht sehen. »Gott zum Gruße!«, rief sie ihnen zu.

Die beiden Männer waren von einem Moment auf den anderen wie erstarrt. Hanna überkam eine Gänsehaut.

»Mutter?«, schallte es zurück, und der Mann sprang ebenso wie sein Begleiter auf.

Hanna ließ vor Schreck ihren Krug fallen, sodass das Bier auf ihr Kleid spritzte. »Matthis? Albert?«

Die beiden kamen mit großen Schritten herüber, umarmten Hanna und die Brüder herzlich.

»Was macht ihr hier?« Matthis hielt seine Mutter an den Schultern.

Hanna liefen Tränen über die Wangen. »Beim Herrn, wir hatten die Hoffnung schon aufgegeben, euch doch noch zu finden. Und nun treffen wir auf dem Rückweg aufeinander!«

»Wir haben euch gesucht«, beantwortete Wendel die Frage seines Bruders. »Es ist etwas geschehen.«

So groß die Freude über das Wiedersehen auch war, so gedämpft war die Stimmung, als Matthis und Albert erfuhren, was sich in Gysinheym zugetragen hatte.

»So viele Jahre haben wir in den Weinbergen geschuftet«, sagte Albert. »Und wofür?«

»Noch wissen wir nicht, was der Bischof überhaupt will und ob es tatsächlich etwas Schlimmes bedeutet«, erklärte Hanna, nachdem Friedrich und Conrad mit drei Bierkrügen zurückkehrten, die sie soeben aus der Schankstube geholt hatten. Sie saßen im Kreis auf dem Stroh, das Brett mit Schinken und Brot in der Mitte, jeder mit einem Bier in der Hand. Hanna hatte Glück gehabt, der Krug, den sie vorhin hatte fallen lassen, war nicht zerbrochen. »Aber Abt Dimitrius war überaus beunruhigt, als er kam, um uns vor dem Besuch des Bischof zu warnen. Und solange ich den Abt kenne, hat er mit seinen Befürchtungen stets recht behalten. Und dass der Bischof zu einer Zeit kam, in der die Winzer, die neue Geschäftspartner suchen, auf Reisen sind, ist gewiss kein Zufall.«

»Und daher seid ihr uns hinterhergereist.« Albert schmunzelte. »Dabei waren wir schon auf dem Rückweg.«

»Früher als erwartet«, stellte Conrad fest.

»Ja. Wir haben mehr erreicht, als wir zu hoffen gewagt hatten. Stellt euch nur vor, wenn alles gut geht, werden wir im Herbst, sobald die Trauben eingebracht und gekeltert sind, am Hansefest teilnehmen!«

»Das wissen wir bereits«, erwiderte Friedrich grinsend.

»Ihr wisst davon?«, fragte Matthis überrascht.

»Wir wissen sogar mehr als ihr.« Hanna fingerte an dem Lederbeutel, den sie noch immer um ihre Taille geschnürt hatte, und zog schließlich die Pergamentrolle hervor. »Mit einem Gruß von der Duftnäherin«, verkündete sie.

Matthis und Albert tauschten einen Blick. Dann nahm Albert das Schriftstück entgegen und las es. »Das ist die Schankerlaubnis.« Er sah Matthis an. »Die Schankerlaubnis des Rates!«, jubelte er, und Matthis stimmte mit ein.

»Das gibt es ja nicht.« Matthis ballte die Hand zur Faust. »Uns hält niemand mehr auf!«

»Wie seid ihr da rangekommen?«, wollte Albert von Hanna wissen.

Diese berichtete, wie sie zunächst mit dem Wirt gesprochen hatten, der ihnen erzählte, dass Matthis und Albert sich noch an Anna von Goossen hatten wenden wollen, und sie deshalb ebenfalls zu ihr gegangen waren. Auch dass sie mit dem Mohren gesprochen hatten, ließ sie nicht unerwähnt.

»Na, dann wisst ihr ja schon, was wir so gemacht haben«, stellte Matthis fest. »Und, Mutter, was sagst du?«

»Dass wir überaus stolz auf euch beide sind. Wir haben sogar auf dem Weg hierher darüber gesprochen. Stimmt es nicht?« Sie sah von Friedrich zu Wendel und schließlich zu Conrad.

»Es stimmt«, bekräftigte Conrad. »Eure erste Geschäftsreise, und ihr verkauft fast mehr, als die Weinberge hergeben!«

Albert hob den Zeigefinger. »Und das Beste daran: Wenn wir sonst für ein Fass fünfzehn Gulden bekommen, können wir unseren Gewinn auf dem Hansefest gut verdoppeln, weil wir den Wein in kleineren Mengen direkt an die Besucher abgeben. Ich glaube, Mutter wird sehr zufrieden mit uns sein.«

»Mehr als das«, versicherte Conrad.

»Und wenn ihr nichts dagegen habt, könnten Friedrich, Wendel und Conrad euch nach Bremen begleiten und euch beim Ausschank helfen«, schlug Hanna beiläufig vor.

Matthis und Albert tauschten einen Blick, der ihre Begeisterung über diesen Vorschlag verriet. »Das wäre besser als alles, was ich mir vorstellen könnte«, urteilte Matthis und schlug seinem Bruder Friedrich freundschaftlich gegen die Schulter.

Sie saßen noch stundenlang zusammen, plauderten fröhlich miteinander, und Albert und Matthis erzählten ausführlich, wo sie gewesen waren und was sie auf ihrer Reise alles erlebt hatten. Hanna war hundemüde, doch die Begeisterung in den Augen der beiden und zu sehen, wie ihre Brüder an ihren Lippen hingen, machte sie glücklich und hielt sie noch eine Weile wach. Irgendwann jedoch sagte sie, dass sie sich nun ausruhen müsse, ging ein Stück in Richtung Scheunenwand, rollte sich in ihren Umhang und schlief augenblicklich ein. Sie bekam nicht einmal mit, dass die fünf noch zweimal losgingen, um sich Biernachschub zu besorgen.

Am nächsten Morgen, als ein schwaches Licht durch die Ritzen der Scheune drang, schlug Hanna die Augen auf. Sie rollte sich aus ihrem Umhang und stand auf. Die fünf Burschen schliefen noch tief und fest. Womöglich wäre es am gestrigen Abend klüger gewesen, sie nicht ganz sich selbst zu überlassen. Hanna bemerkte die geleerten Krüge, die achtlos liegen gelassen und einfach zur Seite geschoben worden waren. Sie konnte nur hoffen, dass es nicht gar zu oft gewesen war, dass diese vom Wirt aufgefüllt worden waren.

Hanna ging zur Scheunentür hinüber und öffnete sie. Richtig hell war es noch nicht. Sie hatten genug Zeit, um noch einen Brei zu sich zu nehmen, bevor sie zum Treidelboot gehen und die letzte Etappe ihrer Reise antreten würden.

Sie drehte sich um, ging zu den anderen und weckte sie nacheinander. Die jungen Männer murrten nur und wollten weiterschlafen. Doch das ließ Hanna nicht zu.

»Wer saufen kann, kann auch aufstehen«, urteilte sie und rüttelte abermals an den ins Stroh gebetteten Körpern. »Es wird

Zeit, sonst verpassen wir den Kahn«, sagte Hanna. »Ich gehe jetzt zum Brunnen und wasche mir das Gesicht. Ich werde einen Eimer mitbringen – und wer von euch noch liegt, wenn ich zurückkomme, bekommt das kalte Wasser ins Gesicht.«

Diese Ankündigung verfehlte ihre Wirkung nicht. Nach und nach richteten sich die jungen Männer auf, blinzelten müde ins schwache Tageslicht.

Hanna war zufrieden, als sie zum Brunnen schlenderte. Sie fühlte sich kräftig und voller Leben.

Nur wenig später packten sie ihre Sachen zusammen, befreiten ihre Kleidung und die Haare vom Stroh und gingen hinüber zur Schenke, wo der Wirt und seine Frau sie bereits erwarteten.

»Gott zum Gruße«, sagte Hanna beim Eintreten.

Der Wirt nickte ihr und ihren Begleitern zu, während er weiter in dem Topf mit dem brodelnden Haferbrei rührte. Er stutzte kurz, als er die Ähnlichkeit der beiden Männer, denen er zuerst die Plätze in der Scheune zugewiesen hatte, mit denen, die später mit der Frau angekommen waren, bemerkte. Doch er sagte nichts dazu, auch wenn er es eigenartig fand, dass die sechs, wie sie jetzt am Tisch saßen und sich von seiner Frau den Morgenbrei geben ließen, ganz so wie eine Familie wirkten.

Schon kurz danach kamen auch die anderen Gäste aus ihren Kammern im Obergeschoss herunter, setzten sich und verlangten zu essen, sodass er sich hierum keine weiteren Gedanken machen konnte.

Nachdem sie aufgegessen hatten, ging Hanna zum Wirt und bezahlte für alle sechs.

»Für die beiden anderen zahlt Ihr gleich mit?«, fragte der Wirt nach, um sicherzugehen, dass er sie richtig verstanden hatte.

»So ist es«, antwortete sie ohne jede weitere Erklärung.

Der Wirt nahm es hin. Ihm war egal, von wem er das Geld bekam. Hauptsache, die Münzen klingelten in seinem Beutel.

Die Rückreise war um ein Vielfaches entspannter und gelöster, als es auf dem Weg in die andere Richtung der Fall gewesen war. Hanna war bester Laune. In heiterer Stimmung plauderten die sechs über dies und das, lachten gemeinsam und tauschten sich weiter über ihre Erlebnisse in den letzten Wochen aus. Auch über Hannas Begegnung mit dem Mohren sprachen sie.

Hanna legte die flache Hand auf ihre Brust. »Ich wusste ja von der Duftnäherin, dass seine Haut schwarz ist. Aber das …«, sagte sie lachend. »Diese tiefdunkle Haut und dann die hellen Augen und die perlweißen Zähne – ich war regelrecht erschrocken. Dabei wollte ich ihn gewiss nicht beleidigen mit meinem Verhalten.«

Matthis lachte auf. »So, wie wir Simon kennengelernt haben, nimmt er es dir nicht übel. Er ist einer der nettesten Menschen, die mir je begegnet sind. Und er hat uns einige Geschichten darüber erzählt, was ihm wegen seiner dunklen Haut schon alles widerfahren ist.«

»Fühlt sich denn so ein Mensch überhaupt wohl hier bei uns? Immerhin wird er doch von jedem angestarrt«, gab Hanna zu bedenken. »Ich stelle mir das ganz schrecklich vor, wäre ich an seiner Stelle.«

Albert schmunzelte. »Ach was, Simon macht sich eher einen Spaß daraus.«

»Hat er euch gesagt, ob er je daran gedacht hat, in das Land zu gehen, aus dem seine Mutter stammt?«, fragte Conrad.

»Tatsächlich habe ich ihm ebendiese Frage gestellt«, erwiderte Albert. »Wir Brüder haben wohl wirklich nicht nur ein ähnliches Aussehen, sondern auch die gleichen Gedanken.«

»Und? Was hat er gesagt?«, wollte Conrad wissen.

»Auf gar keinen Fall, hat er geantwortet und erklärt, dass er es ganz schrecklich fände, in einem Land zu leben, wo alle so aussehen wie er.« Albert lachte auf, und die anderen stimmten mit ein.

»Er äußerte mir gegenüber, dass er und sein Vater auf ihrer schon bald stattfindenden Handelsreise zu uns kommen werden«, sagte Hanna.

»Ja, wir haben sie eingeladen. Sein Vater und er handeln nicht nur mit Wein, sondern mit allem, was man sich nur vorstellen kann. Sie sind reiche Männer. Ich verspreche mir viel von dieser Geschäftsverbindung«, erklärte Matthis.

Sie unterhielten sich noch eine Weile, bis sie gegen Mittag Oberwesseling erreichten und dort anlegten, um Waren aufzunehmen. Die sechs nutzten die Gelegenheit, um kurz von Bord zu gehen und sich zu erleichtern. Nur Augenblicke nachdem sie und auch alle anderen zurück waren, legten sie wieder ab. Sie fuhren an Bonn vorbei und machten am frühen Abend erneut halt, um Waren abzuladen und neue an Bord zu nehmen. Wieder verließen alle kurz den Kahn. Als sie weiterfuhren, teilte Hanna das Trockenfleisch und Brot unter ihnen auf und ließ den Trinkschlauch, den sie am Morgen vom Wirt mit Bier hatte füllen lassen, herumgehen. An diesem Abend legten sie sich alle zur gleichen Zeit schlafen.

Hanna bekam in den frühen Morgenstunden, noch bevor das Licht die Nacht verdrängte, mit, dass der Kapitän dem Bootsmann die Aufsicht übergab, um selbst ein paar Stunden zu schlafen. Sie rollte sich auf die andere Seite und schlief augenblicklich wieder ein. Als sie erwachte, saßen Conrad und Wendel ein Stück entfernt und unterhielten sich leise. Die anderen schliefen noch. Der Kapitän hatte inzwischen wieder das Ruder übernommen. Es musste also bereits einige Stunden her sein, dass sie wach gewesen war. Obwohl es mit jedem Moment heller wurde, rollte sie sich noch einmal in ihren Umhang und schloss die Augen. Es war ein gutes Gefühl, sich noch einen Moment gönnen zu können. Ohne es zu bemerken, schlief sie wieder fest ein, bis Matthis sie sanft an der Schulter berührte. »Mutter, es ist bereits Tag.«

Sie blinzelte und richtete sich ein wenig auf. Die Sonne hatte die Nacht vollends vertrieben und ließ den Rhein wie einen glitzernden Teppich erscheinen.

»Ich bin wach«, murmelte sie und setzte sich auf.

Sechs Tage später legten sie in Gysinheym an.

9. Kapitel

Noch am selben Tag, da der Bischof bei Isabel vorstellig geworden war und hatte erkennen müssen, dass er einer List aufgesessen war, hatte der Advocatus dem Abt als Verwalter des Klosters Abschriften der dem Bischof im Beisein von Zeugen übergebenen Schriftstücke ausgehändigt. Der Advocatus hatte Isabel berichtet, dass Abt Dimitrius sie ohne jede Gefühlsregung entgegengenommen hatte. Das war nun bereits eine Woche her, und Abt Dimitrius hatte sich seither nicht bei Isabel gemeldet. Vermutlich hatte er durchschaut, dass Isabels Besuch im Kloster und das Gespräch darüber, dass Matthis und Albert früher als erwartet zurückkommen würden, eine List gewesen war.

Isabel konnte die Enttäuschung des Abtes darüber, benutzt worden zu sein, nur allzu gut verstehen. Hätte sie eine andere Möglichkeit als diese gehabt, sie hätte sie gewählt. Doch es war dem Advocatus als der einzige Weg erschienen, den Bischof in die Irre zu führen. Ganz abgesehen hiervon konnte der Abt so reinen Gewissens einen Schwur leisten bei allem, was ihm heilig war, dass er keinerlei Kenntnis von den Absichten der Winzer gehabt hatte. Isabel wusste aber auch, dass all diese Argumente letztendlich nicht zählten. Sie hatte dem Abt ins Gesicht gelogen, einem Mann, der sich in all den Jahren als wahrer Freund erwiesen hatte. Sosehr sie sich darüber freute, den Bischof hereingelegt zu haben, so niedergeschlagen war sie bei dem Gedanken, das Wohlwollen und die Freundschaft des Abtes womöglich für immer verloren zu haben.

Am heutigen Tage nun hatte ein Bote zwei Schreiben des Bischofs für Matthis und Albert überbracht, in denen dieser ihnen mitteilte, dass die Pachtverträge zwischen dem Kloster und den Familien gekündigt seien und sie die klösterlichen Weinberge fortan nicht mehr betreten dürften. Kraftlos hatte sie nach dem Advocatus schicken lassen, der am späten Nachmittag an ihre Tür klopfte.

»Kommt herein, Advocatus.« Sie ging zum Esszimmer hinüber, ohne darauf zu achten, ob er ihr folgte. Dort setzte sie sich auf einen der Stühle und wartete, bis der Advocatus ebenfalls Platz genommen hatte. Ohne ein Wort schob sie ihm das Schriftstück hin, das an Albert gerichtet war. »All das Hinauszögern hat nichts genützt«, sagte sie dann. »Der Pachtvertrag ist gekündigt.«

Der Advocatus las das Schreiben und rollte es wieder zusammen. »Wie wir es erwartet hatten«, stellte er fest. »Ich werde ein Schriftstück aufsetzen, in dem wir der Kündigung widersprechen.«

»Können wir das auch ohne Matthis' und Alberts Zustimmung?«

»Wenn Ihr bereit seid, im Falle einer Befragung auszusagen, dass ich stets alle rechtlichen Angelegenheiten für Eure Familien kläre und damit dauerhaft beauftragt bin, schon.«

»Gewiss werde ich das aussagen«, stimmte sie zu.

»Was ist mit Euch, Isabel? Ihr seht müde aus.«

»Ich bin müde«, bestätigte sie. »Müde und ohne Kraft. Ich weiß nicht, wie lange ich noch kämpfen kann.«

»Solange Ihr atmet, Isabel.« Er griff in einer vertraulichen Geste über den Tisch und tätschelte ihren Unterarm. »So geht es jedem von uns einmal. Ihr werdet das schaffen!«

»Ach ja?« Sie sah ihn mit hängenden Schultern an. »Und wenn ich gar nicht mehr kämpfen will?« Sie seufzte.

Der Advocatus musterte sie eine Weile mitleidig, dann veränderte sich sein Blick. »Gut. Dann verschwende ich hier meine Zeit. Ich werde Euch nichts dafür berechnen, dass ich hergekommen bin. Nehmt es als mein Abschiedsgeschenk.« Er stand auf und ging zur Tür.

»Was? Wo wollt Ihr hin?« Isabel richtete sich auf, sah ihn verwundert an.

»Na, in meine Amtsstube. Was soll ich hier noch? Ihr wollt die Kündigung der Pachtverträge hinnehmen, und ich habe auch so genug damit zu tun, alles für die anderen Winzer zu erstreiten.« Er zuckte mit den Achseln. »Weshalb sollte ich Euch meine Dienste aufdrängen? Es gibt genug zu tun für mich, weil da draußen Menschen sind, die zum Kämpfen bereit sind. Ihnen gehört mein Ohr.« Er drückte die Klinke herunter, um die Tür zu öffnen.

»Wartet!«, rief Isabel im Befehlston.

Der Advocatus verharrte in seiner Position, drehte sich langsam zu Isabel um. »Ist noch etwas?«, fragte er mit hochgezogenen Augenbrauen.

»Ich habe es verstanden«, erklärte sie. »Setzt Euch wieder.«

»Also wollt Ihr doch kämpfen?«

»Was bleibt mir anderes übrig?«

»Nein, Isabel, das reicht mir nicht. So werde ich nicht für Euch tätig. Ihr müsst es wollen, wirklich wollen. Nur dann kann es gelingen. Also sagt mir nun, ob Ihr dazu bereit seid, oder ich gehe und werde mich nicht mehr umdrehen.«

»Ihr seid ein unangenehmer Mensch, wisst Ihr das?«, schimpfte sie.

»Dies wurde mir schon öfter gesagt«, erwiderte er.

Isabel verdrehte die Augen. »Schon gut. Ich werde kämpfen«, sagte sie seufzend.

»Was sagtet Ihr? Ich habe Euer verzagtes Gewisper nicht recht verstehen können.«

»Ihr unverschämter, überheblicher Kerl«, schnauzte sie. »Ich werde kämpfen. Und sei es nur, um Euch zu beweisen, dass ich es kann.«

»Besser«, erwiderte er mit einem spöttischen Gesichtsausdruck, ließ die Klinke los und setzte sich wieder an den Tisch. »Ich werde also ein Schreiben für Euch aufsetzen, das ich gleichermaßen dem Abt und dem Bischof zukommen lassen werde. Eine weitere Ausfertigung wird darüber hinaus dem Erzbischof zugehen, zusammen mit den Beschwerden der anderen Winzer und der Forderung zur Rückabwicklung der neuen Pachtverträge.«

»Und was wird dann geschehen?«

»Im günstigsten Fall wird der Erzbischof ohne Prozess und zu unseren Gunsten darüber entscheiden. Im ungünstigsten Fall wird unser Begehr vom Erzbischof abgelehnt, und wir müssen uns an den Kaiser wenden.«

»Wie lange wird sich die Entscheidung hinziehen?«

»Nun, der Erzbischof ist derzeit in Mainz. Ein schneller Reiter kann innerhalb eines halben Tages dort sein und, wenn der Erzbischof sogleich eine Entscheidung trifft, diese schon am nächsten Tag hierherbringen. Es sei denn, der Erzbischof hätte ein eigenes Interesse daran, die Sache beizulegen.«

»Ein eigenes Interesse?«, echote Isabel. »Worin könnte dies bestehen?«

Der Advocatus rieb sich das Kinn. »Meine Antwort wird Euch nicht gefallen«, kündigte er an.

»Sprecht schon«, forderte sie.

»Wenn die Verträge neu verhandelt werden, könnte der Vorschlag erfolgen, dass die Verhandlungen direkt mit dem Erzbistum geführt und somit der Klostergewalt entzogen werden.«

Isabel sah ihn fragend an. »Ich kann Euch nicht folgen«, gestand sie ein.

»Es ist so«, erklärte er. »Die Besitztümer der Kirche sind klar gegliedert. Die Kirche hat Land, hierauf werden Gotteshäuser errichtet, Klöster gebaut, Landwirtschaft betrieben oder eben auch Weinberge bestellt. Die Klöster, Bistümer und so weiter führen die Abgaben nur zum Teil an die gesamte Kirche ab, sodass auch stets etwas in den Abteien verbleibt. Wenn nun aber, wie es hier der Fall ist, ein Bischof die Verwaltung der Besitztümer nicht im Sinne der Kirche verfolgt, kann die Verwaltung an die obere Stelle zurückfallen, in diesem Fall also an den Erzbischof. Es ist dann an ihm, einen neuen Verwalter zu bestellen. Vor allem aber – und das könnte den Reiz für den Erzbischof ausmachen – hätte er die Möglichkeit, die vorherigen Vereinbarungen auszuschließen und somit den Anteil des Erzbistums im Verhältnis zum Bistum zu erhöhen.«

»Mir wird ganz schwindelig von dem, was Ihr da sagt. Und sosehr ich es bedauere, ich kann Euch nicht folgen.«

Der Advocatus befeuchtete die Lippen. »Wir könnten den Erzbischof damit locken, dass er dem Bischof die Verwaltung entziehen kann und somit für ihn selbst mehr Münzen übrig bleiben.«

»Gut, das verstehe ich. Doch weshalb sollte mir das nicht gefallen? Ich verabscheue den Bischof zutiefst und kann mir keinen Fall vorstellen, der tief genug für ihn wäre.«

»Weil dadurch auch dem Kloster die Verwaltung entzogen wird und niemand sagen kann, was dann mit Abt Dimitrius geschieht.«

»Abt Dimitrius? Aber er hat doch gar nichts getan.«

»Dennoch wird er ebenso wie Ihr ein Opfer der Machenschaften seines Bischofs.«

»Weil ein dahergelaufener Kerl, der sich Edelmann und Bischof nennt, ein Betrüger ist?«

»Ich kann Eure Empörung verstehen. Doch müssen wir uns entscheiden. Wollen wir den Abt schonen, bedeutet das auch, den Bischof nicht gar zu hart anzugehen. Denn auch wenn es tatsächlich nicht so ist, ist der Abt derjenige, der die Verwaltung des Klosters und der damit verbundenen Pacht zu überwachen hat.«

»Er tut doch nur, was der Bischof befiehlt.«

»Das ist wahr, und doch ist es, wie ich sagte.«

»Was kann schlimmstenfalls mit Abt Dimitrius geschehen?«, wollte Isabel wissen.

»Nun, ich denke, er könnte in ein anderes Kloster versetzt werden und seine Stellung als Abt verlieren.«

Isabel wurde flau im Magen. Nachdenklich schüttelte sie den Kopf. »Ich weiß nicht, ob ich damit leben könnte, einem Menschen ein solches Unrecht angetan zu haben.«

»Eure Denkweise ist falsch«, entgegnete der Advocatus. »Der Bischof hat einen Betrug – genau genommen mehrere – begangen. Hierfür hat er das Kloster benutzt, und das vermutlich, um etwas von dem Mehrverdienst in seine eigenen Kassen fließen zu lassen. Die Winzer sind die Opfer dieses Betrugs, Ihr seid ein Opfer seiner Willkür, die die Kündigung Eurer Pachtverträge zur Folge hatte, Abt Dimitrius ist ein Opfer des Bischofs, weil dieser ihn in diese Lage gebracht hat. Der einzig Schuldige ist der Bischof, niemand sonst. Ihr könnt nichts für dessen Treiben. Wenn Ihr ihm Einhalt gebietet, weil Ihr Euch wehrt, trifft Euch keine Schuld.«

»Schöne Worte. Doch ich weiß, dass ich des Nachts wach liegen werde und damit leben muss, was Abt Dimitrius womöglich zu tragen hat.«

Der Advocatus überlegte einen Moment. »Geht zu ihm«, schlug er dann vor. »Wenn Ihr ihm vertrauen könnt, wie Ihr sagt, dann berichtet ihm, was geschehen wird. So kann er sich darauf einstellen. Und wenn er der Mann ist, für den Ihr ihn haltet, wird er dem Bischof unser Vorhaben nicht verraten.«

»Und wenn doch?«

»Nun, dann habt Ihr Euch getäuscht und ein Kirchenmann ist nicht besser als der andere.«

»Wäre dann alles verloren?«

»Nein«, entgegnete der Advocatus. »Doch allein dass Ihr fragt, sollte Euch zu denken geben. Vertraut Ihr dem Abt wirklich so sehr, wie Ihr vorgebt, oder hegt Ihr Zweifel?«

Isabel überlegte eine Weile. »Ich werde zum Kloster gehen und mit Abt Dimitrius sprechen«, kündigte sie an. »Setzt das Schriftstück auf und tut alles, was vonnöten ist. Dieser Bischof ist wie eine todbringende Krankheit, die bekämpft werden muss. Und ich werde gegen ihn kämpfen.«

»So gefallt Ihr mir, Isabel.« Der Advocatus erhob sich. »Ich werde mich um alles kümmern.«

Sie begleitete den Advocatus zur Tür, öffnete sie und ließ ihn hinaustreten. Da glaubte Isabel ihren Augen nicht trauen zu können. Sie trat ins Freie, beschattete ihre Augen mit der flachen Hand. Rasch machte sie ein paar Schritte, ließ den Advocatus einfach stehen und lief bis zum Tor. Endlich war sie sicher, dass ihr Geist ihr keinen Streich spielte. »Emilia, Anna!«, brüllte sie aus vollem Hals in Richtung Haus. »Kommt! Seht! Sie kommen! Sie kommen heim!«

Isabel raffte die Röcke, als ihr Blick Hannas traf. Die Frauen rannten aufeinander zu, fielen sich erleichtert in die Arme. Dann schlossen auch ihre Söhne zu ihnen auf und umarmten Isabel herzlich. Nur Augenblicke später kamen Emilia und Anna ebenfalls herbeigelaufen. Albert breitete die Arme aus, und seine kleine Schwester rannte so ungestüm auf ihn zu, dass sie ihn fast zu Boden gerissen hätte. Anna stürmte ihrerseits auf Matthis zu, der sie hochnahm und umherdrehte. Die Freude über das Wiedersehen hätte größer nicht sein können.

Keiner hätte später sagen können, wie lange jeder den anderen umarmt und gehalten hatte. Der Advocatus stand derweil noch immer im Hof und sah ihnen zu. Erst als sie sich voneinander gelöst hatten und Arm in Arm Richtung Haus gingen, machte er einige Schritte auf sie zu. »Matthis, Albert«, grüßte der Advocatus, »ich bin erleichtert, Euch wohlbehalten wieder daheim zu sehen. Gott zum Gruße, Hanna, Conrad, Wendel, Friedrich.« Fast klang es, als müsse er sich die Namen erst wieder ins Gedächtnis rufen.

Die Angesprochenen begrüßten ihrerseits den Advocatus.

Isabel standen die Tränen in den Augen. »Ich bin so glücklich, euch alle wieder hier zu haben. Advocatus, bleibt noch und trinkt einen Becher Wein mit uns aus Freude darüber, dass alle sicher heimgekehrt sind!«

»Das würde ich gern, doch wie Ihr wisst, habe ich einige Schriftstücke vorzubereiten.«

»Ja, das ist wahr«, pflichtete Isabel ihm bei. »So geht denn und setzt die Schriftstücke auf. Ich werde mit den anderen alles besprechen.«

»Nun, da Ihr wieder hier seid, Matthis und Albert, kann und muss ich Euch selbst fragen, ob Ihr mich mit Eurer Vertretung beauftragen möchtet.«

Die beiden jungen Männer tauschten einen Blick und sahen Isabel an, die daraufhin nickte.

»Ja, Advocatus«, antwortete dann Albert. »So, wie es scheint, brauchen wir Eure Hilfe.«

»Matthis?«, vergewisserte sich der Advocatus.

»Ja«, gab dieser sofort zur Antwort. »Macht, was immer zu tun ist.«

»Gut. Dann verabschiede ich mich jetzt. Ich freue mich über Eure Heimkehr, wirklich!«

An diesem Abend saßen sie trotz der Ereignisse froh gelaunt zusammen und sprachen über das, was sich zugetragen hatte. Isabel hatte, so genau sie nur konnte, berichtet, was sich in der Schenke und während der Begegnungen mit dem Bischof ereignet hatte. Matthis und Albert konnten kaum glauben, mit welch ungeheurer Willkür der Kirchenmann seinen Willen durchzusetzen versuchte. Sie wollten genau wissen, was in der Urkunde gestanden hatte und welche Möglichkeiten der Advocatus sah, dem Treiben des Bischofs Einhalt zu gebieten. Keinem von ihnen gefiel, dass dem Abt womöglich Nachteile aus dem weiteren Vorgehen erwachsen könnten. Doch war man sich auch darüber einig, dass weder die Veltens noch die Staubers noch eine der anderen Winzerfamilien Schuld daran hatte, was auf das Kloster und damit auch auf Abt Dimitrius zukommen könnte.

Zu guter Letzt berichteten Matthis und Albert von ihrer Reise, den Geschäften, die sie abschließen konnten, und den Menschen, die sie getroffen hatten. Isabel war beeindruckt von ihrem Einfall, mit einem eigenen Stand an dem Hansefest teilzunehmen. Ihr Sohn Albert erzählte mit großen Gesten, dass Matthis und er sich bereits überlegt hatten, wie ihr Stand aussehen sollte, um so viele Besucher wie nur möglich darauf aufmerksam zu machen. Hierfür sollten drei der übergroßen Fässer, die auch im Kloster verwendet wurden, hergenommen und darauf eine Platte genagelt werden, die als Ablage dienen würde. Außerdem wollten sie von Philipp, einem Zimmermannslehrling, der in Gysinheym wohnte und in Alberts Alter war, ein stabiles Gestänge bauen lassen, das rechts und links an den äußeren Fässern befestigt werden konnte, um die mit Wein gefüllten Schweinsblasen daran aufzuhängen. Isabel und Hanna lobten ihre Söhne ob ihrer Einfälle, und der mütterliche Stolz, der in ihren Stimmen mitschwang, war nicht zu überhören.

Sie saßen noch bis nach Mitternacht beisammen, und die Erzählungen über fremd aussehende Mohren, schöne Duftnäherinnen und einen scheinbar riesigen Bedarf an Wein wollten kein Ende nehmen. Sie redeten und plauderten, und es schien, als fiele jedem noch etwas zu sagen ein, ganz so, als wollte keiner von ihnen die Runde aufheben. Zu glücklich waren sie, einander endlich wiederzuhaben.

10. Kapitel

Isabel atmete noch einmal tief durch, bevor sie an das Tor des Klosters klopfte.

»Gott schütze Euch«, sagte Bruder Ignazius höflich, der ihr soeben geöffnet hatte.

»Der Herr mit Euch«, erwiderte sie den Gruß. »Ist Abt Dimitrius zu sprechen?«

»Tretet ein.«

»Habt Dank.« Isabel betrat das Kloster und blieb im Korridor stehen.

»Folgt mir bitte. Der Abt wird in seinem Arbeitszimmer sein.«

»Wärt Ihr so gut, ihn zu holen, Bruder Ignazius?«

»Weshalb geht Ihr nicht zu ihm?«

»Mir ist nicht ganz wohl, und ich möchte lieber im Freien mit ihm sprechen. Könntet Ihr ihm das ausrichten?«

Der Mönch stutzte kurz, beließ es dann aber dabei. »Gewiss. Ich werde ihn holen.«

»Danke, Bruder Ignazius.« Auch wenn ihr Unwohlsein nur eine Ausrede war, um mit Abt Dimitrius außerhalb der Klostermauern zu sprechen, hatte sie nicht vollends gelogen. Ihr war übel bei dem Gedanken, wie der Abt auf sie reagieren mochte. Sie konnte nur hoffen, dass er ihr die Gelegenheit gab, alles zu erklären.

Sie hörte Schritte, dann sah sie Abt Dimitrius den Klostergang entlang auf sie zukommen und ging ihm entgegen. »Mein Abt, habt Dank, dass Ihr mich empfangt!«

Er nickte ihr zu. »Isabel.«

»Könnten wir draußen ein Stück miteinander gehen?«

»Wenn Ihr es wünscht.«

Sie verließen zusammen das Kloster, und Abt Dimitrius lehnte das Tor nur an, um nicht etwa einen der anderen Mönche bemühen zu müssen, wenn er nachher wieder hineinwollte. Schweigend schritten sie eine Weile nebeneinander her, gingen gemeinsam den Weg zu den Weinbergen hinab.

»Ich möchte Euch um Verzeihung bitten, mein Abt«, begann Isabel schließlich.

Der Kirchenmann sagte nichts.

»Ich habe Euch getäuscht, und bitte glaubt mir, wenn ich sage, dass es mir aufrichtig leidtut.«

»Denkt Ihr, dass es falsch war, wie Ihr Euch verhalten habt?«

Isabel überlegte einen Moment und erwiderte dann: »Nein, es war richtig. Und doch bedauere ich, dass es vonnöten war.«

»Wenn Ihr meint, das Richtige getan zu haben, gibt es nichts, wofür Ihr Euch entschuldigen müsstet.« Ein Lächeln umspielte die Mundwinkel des Abtes. »Außerdem hattet Ihr recht damit.«

»Denkt Ihr das wirklich?«

»Aber gewiss. Hättet Ihr mich in Euer Vorhaben eingeweiht, wäre für mich hieraus ein großer Konflikt entstanden. So jedoch konnte ich reinen Gewissens behaupten, nichts von der Täuschung gewusst zu haben.«

Isabel sah ihn von der Seite an. »Dann zürnt Ihr mir nicht?«

Abt Dimitrius wiegte den Kopf. »Ich war erst zornig, das gebe ich zu. Doch nicht lange. Nicht mehr, als ich darüber nachdachte und verstand, weshalb Ihr so vorgegangen seid. Und wir kennen uns zu lange, als dass ich nicht einzuschätzen wüsste, weshalb Ihr Euch so verhalten habt.«

Isabel legte die Hand auf ihre Brust. »Das erleichtert mich unendlich, mein Abt. Glaubt mir, es ist mir nicht leichtgefallen.«

»Das weiß ich, Isabel. Ihr habt getan, was Ihr tun musstet.« Erneut umspielte ein Lächeln seine Lippen. »Und es hat seine Wirkung nicht verfehlt. Der Bischof hat getobt, als er nach dem Besuch in Eurem Heim ins Kloster zurückkam.«

Auch Isabel konnte sich ein Schmunzeln nicht verkneifen. »Sein Kopf war so rot. Er schien zerspringen zu wollen.« Sie lachte auf. »Wisst Ihr, was er getan hat, als ihm gewahr wurde, dass wir ihn hereingelegt haben?«

»Nein. Was?«

»Er hat mich angespuckt.«

Der Abt blieb abrupt stehen. »Nein, das hat er nicht getan. Ihr erlaubt Euch doch einen Scherz mit mir, oder?«

Isabel hatte ebenfalls innegehalten und schüttelte den Kopf. »Nein, mein Abt, ich spreche wahr.« Langsam ging sie weiter. »Er hat vollkommen die Fassung verloren. Die Schriftrollen, die der Advocatus ihm übergeben hatte, hat er zu Boden geschleudert und gar nach den Menschen, die um ihn herumstanden, getreten.«

Der Abt schmunzelte, dann konnte er sich nicht länger beherrschen und lachte schallend los. Isabel stimmte mit ein, und sie mussten abermals stehen bleiben, um sich zu beruhigen. Es war ein wunderbares Gefühl, wieder so vertraut miteinander umgehen und trotz all der Sorgen, die noch immer über ihnen schwebten, zusammen lachen zu können.

»Also sind wir im Reinen?«, fragte Isabel nach einer Weile, als sie sich gefangen hatten und gemächlich weiterschlenderten.

»Das sind wir. Wir sind es und waren es immer. Wir wollen uns aber jetzt versprechen, alles zu tun, um Streitigkeiten auszuräumen, sollte es doch irgendwann einmal geschehen, dass wir einander zürnen. Einverstanden?«

»Einverstanden. Ich bin dankbar, Euch meinen Freund nennen zu können.«

»Das bin ich«, bekräftigte der Abt.

»Seid Ihr Euch aber auch darüber im Klaren, was das Vorgehen gegen den Bischof für Euch und Euer Amt bedeuten könnte?«

Der Abt nickte bedächtig. »Weiß man je, was geschieht, bevor der Herr einem den Weg weist? Ihr wisst es nicht, ich weiß es nicht, niemand tut das.« Einen Moment sagte er nichts. »Ich habe viele Nächte im Zwiegespräch mit dem Herrn gestanden, um nach dem Sinn dieser Prüfung zu fragen.«

»Und habt Ihr eine Antwort erhalten?«

»Ja, das habe ich. Ich denke, es geht darum, den Unterschied zwischen Macht und Willkür zu erkennen und dass Letzteres einen jeden betrifft, ganz gleich, ob er es erkennt oder nicht.«

»Ihr findet stets einen Sinn in dem, was geschieht, nicht wahr, mein Abt?«

»Ja, Isabel, das tue ich.«

»Und Dinge, die uns unbegreiflich scheinen?«

»Ihr sagt es selbst, die scheinen uns nur so. Alles im Leben hat seinen Sinn.«

Isabel konnte diese Ansicht des Abtes nicht vollends teilen, sagte dies aber nicht. Sie war froh, dass sie wieder so unbeschwert mit ihm reden konnte, und musste sich eingestehen, dass die Ereignisse in der letzten Zeit tatsächlich ein Gutes hatten: Sie hatte erkannt, wie viel ihr der Abt als Freund bedeutete. Keinesfalls wollte sie je wieder riskieren, das Band zwischen ihnen zum Zerreißen zu spannen.

»Was habt Ihr und die anderen Winzer vor, was wollt Ihr gegen den Bischof unternehmen?«

Kurz keimte Widerwillen in Isabel auf, dem Abt diese Frage zu beantworten. Sofort schämte sie sich hierfür. Der Mann bot ihr ungeachtet dessen, was sie getan hatte, seine Freundschaft. Sie hatte keinen Grund, ihm zu misstrauen. »Die Widerspruchserklärungen wurden dem Bischof rechtzeitig und im Beisein von Zeugen übergeben. Damit ist die Frist, so sagt der Advocatus, gewahrt. Nun wird ein Beschwerdeschreiben zusammen mit den Abschriften dieser Erklärungen per Boten an den Erzbischof übersandt. Ich hoffe aufrichtig, dass Ihr deswegen keine Schwierigkeiten bekommen werdet.«

»Ich? Weshalb?« Der Abt schien überrascht.

»Der Advocatus deutete so etwas an. Wenn der Erzbischof erfährt, was es mit den Pachtverträgen auf sich hat, die unter Eurer Aufsicht stehen, könnte Euch dies zum Nachteil gereichen. Ich hatte Euch vorhin so verstanden, dass Ihr Euch dessen bewusst seid.«

Der Abt überlegte einen Moment. »Ich glaube nicht, dass ich deshalb Schwierigkeiten zu erwarten hätte. Schließlich habe ich selbst den Erzbischof darauf aufmerksam gemacht, wie zutiefst verabscheuungswürdig das Verhalten des Bischofs in den letzten Wochen war und wie er mit ehrlichen Pächtern, die seit Jahren ihren Pflichten nachkommen, umspringt.«

»Das habt Ihr getan?«

»Aber ja. Schon bevor er ein weiteres Mal kam und sich all das in Eurem Haus abspielte, worüber wir vorhin sprachen.«

»Fürwahr, das hätte ich nicht erwartet, Abt.«

»Weshalb nicht? Weil ich ein Mann der Kirche bin? Ich bin ein Mönch, ja, doch bin ich nicht blind für das, was außerhalb der Klostermauern vorgeht. Und wenn dies auch noch aus dem Kloster selbst kommt, ist es meine Aufgabe, umso wachsamer zu sein.«

»Habt Ihr Antwort erhalten?«

»Noch nicht, aber ich bin zuversichtlich. Der Erzbischof ist erst vor Kurzem aus Avignon zurückgekehrt. Gewiss hat er noch nicht die Zeit gefunden, sich um das Anliegen eines kleinen Abtes in einem Ort zu kümmern, dessen Namen er vermutlich nie gehört hat. Doch wenn ihn schon bald ein weiteres Schreiben erreicht, diesmal von einem Advocatus, gibt das meiner Beschwerde noch mehr Gewicht.« Er wirkte zufrieden.

»Also haben wir Euch mit unserem Vorgehen am Ende einen Gefallen getan?«

»Das habt Ihr. Ich bin froh, dass auch die anderen Winzer es nicht einfach hingenommen haben. Doch hätte ich nie gewagt, Euch darum zu bitten. Es geht um das Verhalten des Bischofs, und das ist Klostersache. Es sei denn, er treibt es zu weit.«

»Ihr verschlagener Kerl«, entfuhr es Isabel amüsiert.

»Ich fasse das als Anerkennung Eurerseits auf«, gab er vergnügt zurück.

Sie waren ein gutes Stück gegangen und befanden sich nun etwa auf halbem Weg zwischen dem Kloster und ihrem Haus.

»Ich bin glücklich, welche Wendung alles genommen hat«, sagte Isabel zum Abschied.

»Möge der Herr schützend über Euch wachen, Isabel.« Er nickte ihr zu. »Ich weiß, dass er es tut.«

»Gott mit Euch, mein Abt«, erwiderte Isabel und strebte mit einem Gefühl des Glücks ihrem Haus entgegen. Einige Male drehte sie sich noch um. Der Abt ging mit ruhigen Schritten den Weg hinauf zum Kloster. In diesem Moment war Isabel sicher, dass bald alles gut würde.

Weitere zehn Tage vergingen, ohne dass Isabel etwas hörte. Am elften Tag wollten die Staubers und die Veltens wie gewohnt ihrer Arbeit nachgehen. Doch als sie den Weg zu den von ihnen gepachteten Klosterhängen entlanggingen, sahen sie schon von Weitem, dass dort Wachmänner rundum standen und, soweit sie es erkennen konnten, Mönche auf ihren Hängen arbeiteten.

»Jetzt wird es ernst«, raunte Hanna Isabel zu, die ihrerseits entschlossenen Schrittes auf einen der Männer zuging. Sie wollte gerade etwas sagen, als Albert ihr an die Schulter fasste und so bedeutete, dass er das übernehmen würde.

»Gott zum Gruße, guter Mann«, sagte Albert.

»Gott mit Euch«, erwiderte dieser.

»Sagt mir, was tut Ihr hier? Dieser Hang hier gehört mir, der dort«, er deutete mit dem ausgestreckten Arm, »meinem Begleiter, Matthis Stauber.«

»Das kann nicht stimmen. Uns hat man gesagt, dass die Hänge dem Kloster gehören, und der Bischof hat uns beauftragt, die Arbeit der Mönche zu überwachen und dafür Sorge zu tragen, dass sonst niemand den Reben zu nahe kommt.«

»Da hat man Euch etwas Falsches gesagt«, erklärte Albert. »Die Hänge mögen dem Kloster gehören, doch sie sind an uns verpachtet.«

Der Wachmann schüttelte mit dem Kopf. »Ich habe meine Anweisungen, und meine Männer und ich können Euch nur raten, die Hänge nicht zu betreten.« Er deutete hinter sich. »Die Mönche verrichten ihre Arbeit, und wir sorgen für den Rest. Also geht Eures Weges!«

Albert reckte den Hals, um zu sehen, welche Mönche er kannte und wer von ihnen bestätigen konnte, dass es sein Hang war. »Bruder Ignazius«, rief er, und der angesprochene Mönch drehte sich zu ihm um. »Seid so freundlich und sagt diesem Wachmann, wem der Hang gehört.«

Der Mönch zögerte. Dann rief er: »Der Hang gehört dem Kloster.«

Albert verdrehte die Augen. »Ja, ja, aber wer hat den Hang gepachtet?«

Bruder Ignazius sah zu Boden, dann antwortete er zögerlich: »Niemand, Herr. Dieser Hang ist nicht verpachtet und wird von uns Klosterbrüdern bestellt.«

Der Wachmann bleckte die Zähne. »Na, dann wäre das ja geklärt.«

»Wo ist Abt Dimitrius?«, mischte sich Isabel nun ein.

Der Wachmann zuckte mit den Schultern.

»Der Abt des Klosters«, erklärte Isabel. »Ihr werdet doch den Abt kennen?«

»Ich bin gestern Abend auf Befehl des Bischofs hierhergekommen. Ich war nie zuvor in diesem Dorf, und ich kenne weder den Abt noch sonst eine Seele hier.«

»Ich verlange, dass die Mönche die Arbeit einstellen, bis die Angelegenheit geklärt ist«, forderte Matthis.

»Ich hatte viel Geduld«, erwiderte der Wachmann warnend. »Es ist alles geklärt, und meine Männer und ich führen unsere Befehle aus. Versucht lieber nicht, uns daran zu hindern. Ihr würdet es bereuen. Und jetzt runter vom Hang, bevor meine Männer und ich Euch Beine machen.«

»Kommt«, sagte Albert. »Gehen wir hinauf zum Kloster und sprechen wir mit dem Abt. Er wird uns helfen, unser Recht durchzusetzen.«

Sie stiegen den Hang hinunter, bis sie den Weg erreichten. »Ich werde mit Hanna, Matthis und Albert zum Abt gehen«, erklärte Isabel. »Ihr«, sie deutete auf die Mädchen, »lauft, so rasch ihr könnt, zum Advocatus und sagt ihm, dass er zu uns kommen soll. Und ihr drei«, sie sah Friedrich, Wendel und Conrad an, »teilt euch auf und lauft zu den anderen Winzern und in die Schenke. Dort gebt ihr den Dörflern Bescheid, auf dass sie auch allen anderen davon erzählen. Sagt allen, was geschehen ist und dass wir gemeinsam gegen den Bischof vorgehen müssen.«

Alle nickten zum Zeichen, dass sie verstanden hatten.

»Wir haben keine Zeit zu verlieren. Eilt euch!«

»Gott zum Gruße. Wir möchten zu Abt Dimitrius.«

Der Mönch, der erst seit wenigen Wochen in dem Kloster war und dessen Namen Isabel sich bisher nicht gemerkt hatte, erwiderte den Gruß nicht.

»Er ist nicht da«, sagte er nur und wollte das Klostertor wieder schließen. Matthis reagierte sogleich und stellte seinen Fuß dazwischen.

»Und wo ist der Abt?«

»Das weiß ich nicht. Der Abt sagt nicht jedem von uns, wohin er geht.«

Isabel machte einen Schritt vor und zwängte sich durch den Spalt hindurch. »Ich werde am besten selbst nachsehen. Ich kenne den Weg zu seinem Arbeitszimmer. Habt Dank.«

Der Mönch war zu verdutzt, um noch dagegenzuhalten, sodass es für Albert und Matthis ein Leichtes war, das Tor weiter aufzudrücken und sich und Hanna ebenfalls Zutritt zu verschaffen. Die drei liefen ein paar Schritte, um Isabel einzuholen. Sie hatten gerade zu ihr aufgeschlossen, als sie das Arbeitszimmer des Abtes erreichten.

Isabel klopfte an die Tür. »Abt Dimitrius? Ich bin es Isabel. Ich muss mit Euch sprechen.« Im Innern blieb alles still. »Abt Dimitrius, seid Ihr da?« Wieder erhielt sie keine Antwort, und auch ein weiteres Klopfen blieb ungehört. Isabel drückte die Klinke herab. Es war nicht abgeschlossen. Zögernd, fast ein wenig ängstlich öffnete sie die Tür. Das Arbeitszimmer war leer. Auf dem Tisch lagen die Schreibutensilien ordentlich nebeneinander, ganz so, wie es der Abt immer handhabte.

»Der Abt ist nicht da«, vernahm sie nun eine vertraute Stimme.

»Bruder Reginhard, dem Herrn sei Dank«, gab Isabel erleichtert von sich. »Wie meint Ihr das, er ist nicht da? Wo ist der Abt?«

»Er musste gestern noch vor der Mittagszeit eilig aufbrechen, weil ihn eine Botschaft erreichte.«

»Was für eine Botschaft?«

»Das weiß ich leider nicht. Ich habe nur gesehen, wie er mit zwei Männern fortgegangen ist. Soll ich bei Bruder Gerberth nachfragen?«

Isabel wusste, dass Bruder Gerberth der Stellvertreter des Abtes war. Jedoch hatte sie nur wenig mit ihm zu tun gehabt, weil Abt Dimitrius, soweit sie sich erinnern konnte, nie vom Kloster fortgegangen war.

»Ja, bitte«, antwortete sie. »Fragt Bruder Gerberth.«

»Das werde ich. Bitte wartet einen Moment hier.«

Der Mönch machte sich eilig davon und ließ Matthis, Albert, Hanna und Isabel ratlos zurück.

»Was, denkst du, hat das zu bedeuten?«, fragte Hanna im Flüsterton.

»Ich weiß es nicht«, erwiderte Isabel. »Ich kann mich nicht erinnern, dass der Abt je einen Tag nicht im Kloster gewesen ist, außer zu der Zeit, da er so schwer erkrankt war. Und als er krank war, haben wir uns um ihn gekümmert. Wenn er fortmusste, dann aus einem sehr wichtigen Grund.«

»An was denkst du?«, fragte nun Matthis.

»Ich habe Furcht, dass ihm etwas angetan wurde«, sprach Isabel ihre Angst aus.

»Du meinst, der Bischof …?«

»Fähig wäre dieser Kerl dazu. Und das würde auch erklären, warum er sich in Sicherheit wähnt und seine Wachmänner an unseren Hängen postiert hat.«

»Aber er wird doch nicht …«, begann Hanna, wurde jedoch von Isabel unterbrochen.

»Pst! Bruder Reginhard kommt zurück«, sagte sie leise und deutete auf den Mönch, der sich eilig auf sie zubewegte.

»Bruder Gerberth wusste in der Tat mehr«, vermeldete er. »Der Erzbischof hat nach Abt Dimitrius schicken lassen. Und der Abt war in Eile, sonst hätte er sich gewiss noch von Euch verabschiedet. Doch die Männer des Erzbischofs drängten darauf, sich unverzüglich auf den Weg zu machen.«

»Die Männer des Erzbischofs?«, wiederholte Isabel nachdenklich.

»Ganz recht. Soll ich Euch eine Nachricht zukommen lassen, sobald der Abt wieder da ist?«

»Ja, bitte. Das wäre sehr freundlich von Euch, Bruder Reginhard. Habt Dank.« Isabel hatte sich bereits zum Gehen gewandt, drehte sich dann aber wieder um. »Sagt, Bruder Reginhard, wie konnte der Abt sicher sein, dass es wirklich Männer des Erzbischofs waren?«

»Wer soll es denn sonst gewesen sein?« Der Mönch runzelte die Stirn. »Sie werden ihm gesagt haben, in wessen Auftrag sie kommen, nehme ich an. Soll ich noch einmal zu Bruder Gerberth und ihn danach fragen? Womöglich weiß er es.«

»Nein.« Isabel schüttelte den Kopf. »Er wird auch keine andere Antwort darauf haben. Habt Dank. Und möge der Herr mit Euch sein.«

»Gott mit Euch«, erwiderte er freundlich.

Dann gingen die vier über den Klosterkorridor zum Tor. Der Mönch, der ihnen geöffnet hatte, war nirgends zu sehen. Also gingen sie hinaus und zogen das Tor hinter sich ins Schloss.

»Ich habe kein gutes Gefühl«, sagte Matthis besorgt.

»Ich auch nicht.« Isabel schluckte schwer.

»Du glaubst nicht, dass es Männer des Erzbischofs waren, nicht wahr?«, wollte Hanna wissen.

»Nein, das glaube ich nicht einen Moment. Den einen Tag lässt der Erzbischof nach dem Abt schicken, und bereits am nächsten sind die Wachmänner des Bischofs hier und verwehren uns den Zugang zu unseren Hängen?« Isabel schüttelte den Kopf. »Ich fürchte, die Männer, die Abt Dimitrius mitnahmen, stehen in keinem anderen Dienst als dem des Bischofs.«

Hanna schlug die Hand vor den Mund. »Was, denkst du, haben sie mit dem Abt vor?«

Isabel sagte nichts. Jede mögliche Antwort, die sie hierauf hatte, ließ ihr übel werden.

11. Kapitel

Weder die Bemühungen des Advocatus, mit den Männern des Bischofs zu verhandeln, noch das, was die Winzer und Dörfler an Unterstützung aufzubieten wussten, hatten auch nur das Geringste genützt. Den Veltens wie den Staubers wurde nach wie vor der Zugang zu den Hängen und damit den Reben verwehrt. Also blieb ihnen, bis sie in dieser Sache Nachricht vom Erzbischof erhielten, nichts anderes übrig, als sich ausschließlich um Isabels Hänge zu kümmern, wenngleich die Sorge mit jedem Tag wuchs, dass die Entscheidung über die vom Kloster gepachteten Hänge zu spät käme und der Bischof die Trauben womöglich vorzeitig ernten ließ, um sie dem Zugriff der eigentlichen Pächter zu entziehen. Sollte dies geschehen, würden die Familien nicht in der Lage sein, die Liefervereinbarungen einzuhalten, die Matthis und Albert mit den neu gewonnenen Kunden abgeschlossen hatten, weil sie einfach nicht genug Trauben zur Verfügung hätten, um so viel Wein herzustellen.

Und noch eine weitere Sorge trieb Isabel um, sodass sie fast keine Nacht mehr schlafen konnte. Fünf Tage waren nun seit Abt Dimitrius' plötzlichem Verschwinden vergangen. Gewiss, der Weg nach Mainz war weit. Es war nicht einmal wahrscheinlich, dass er so bald wieder zurück sein würde. Doch diese

Gedanken halfen Isabel nicht dabei, sich zu beruhigen. Ganz im Gegenteil: Die Sorge um den Abt wurde von Stunde zu Stunde größer.

Es war noch ganz früh, als es an der Eingangstür des Hauses klopfte. Knut, einer der Knechte, öffnete, als Isabel gerade die Treppe herunterkam. Vor der Tür wartete ein groß gewachsener Mann, der im Dienst des Vogts stand.

»Was ist denn, Knut?«

»Der Büttel hier wünscht Euch zu sprechen.«

»Dann lass ihn eintreten.« Isabel versuchte, ihrer Stimme einen festen Klang zu geben, was ihr jedoch nur mäßig gelang. Ein Büttel zu so früher Stunde? Sollte sie jetzt auch noch eines Verbrechens beschuldigt werden, oder was ließ sich dieser elende Bischof nun wieder einfallen?

»Ich bin im Auftrag des Vogts gekommen«, verkündete der Büttel.

»Weshalb?«

»Es fällt mir nicht leicht, es Euch zu sagen – wir haben den Abt gefunden. Eigentlich hat ein Reisender ihn entdeckt, der uns Bescheid gegeben hat, und wir haben ihn dann geholt.«

Isabel fing am ganzen Körper zu zittern an und schlug entsetzt die Hand vor den Mund. »Wollt Ihr sagen, dass der Abt …« Sie konnte es nicht aussprechen.

Der Büttel senkte den Kopf und nickte. »Ja, er ist tot. Man hat ihm die Kehle durchgeschnitten. Der Vogt sagte, Ihr wart dem Abt freundschaftlich verbunden, und ich solle ausrichten, wie leid es ihm täte.«

Isabel taumelte. Der Büttel sah es und machte eilig ein paar Schritte auf sie zu, um sie zu stützen. Gerade noch rechtzeitig. Sie konnte sich nicht länger auf den Beinen halten und sank kraftlos zusammen.

»Einen Stuhl!«, forderte der Büttel knapp, und Knut holte eilig einen Stuhl herbei und schob ihn seiner Herrin unter.

Isabel saß vornübergebeugt, atmete heftig, röchelte. Schließlich musste sie sich übergeben. Der Büttel trat rasch beiseite, um nichts abzubekommen. Hilflos sah er sich nach etwas um, das er ihr reichen konnte. Da erbrach sie sich bereits ein weiteres Mal auf den Boden, ohne dass er hätte eingreifen können.

»Was ist denn hier …?« Die Magd war aus der Küche herbeigeeilt. »Herrin, was ist Euch?« Sie riss erschrocken die Augen auf. »Ich hole etwas«, sagte sie sogleich, als sie das Erbrochene auf dem Boden erblickte, und verschwand wieder.

Isabel war noch immer nicht in der Lage, gleichmäßig zu atmen. In diesem Moment trat Hanna, von den ungewöhnlichen Geräuschen aus dem Erdgeschoss alarmiert, auf den oberen Flur und sah über das Geländer herunter.

»Isabel!« Bestürzt schlug sie die Hand vor den Mund, eilte zu den Stufen und kam herunter. Sie trat an die Seite der Freundin, legte ihr schützend den Arm um die Schulter und zog sie zu sich heran. »Was ist denn nur geschehen?«

»Abt Dimitrius«, erklärte der Büttel. »Man hat ihn tot aufgefunden.«

Hanna schloss kurz die Augen und drückte Isabel noch fester an sich.

In diesem Moment kam die Magd mit einem gefüllten Wassereimer und Lappen zurück. »Das ist gleich beseitigt, Herrin. Ich mache das rasch.«

»Ich sollte Euch nur die Botschaft überbringen«, sagte der Büttel etwas hilflos. »Kümmert Ihr Euch jetzt um sie?«, fragte er Hanna und deutete auf Isabel.

»Ja. Ihr könnt gehen. Habt Dank, dass Ihr uns Bescheid gegeben habt.«

Der Büttel wollte etwas sagen, doch offenbar fand er nicht die richtigen Worte, um sein Bedauern auszudrücken. So ging er, ohne noch etwas hervorzubringen, hinaus und atmete dort mehrere Male tief ein und aus.

Hanna strich Isabel über den Rücken, versuchte, die Freundin zu beruhigen, deren Körper von heftigem Schluchzen zu beben schien.

»Scht, scht«, machte Hanna und bemühte sich, Isabel aufzuhelfen, während die Magd das Erbrochene vom Boden wischte. Der Knecht stand daneben und wusste offenbar nicht, was er tun sollte.

Schließlich gelang es Hanna, Isabel vom Stuhl hochzuziehen. »Hilf mir«, forderte Hanna den Knecht auf, der sogleich Isabel auf der anderen Seite stützte und sie zusammen mit Hanna zu der Treppe führte.

»Du solltest dich hinlegen«, sagte Hanna zu Isabel und wandte sich dann an die Magd, die noch immer den Boden wischte. »Bereite einen Sud, sobald du damit fertig bist.«

»Ja, ich beeile mich«, gab die Magd folgsam zurück.

Langsam, Schritt für Schritt und Stufe um Stufe, geleiteten Hanna und Knut Isabel die Treppe hinauf. Mehrmals wollten Isabels Beine nachgeben, doch ihre Begleiter stützten sie. Oben angekommen, gingen sie zu Isabels Kammer, und der Knecht lockerte kurz seinen Griff, um die Tür zu öffnen. Sofort kam Isabel ins Straucheln, und Knut fasste erneut zu.

»Er hat ihn töten lassen«, flüsterte Isabel schockiert. »Er hat meinen Abt umgebracht.« Sie schluchzte heftig, Tränen liefen ihr über das Gesicht.

»Du musst versuchen, dich zu beruhigen«, sagte Hanna leise. »Ganz ruhig. Komm, leg dich hin. Ja, so ist es gut.«

Die beiden ließen Isabel auf die Lagerstatt niedersinken. Hanna deckte sie zu und setzte sich dann auf die Kante. Zärtlich strich sie Isabel über das Haar. Keine von ihnen sagte etwas. Es gab keine Worte, die das Leid beschreiben konnten, das die Frauen in diesem Moment teilten.

»Kann ich noch etwas tun?«, fragte Knut und sah Hanna mit unsicherem Blick an.

Die Angesprochene schüttelte den Kopf. »Nein, hab Dank. Geh wieder an deine Arbeit.«

Knut trat von einem Fuß auf den anderen, als wisse er nicht, was er sagen sollte. »Es tut mir sehr leid, Herrin. Der Abt war ein feiner Mann. Ein feiner Mann«, bekräftigte er noch einmal. »Ich werde für seine Seele beten.«

Isabel war unfähig, etwas zu sagen. Ein neuerlicher Weinkrampf schüttelte ihren Körper.

Knut ging hinaus, zögerte, weil er nicht wusste, ob er die Tür schließen sollte. Er entschied sich dagegen.

Nur kurz danach kam die Magd mit einem frisch aufgegossenen Becher Sud herein.

»Gib ihn mir, Gundel. Hab Dank.« Hanna nahm den Becher an und wandte sich wieder Isabel zu. »Trink ein wenig hiervon. Das wird dir helfen.«

Isabel schüttelte den Kopf, sah angewidert zur Seite. »Nein, nicht. Ich will das nicht trinken.«

»Isabel, nur einen kleinen Schluck«, beharrte Hanna.

Isabel setzte sich ein wenig auf, ließ den Becher an ihren Mund führen. Sie nahm einen winzigen Schluck und sank sofort zurück in die Kissen. »Danke.«

»Versuch, ein wenig zu schlafen«, riet Hanna. »Ich werde mit den anderen sprechen.«

Hanna wollte aufstehen, doch Isabel hielt sie zurück, indem sie rasch nach deren Hand griff. »Versprich mir, dass wir alles dafür tun werden, dass der Bischof hierfür büßen wird.«

Hanna war nicht ganz wohl dabei, ein solches Versprechen zu leisten. Dennoch sagte sie: »Er wird nicht ohne Strafe davonkommen.«

Isabel wollte noch etwas sagen, zog dann aber ihre Hand zurück und schlang die Decke um ihre Schultern. »Es ist kalt hier. So kalt.«

»Schlaf«, riet Hanna. »Ich werde dafür Sorge tragen, dass niemand zu dir kommt. Versuche zu schlafen«, wiederholte sie noch einmal in ruhigem Tonfall. »Alles wird wieder gut.«

»Nein«, erwiderte Isabel mit geschlossenen Augen. »Nichts wird wieder gut. Es wird niemals wieder gut werden«, murmelte sie traurig, und die Tränen traten unter den aufeinandergepressten Lidern hervor.

Hanna stand auf. Es zerriss ihr das Herz, die Freundin so verzweifelt zu sehen. So vieles hatte diese in ihrem Leben schon überstehen müssen. Das Bild Gunters, Isabels zweiten Ehemannes, tauchte vor Hannas geistigem Auge auf. Isabel hatte ihn nur kurze Zeit nach Alberts Tod geheiratet, froh, wieder einen Versorger für die Familie zu haben. Doch schon bald hatte sich Gunters anfängliche Freundlichkeit gewandelt und er sein wahres Gesicht gezeigt und Isabel erniedrigt und ihr widerliche, rohe Gewalt angetan. Auch wenn es furchtbar war, einen solchen Gedanken zu haben, konnte Isabel dennoch von Glück sagen, dass Gunter ums Leben gekommen war, fand Hanna. Denn eines Tages, dessen war Hanna sicher, wäre Isabel infolge der Schläge und der Gewalt, die Gunter ihr angetan hatte, gestorben. Sie seufzte.

Isabel sah so blass und zerbrechlich aus, wie sie so dalag, die Decke bis zur Nasenspitze hochgezogen, dass nur ein Teil ihres schönen Gesichts zu sehen war. Hanna wandte sich ab und ging leise zur Tür. Sie wusste nicht, ob Isabel es hörte oder womöglich schon vor Erschöpfung eingeschlafen war. Letzteres wäre ein Segen für ihre gequälte Seele. Hanna hoffte inständig, dass die Freundin stark genug sein würde, sich von diesem neuerlichen Schicksalsschlag zu erholen.

Mehrmals schlich Hanna in Isabels Kammer, um nach der Freundin zu sehen, und stellte ihr ein Tablett mit Brot, Schinken und etwas zu trinken bereit. Doch Isabel schien tief und fest zu schlafen. Oder hielt sie nur die Augen geschlossen, um nichts und niemanden sehen oder sprechen zu müssen?

Erst als es bereits Abend wurde und Isabel den ganzen Tag über weder aufgestanden war noch etwas zu sich genommen hatte, berührte Hanna sanft ihre Schulter. »Du musst ein bisschen was essen, Isabel.«

Isabel blickte sie kraftlos an. »Lass mich schlafen, einfach schlafen.«

»Du bist eh schon so dünn«, mahnte Hanna. »Mir würde es nicht schaden, doch du bist sowieso nur Haut und Knochen.«

»Morgen. Lass mich heute nur schlafen«, bat Isabel. »Morgen ist ein neuer Tag. Dann werde ich aufstehen, essen, trinken und meiner Arbeit nachgehen. Ich verspreche es dir. Doch nicht heute.«

Hanna sah den flehenden Blick der Freundin. »Gut. Schlaf weiter. Du hast recht, morgen ist ein neuer Tag.«

»Guten Morgen, Herrin. Geht es Euch wieder besser?«

Isabel bemühte sich um ein Lächeln. »Guten Morgen, Gundel.« Sie ging nicht auf die Frage ein. »Sind die anderen schon auf?«

»Ja, sie sind draußen in den Weinbergen«, antwortete Gundel. »Sie wollten Euch nicht wecken.«

Isabel ließ sich von Gundel einen Sud geben und trank diesen in kleinen Schlucken. Ihr Magen rebellierte noch immer heftig, und sie mochte kaum daran denken, dass sie etwas essen musste, um bei Kräften zu bleiben.

Gundel schien ihren Gedanken zu ahnen, denn sie schnitt etwas Brot ab und reichte es Isabel. »Nur ein kleines Stück, dann wird es gleich besser werden.«

Isabel nahm es dankbar an, biss ab und kaute eine Weile. Das Schlucken fiel ihr schwer, da ihre Speiseröhre gereizt war. Sie trank einen Schluck von dem Kräutersud und brachte das Brot so herunter. Sie spürte, wie sich ihr Magen ein wenig beruhigte, und biss sogleich ein weiteres Mal ab. Viel mehr, das spürte sie, würde sie jedoch nicht zu sich nehmen können, ohne dass ihr sogleich wieder flau würde. Sie trank den letzten Schluck Kräutersud und dankte Gundel für ihre Fürsorge. Dann verließ sie die Küche und ging nach draußen.

Die Sonne blendete sie, als sie vor die Tür trat. Sie beschattete ihre Augen mit der flachen Hand und sah zu Hängen hinüber, die zum Anwesen gehörten und somit in ihrem Besitz standen. Hanna, Emilia und Anna waren damit beschäftigt, die Reben, die durch ihr Gewicht abzuknicken drohten, mit Hanfseilen an den Stöcken hochzubinden. Die Söhne der Familien arbeiteten weiter oben im Weinberg. Albert sah in diesem Moment zu ihr herunter und hob grüßend den Arm. Isabel winkte ihm und auch den anderen zu, die durch Alberts Geste auf sie aufmerksam geworden waren. Dann ging sie zu Hanna und den Mädchen.

»Guten Morgen, Mutter.« Emilia legte das Hanfseil beiseite, trat auf sie zu und umarmte sie. »Geht es dir besser?«

Isabel bemühte sich um ein Lächeln. »Es ist ein neuer Tag«, gab sie zur Antwort und begrüßte Hanna und Anna.

»Hast du etwas gegessen?«, erkundigte sich Hanna.

»Ja, habe ich. Gleich werde ich mich auf den Weg zum Vogt machen.«

»Was willst du bei ihm?«, wollte Hanna wissen.

»Ich möchte den Leichnam des Abts sehen.«

»Weshalb?«

»Ich muss wissen, ob er es tatsächlich ist.«

»Hältst du das wirklich für einen guten Gedanken?«

»Nur so kann ich Gewissheit bekommen«, sagte Isabel. »Und ich will vom Vogt hören, was er unternimmt, um diejenigen zu überführen, die meinem Abt das Leben genommen haben.« Sie presste die Lippen aufeinander, als sie spürte, dass erneut Tränen in ihre Augen traten.

»Soll ich dich begleiten?«

»Nein«, entgegnete Isabel. »Und auch sonst keiner. Das ist etwas, das ich allein tun muss.«

»Ich wünsche dir Kraft«, sagte Hanna daraufhin.

Isabel nickte, umarmte Emilia und ging davon. Sie spürte, dass die anderen ihr nachsahen, als sie mit ruhigen Schritten den Weg zum Dorf hinunterging. Ganz plötzlich überkam sie die Angst, dass ihr das Gleiche geschehen könnte wie dem Abt. Würde auch sie womöglich abgefangen und gemeuchelt werden? Wieder und wieder sah sie sich um, meinte zu spüren, dass sie beobachtet wurde. Immer rascher wurde ihr Schritt, bis sie schließlich die Röcke raffte und das letzte Stück zum Dorf hinunterlief. Sie war ganz außer Atem, als sie das Haus des Vogts erreichte. Ein Büttel stand vor dem Eingang und hielt Wache.

»Gott zum Gruße«, sagte Isabel. Sie kannte den Büttel und er sie ebenso. »Würdet Ihr dem Vogt sagen, dass ich ihn sprechen möchte?«

»Gott mit Euch, Isabel Velten. Er erwartet Euch bereits«, erwiderte der Büttel und öffnete augenblicklich die Tür.

»Er erwartet mich?«, fragte sie überrascht und folgte ihm hinein.

»Ja. Er gab mir schon gestern den Befehl, Euch sogleich zu ihm vorzulassen, solltet Ihr ihn aufsuchen wollen.« Der Büttel ging vor ihr die Stufen hinauf und klopfte an die Tür der Amtsstube. Als die dröhnende Stimme des Vogts von innen antwortete, öffnete er und meldete, dass Isabel nun da sei.

»Lass sie eintreten«, forderte der Vogt und kam Isabel entgegen, als diese die Stube betrat. Der Vogt nahm ihre Hände und hielt sie einen Moment lang fest. »Isabel, auch wenn es mir stets eine Freude ist, Euch zu sehen, wären mir andere Umstände doch lieber.«

»Habt Dank für Eure Worte, Vogt.«

»Bitte setzt Euch. Kann ich Euch etwas anbieten?«

»Nein, ich möchte nichts. Danke.« Sie nahm etwas zittrig Platz, während der Vogt um den Schreibtisch herumging und sich auf seinem Stuhl niederließ. Isabel kannte ihn schon fast ebenso lang wie Abt Dimitrius. Der Vogt, ein grauhaariger, stämmiger Mann mit wettergegerbtem Gesicht, war kein Mann der vielen Worte. Doch sie hatte ihn stets als überaus korrekten Amtmann erlebt, der die Dinge nahm, wie sie waren, und anpackte, wenn es vonnöten war.

»Bitte, Vogt, sagt mir, was Ihr über den Tod des Abts wisst.«

Der Vogt rieb sich über die Augen. »Ein Reisender – er war auf dem Weg nach Eltville – kam her, um zu melden, dass er einen toten Mann hinter dem Findling an der Gabelung zur Schonung entdeckt hatte. Aus Furcht, dass diejenigen, die dafür verantwortlich waren, sich noch in der Nähe befinden könnten, hat er ihn einfach liegen lassen und ist, so rasch er nur konnte, hierhergekommen. Er sagte, dass er nur hatte erkennen können, dass es ein Kuttenträger war, der dort mit verrenkten Gliedern lag.«

Isabel schluckte schwer.

»Ich habe zwei Büttel zu der beschriebenen Stelle geschickt, und sie brachten den Leichnam hierher. Auch ich war erschüttert, als ich in dem Toten Abt Dimitrius erkannte.«

»Also habt Ihr selbst festgestellt, dass es der Abt ist?« Isabels letzte Hoffnung, dass es sich womöglich um eine Verwechslung handeln könnte, schwand.

Der Vogt nickte bedrückt. »Ich kannte ihn viele Jahre, wie Ihr wisst. Ich mochte ihn. Er war anders als die anderen Mönche, die mir in meinem Leben begegnet sind.«

»Er war ein ganz besonderer Mann«, sagte Isabel traurig und sah kurz zu Boden. Dann veränderte sich ihr Blick, und sie ballte die Hand zur Faust. »Deshalb müssen wir alles tun, um die Mörder zu überführen.«

Der Vogt sah sie mit bekümmerter Miene an. »Ich habe kaum Hoffnung, dass wir sie jemals finden werden. Er war ein leichtes Opfer: ein Mann der Kirche, allein und ohne jede Kampferfahrung. Ich kann nur nicht verstehen, weshalb er überfallen wurde. Dass er unter seiner Kutte keine Reichtümer mit sich führt, konnte sich jeder noch so dumme Dieb doch denken.«

»Ich weiß, wer dafür verantwortlich ist.«

»Ihr wisst es?«

Isabels Augen verengten sich zu Schlitzen. »Der Bischof.«

Der Vogt hob erstaunt die Augenbrauen. »Isabel, ich bitte Euch! Ich weiß um Eure Streitigkeiten. Doch das geht zu weit.«

»Ich war im Kloster«, fuhr Isabel unbeirrt fort. »Fragt Bruder Gerberth. Er wird es Euch bestätigen.«

»Mir was bestätigen?«

»Dass Abt Dimitrius von zwei Männern des Bischofs unter einem Vorwand abgeholt und mitgenommen wurde.«

»Wann?«

»Vor sieben, nein, ich denke, es war vor acht Tagen. Ja, vor acht Tagen. Das war einen Tag bevor seine Wachmänner uns auf seinen Befehl hin den Zugang zu unseren Hängen verwehrten.«

»Das war mir nicht bekannt.«

»Als sie uns den Zugang verweigerten, bin ich zum Kloster gegangen, um mit Abt Dimitrius zu sprechen. Da habe ich davon erfahren.«

Der Vogt kratzte sich am Kinn. »Das heißt aber doch nicht, dass diese Männer auch für den Tod des Abts verantwortlich sind. Das ergibt doch keinen Sinn. Weshalb sollte der Bischof zwei seiner Männer ins Kloster schicken, um den Abt abzuholen, sodass es jeder mitbekommt, und diesen dann umbringen lassen?«

Isabel geriet in Erklärungsnot. Sie wollte auf keinen Fall riskieren, dass der Vogt ihre Vermutung oder vielmehr Gewissheit, dass der Bischof hinter dem Mord an Abt Dimitrius steckte, in Zweifel zog. »Die Männer haben behauptet, vom Erzbischof geschickt worden zu sein mit dem Auftrag, Abt Dimitrius nach Mainz zu geleiten.«

»Vom Erzbischof? Eben noch spracht Ihr vom Bischof.«

»Weil die Männer nicht vom Erzbischof, sondern vom Bischof geschickt worden waren«, stellte sie klar.

»Was redet Ihr denn, Isabel? Ich kann Euch nicht mehr folgen. Wer hat nun wen geschickt?«

Isabel seufzte. »Abt Dimitrius war auf unserer Seite. Er hat dem Erzbischof sogar ein Schreiben gesandt und darin die Betrugstaten des Bischofs geschildert.«

»Woher wollt Ihr das nun wieder wissen?«

»Abt Dimitrius hat es mir nur wenige Tage zuvor gesagt.«

»Und weshalb sagte er es Euch?«

»Weil wir einander vertrauten und ihm das Verhalten des Bischofs missfiel, um es freundlich auszudrücken.«

»Es gab also Schwierigkeiten zwischen dem Abt und dem Bischof«, stellte der Vogt grübelnd fest. »Gut. Sprecht weiter.«

»Abt Dimitrius war mit dem Gebaren des Bischofs gegenüber den Pächtern der klösterlichen Weinberge mehr als unzufrieden, ja geradezu empört darüber. Es war nicht rechtens, und das wusste er. Deshalb hat er sich an den Erzbischof gewandt, um diesem Treiben Einhalt zu gebieten.«

»Und das wisst Ihr genau?«

»Ja, er hat es mir selbst gesagt.«

»Dann müsste ein entsprechendes Schriftstück beim Erzbischof vorliegen?«

»Ja«, antwortete Isabel mit fester Stimme, wenngleich die Befürchtung sie beschlich, dass dieses Schreiben den Erzbischof womöglich gar nicht erreicht hatte, sondern abgefangen worden sein könnte.

»Wenn ich also sogleich einen Boten nach Mainz schicken und den Erzbischof hierzu um Nachricht bitten würde, seid Ihr sicher, dass er es mir bestätigen würde?«

»Ja, Vogt, dessen bin ich sicher.«

Wieder rieb er sich nachdenklich das Kinn. »Wer von den Mönchen im Kloster, sagtet Ihr, hat mitbekommen, dass der Abt von Männern des Bischofs«, er schüttelte den Kopf, »nein, von Männern des Erzbischofs abgeholt worden war?«

»Bruder Gerberth. Er ist der Vertreter des Abts.«

»Gut. Dann werde ich mit ihm sprechen.« Er beugte sich weiter über den Schreibtisch. »Nicht, dass ich Euren Worten keinen Glauben schenken würde. Aber Ihr werdet verstehen, dass ich mit dem Mönch Rücksprache halten muss.«

»Das verstehe ich sehr wohl, und ich bitte Euch sogar darum.«

»Gut. Dann wird es so geschehen.«

»Darf ich Euch begleiten?«

»Gewiss.«

»Dann gehen wir am besten gleich.«

»Ja, Vogt.« Isabel erhob sich. Sie war erleichtert, dass der Amtmann die Dinge ohne zu zögern in Angriff nahm. »Gehen wir.«

12. Kapitel

Es war heiß an diesem Tag, und Isabel merkte deutlich, wie anstrengend es für den Vogt war, den anfangs steil ansteigenden Weg aus dem Dorf heraus bis zu der Gabelung zurückzulegen, von der aus man nach links direkt zu Isabels Haus und Weinberg gelangte und nach rechts zu den klösterlichen Reben. Wie auch schon in den letzten Tagen waren dort rund um die von den Staubers und den Veltens gepachteten Flächen Wachmänner des Bischofs postiert, die dafür Sorge trugen, dass keines der Familienmitglieder die Klosterhänge betrat. Der Vogt grüßte im Vorbeigehen den ersten Wachposten mit einer Geste und sah kurz zu Isabel, die ihrerseits den Blick starr nach vorn gerichtet hielt. Sie gingen geradeaus weiter und folgten dem Weg, der zum Kloster hinaufführte und eine weitere Steigung bot.

»Ich war schon lange nicht mehr hier oben«, sagte der Vogt völlig außer Atem. »Es ist heiß heute. Macht es Euch etwas aus, eine kurze Rast einzulegen?«

»Gewiss nicht, Vogt«, antwortete sie und blieb stehen. »Ich habe keine Eile, ins Kloster zu kommen.« Sie schluckte. »Es ist das erste Mal, dass ich hinaufgehe in dem Wissen, dort nicht Abt Dimitrius anzutreffen. Ich kann noch immer nicht glauben, dass er wirklich tot ist.« Bei diesem Satz kam ihr ein Gedanke. »Sein Leichnam, wo ist er?«

Der Vogt machte eine Kopfbewegung in Richtung Kloster. »Die Mönche werden sich darum kümmern, dass er in geweihter Erde seine letzte Ruhe findet.«

»Wisst Ihr, wann das Begräbnis sein wird?«

Der Vogt verneinte. »Darüber habe ich bisher keine Nachricht erhalten.«

»Es wird doch nicht womöglich schon geschehen sein?«, fragte Isabel erschrocken. »Ich meine, ohne jemandem etwas davon zu sagen?«

»Das glaube ich nicht«, gab der Vogt in ruhigem Tonfall zurück. »Wir werden gleich erfahren, wann der Körper der Erde übergeben wird. Kommt, gehen wir weiter.«

Isabel setzte sich ebenfalls wieder in Bewegung, sah sich aber noch kurz zu ihrem eigenen Weinberg um. In der Ferne konnte sie ihre Lieben ausmachen, die ihrer Arbeit an den Reben nachgingen.

Es dauerte um einiges länger, als wenn Isabel den Weg allein hinaufgegangen wäre. Als sie oben beim Kloster ankamen, hatte der Vogt eine beunruhigend rote Gesichtsfarbe, und die Ader an seinem Hals pochte so heftig, dass sie in regelmäßigen Abständen hervortrat.

»Der Herr auf Euren Wegen«, begrüßte der Vogt den Mönch, der ihnen nach dem zweiten Klopfen öffnete. Es war derselbe, dem Isabel schon beim letzten Mal begegnet war. »Wir möchten gern mit Bruder Gerberth sprechen.«

»Gottes Segen begleite Euch«, erwiderte der Mönch. »Ich werde ihn fragen, ob er Zeit hat, Euch zu empfangen. Bitte folgt mir.« Er ging voraus, und Isabel und der Vogt folgten ihm schweigend.

Als Isabel gewahr wurde, wohin er sie führte, verfinsterte sich ihre Miene. Offenbar hatte Bruder Gerberth nicht gezögert, das Arbeitszimmer des Abtes für sich in Anspruch zu nehmen. Sie versuchte, ihre Wut im Zaum zu halten. Es stand ihr nicht zu, darüber zu urteilen, wie lange Bruder Gerberth damit hätte warten sollen. Dennoch musste sie schwer schlucken, als der Mönch sie und den Vogt gemeldet hatte und sodann den Eingang freigab.

Bruder Gerberth saß an dem Schreibtisch, an dem Isabel stets nur den Abt hatte sitzen sehen.

»Seid gegrüßt, Bruder Gerberth«, sagte sie. »Der Herr schütze Euch.«

Der Vogt sprach den gleichen Gruß, der von Bruder Gerberth erwidert wurde. Dann stand der Mönch auf, ging mit ausgebreiteten Armen auf Isabel zu und fasste ihre Hände. »Isabel, ich weiß, wie verbunden Ihr unserem Abt wart. Es tut mir so leid.«

»Mir auch. Für uns alle, die wir den Abt liebten und schätzten.«

Er nickte nachdenklich. »Bitte, setzt Euch doch«, bot er an und deutete auf die Besucherstühle.

Isabel und der Vogt nahmen Platz, und der Mönch ging um den Schreibtisch herum und setzte sich ebenfalls wieder.

»Was kann ich für Euch tun?«

»Wann werdet Ihr den Körper der Erde übergeben?«

»Erst in drei Tagen«, antwortete der Mönch. »Ich hätte Euch auch noch eine Botschaft gesandt.«

»Dafür danke ich Euch«, gab Isabel zurück.

»Seid Ihr deshalb gekommen, um dies zu erfahren?«

»Nein«, sagte nun der Vogt. »Ich hörte, dass Ihr um die näheren Umstände wisst, unter denen der Abt das Kloster verlassen hat.«

Isabels Herz pochte heftig. Was war von der neuen Situation im Kloster zu halten? Wer würde als Dimitrius' Nachfolger das Amt des Abtes übernehmen? Bruder Gerberth vermutlich.

Ein Gedanke ließ sie stocken. Was, wenn der Bischof bereits mit ihm gesprochen und ihm seine Unterstützung zugesagt hatte, sollte er über sein Wissen schweigen?

»Ja, das ist wahr. Abt Dimitrius setzte mich in Kenntnis, bevor er das Kloster verließ.«

»Und?«, hakte der Vogt nach.

»Der Abt sagte mir, dass zwei Männer des Erzbischofs gekommen seien, um ihn nach Mainz zu geleiten. Es ging um eine wichtige Sache, soweit ich es verstanden habe.«

Isabel atmete erleichtert aus.

»Wisst Ihr, worum es ging?«

Der Mönch wiegte den Kopf. »Nun, zumindest ahne ich es. Besser gesagt, der Abt teilte mir mit, was er vermutete, weshalb er so eilig einbestellt worden sei.«

»Und weshalb?«

»Er hatte sich beim Erzbischof über das Verhalten des Bischofs gegenüber den Weinbauern beschwert. Ich habe das Schreiben selbst gesehen. Er hat nicht beschönigt, was in den letzten Wochen hier vorgefallen ist.«

Isabel war über die Maßen erleichtert. Sie blickte kurz zum Vogt hinüber, um zu sehen, wie dieser reagierte. Er nickte einige Male mit dem Kopf.

»Seht Ihr, Vogt. Genau das hat mir Abt Dimitrius gesagt.«

»Oh«, bemerkte der Mönch, »wurde ich soeben geprüft?«

»Geprüft nicht«, versicherte Isabel mit einem schwachen Lächeln. »Aber der Vogt wollte es auch aus Eurem Munde hören, nicht nur aus meinem.«

»Das Ganze lässt meines Erachtens nur die Überlegung zu, dass es entweder Männer des Erzbischofs waren, die überfallen wurden und sich aus Scham davongemacht haben, sollten sie nicht selbst gemeuchelt worden sein. Oder aber«, er atmete geräuschvoll aus, »dass die Männer nicht vom Erzbischof geschickt worden waren.«

»Sprecht es ruhig aus, Vogt: dass es Männer des Bischofs waren, die den Auftrag hatten, den Abt, der auf der Seite der Winzer stand, aus dem Weg zu räumen.«

Bruder Gerberth schlug entsetzt die Hand vor den Mund. »Beim Herrn! Haltet Ihr dies wirklich für möglich?«

»Ich habe schon so viel erleben müssen im Laufe der Jahre«, gab der Vogt von sich. »Ich traue jeder Seele fast alles zu.«

»Habt Dank, Bruder Gerberth, dass Ihr uns so offen Auskunft erteilt habt.«

Der Mönch wurde nachdenklich. »Ich habe Abt Dimitrius nicht nur ob der Art und Weise geschätzt, wie er das Kloster führte. Es war das Wesen seines Denkens, das ich verehrte. Manchen Zwiespalt meiner Seele, der mich an mir, manchmal sogar an meinem Glauben zweifeln ließ, hat er mir genommen, ohne mich je für meine Schwäche zu verachten.«

»Er war ein ganz besonderer Mann«, pflichtete Isabel ihm bei. »Werdet Ihr sein Amt als Abt des Klosters übernehmen?«

Er wiegte den Kopf. »Nein«, sagte er dann, »ich denke nicht. Für die kurze Zeit, bis wir einen neuen Abt gewählt haben, gewiss. Doch ich glaube, ich könnte dieses Amt nie so ausfüllen, wie Abt Dimitrius es tat.«

»Mir scheint«, entgegnete der Vogt, »Ihr habt mehr von ihm, als Euch bewusst ist. Wenn er hier wäre, würde er vermutlich sagen, dass es das einzig Richtige wäre, Euch das Amt zu übertragen.«

»Denkt Ihr das wirklich?« Der Mönch schien überrascht.

»Ich stimme dem Vogt zu. Zwar sehe ich in Euer Gesicht, doch aus Euren Worten höre ich Abt Dimitrius sprechen.«

Der Mönch blickte die Besucher dankbar an. »Es ist mir eine Ehre, dies aus Eurem Munde zu hören.«

»Wir müssen nun gehen«, erklärte der Vogt und stand auf. Isabel und Bruder Gerberth taten es ihm gleich. »Habt Dank, dass Ihr uns empfangen und Auskunft erteilt habt.«

»Ich werde Euch beiden Nachricht schicken lassen, wann genau die Beisetzung stattfinden wird.«

»Das ist sehr freundlich von Euch, Bruder Gerberth. Gott schütze Euch und möge Euch eine weise Entscheidung treffen lassen.«

»Geht mit Gottes Segen«, antwortete der Mönch. »Nur eines noch: Wenn Ihr die ausfindig machen könnt, die unserem Abt das Leben nahmen, würdet Ihr es mich wissen lassen?«

»Das verspreche ich«, sagte der Vogt, dann gingen die beiden hinaus.

Den Weg vom Kloster hinunter legten sie um einiges rascher zurück als den Hinweg. An der Gabelung, wo Isabel zu ihrem Haus abbog und der Vogt weiter ins Dorf hinunterging, verabschiedeten sie sich voneinander, und der Vogt sicherte der Winzerin zu, sich umgehend um alles zu kümmern. Was genau er damit meinte und welche Schritte er einleiten würde, wusste Isabel nicht. Sie wusste nur so viel: Keiner in Gysinheym würde ruhen, bis die Mörder des Abtes gefunden waren.

Es vergingen weitere zwei Tage, an denen Isabel und die Ihren sich mit der Arbeit an den Reben abzulenken versuchten und weder vom Advocatus noch vom Vogt eine Nachricht erhielten. Lediglich ein Mönch war bei ihnen vorstellig geworden, um mitzuteilen, dass die Beisetzung des Abtes am folgenden Tag zur Mittagszeit stattfinden würde.

So traten die Veltens wie die Staubers am späten Vormittag des dritten Tages den schweren Gang hinauf zum Kloster an. Sie sahen etliche Dörfler, die den Weg zum Kloster hinaufstiegen, um dem Abt das letzte Geleit zu geben. Als sie der Gabelung näher kamen und Isabel erkennen konnte, dass sich ein wahrer Strom von Menschen schweigend voranbewegte, gab ihr das ein gutes Gefühl. Ja, der Abt war ein großer Mann gewesen, und Isabel gefiel der Gedanke, dass seine unsterbliche Seele gestreichelt wurde durch die Anteilnahme, die die Menschen ihm bezeugten.

Die Wachmänner an den Hängen standen nur da und beobachteten, wie die Dörfler an ihnen vorbeigingen. Kein Mönch war da, der seiner Arbeit an den Reben nachging. Fast musste Isabel schmunzeln beim Anblick der Männer, die einen menschenleeren Hang bewachten.

Emilia griff nach der Hand der Mutter. »Es gibt viele, die ihn geliebt haben«, flüsterte das Mädchen.

»Er hat sich diese Liebe verdient«, erwiderte Isabel, und Dankbarkeit darüber, eine von ihnen zu sein, machte sich in ihr breit.

»Ich wünschte, der Bischof könnte das sehen«, sagte Hanna leise, die auf Isabels anderer Seite ging. »So wird ein Mann zu Grabe getragen, der in seinem Leben aufrecht war und den die Menschen verehrten. An dem Tag, da die Stunde des Bischofs schlägt, wird niemand da sein.«

»Und doch ist es nur ein kleiner Trost«, entgegnete Isabel. »Ich vermisse unseren Abt. Ich vermisse ihn schrecklich.«

»Wir alle tun das«, urteilte Hanna. »Und deshalb werden wir auch nicht ruhen, bis seine Mörder gefunden sind.«

In diesem Moment erblickte Isabel den Vogt, der zusammen mit dem Advocatus und dem Schreiber den Hang erklomm. Sie grüßte sie aus der Entfernung mit einer Kopfbewegung, war aber nicht sicher, ob die Männer sie gesehen hatten.

Das Tor zum Innenhof stand weit offen, als der Tross das Kloster erreichte. Als die Mönche die Menschen kommen sahen, traten sie aus dem Hof und stellten sich in einem Halbkreis auf, um sie so zu begrüßen. Niemand sprach. Schweigend wurde gewartet, bis alle, die sich auf dem Weg befunden hatten, zu ihnen aufgerückt waren und einen Platz vor dem Klosterhof gefunden hatten. Eine Weile geschah nichts. Dann sah man Bruder Gerberth kommen, dem acht Ordensbrüdern folgten, die Abt Dimitrius' verhüllten Leichnam auf einer Bahre trugen. Als sie das Tor zum Innenhof erreichten, blieb Bruder Gerberth stehen, hob die Arme und streckte den Menschen seine flachen Hände entgegen. »Der Anblick Euch braver Menschen erfüllt mein Herz mit Freude. Lasst uns nun den Körper unseres geliebten Abtes Dimitrius der geweihten Erde übergeben, auf dass seine unsterbliche Seele Frieden finde.« Er ließ die Arme wieder sinken und ging voran. Während die Menschen eine Gasse bildeten, die auch breit genug war, um die Bahre hindurchzutragen, senkten sie ehrerbietig ihre Häupter.

Bruder Gerberth ging dem Trauerzug voraus bis zu dem kleinen Friedhof, der den Klosterbrüdern vorbehalten war und auf dem zuletzt vor über zwei Jahren einer der Ihren beigesetzt worden war. Dort wartete er neben dem ausgehobenen Grab, bis alle sich hierum versammelt hatten. Dann begann er zu sprechen.

Isabel hörte nur die ersten Worte, dann wanderten ihre Gedanken zu Abt Dimitrius und zu den Momenten, die sie mit ihm erlebt hatte: ihre erste Begegnung und wie sie ihren Ehemann Albert und dessen Bruder zu Grabe getragen hatten; die Verhandlungen um den Weinberg; die vielen Anlässe, während derer sie in den acht Jahren aufeinandergetroffen waren. Nicht immer waren sie einer Meinung gewesen. Und manches Mal, so glaubte Isabel, hatte der Abt nur schwer damit umgehen können, dass sie Zugeständnisse eingefordert hatte, die ihr als Frau einfach nicht zustanden. Sie dachte an die Tage, da sie ihn in ihrem Hause gepflegt hatte, als ein anderer Ordensbruder dem Abt das Amt hatte streitig machen wollen und diesen mit Gift aus dem Weg zu räumen versucht hatte. Fast hätte sie ihm nicht mehr helfen können. Doch es gab nicht nur solche Momente der Verhandlungen und Schwierigkeiten. Nein. Auch wenn er ein eher zurückhaltender Mensch war, hatten sie doch manches Mal zusammen gelacht, hatte sich der Abt ausgelassen und fröhlich gezeigt. Nicht oft. Aber eben manchmal. Und er war ihr stets ein guter Freund und Ratgeber gewesen. Sie hatte ihm vertraut, wie sie Hanna vertraute. Und nun war er für immer gegangen, feige ermordet. Sie konnte die Tränen nicht mehr zurückhalten, schluchzte leise auf. Emilia, die neben ihr stand, griff abermals nach der Hand der Mutter.

Die Mönche setzten die Bahre ab und griffen die Seile, die daran befestigt waren. Unter den Worten Bruder Gerberths ließen sie die Bahre langsam herab, und mit jedem kleinen Stück, das sie weiter niedersank, spürte Isabel ihr Herz immer fester krampfen. Dann schließlich war es getan, und die Mönche ließen die Seile los.

Bruder Gerberth hob die Hände, sprach einen feierlichen Segen für den Abt und einen für die Gemeinde. Dann blickte er traurig noch einmal in das offene Grab und ging.

Einer nach dem anderen traten die Mönche und Dörfler vor, nahmen im Stillen Abschied vom Abt und gingen dann. Auch Isabel trat an das Grab heran, verweilte einen Moment, dachte einen Abschied, ohne hierbei die Lippen zu bewegen, wandte sich ab und machte den anderen Trauernden Platz. Dann verließen die Staubers und die Veltens geschlossen den Friedhof und machten sich auf den Heimweg. Keiner von ihnen sagte ein Wort.

Als sie bereits ein gutes Stück vom Kloster entfernt waren, rief jemand hinter ihnen ihren Namen.

»Isabel, wartet! Ich muss mit Euch sprechen.« Der Advocatus kam mit schnellen Schritten heran, der Vogt und der Schreiber folgten ihm auf dem Fuße.

Isabel und die Ihren blieben stehen.

»Ich habe Nachricht vom Erzbischof erhalten!«, verkündete der Advocatus, noch bevor er die Gruppe erreicht hatte.

Isabel hatte wenig Hoffnung, an einem solchen Tag eine gute Nachricht zu erhalten.

»Der Erzbischof gibt unserem Gesuch statt.« Der Advocatus blieb stehen, genau wie der Vogt und der Schreiber.

»Ach ja?« Isabel war zu traurig, zu erschöpft, um Freude empfinden zu können. »Inwiefern?«

»Er hat die neuen Verträge der Winzer für nichtig erklärt. Es bleibt bei den ursprünglichen Vereinbarungen.«

»Und was bedeutet das für unsere Verträge? Für Matthis' und Alberts«, fügte sie hinzu.

»Der Erzbischof hat verfügt, dass alle Verträge, die vorher gültig waren, wieder aufgenommen werden. Ich verstehe es so, dass das auch auf Eure zutrifft.«

»Gut«, sagte Isabel und drehte sich kurz zu Albert und Matthis um. »Habt ihr es gehört?«, vergewisserte sie sich.

Die beiden nickten.

»Und was ist mit den Wachen des Bischofs, die uns den Zugang zu unseren Hängen verwehren?«

Der Advocatus wandte sich dem Vogt zu. »Ich nehme an, dass es Eure Aufgabe ist, den Winzern zu ihrem Recht zu verhelfen.«

»Ich muss zunächst das Schreiben des Erzbischofs sehen, auf das Ihr Eure Aussage stützt.«

»Ich kann es Euch zeigen, es ist in meiner Amtsstube.«

»Gut.« Der Vogt sah den Hang hinunter, überlegte einen Moment und sagte dann: »Wo wir schon einmal hier sind, können wir den Wachmännern auch ebenso gut gleich sagen, dass sie zu verschwinden haben.«

»Ohne das Schreiben des Erzbischofs?«, vergewisserte sich der Advocatus.

»Ich vertraue Eurem Wort. Das Schriftstück sehe ich mir nachher an. Ich habe keine Bestrebungen, erst den gesamten Weg bis ins Dorf hinunterzugehen, um gleich danach wieder hinaufzumüssen. Wenn wir die Wachmänner sogleich in Kenntnis setzen und sie das Weite suchen, kann ich mir den zweiten Weg sparen.«

»Ich bezweifle, dass es so einfach sein wird«, sagte der Advocatus. »Aber sei's drum, einen Versuch ist es wert.«

Die drei Männer gingen gemeinsam mit den Veltens und Staubers das letzte Stück bis zur Gabelung und bogen dort in Richtung der Klosterhänge ab. Einige Dörfler beobachteten es und schlossen sich ihnen an, neugierig zu erfahren, was geschehen würde.

Der Vogt löste sich aus dem Pulk und sprach den Wachmann, den sie als Erstes erreichten, an: »Gott zum Gruße, Fremder. Ich bin der Vogt Gysinheyms. Über die Hänge, die Ihr hier bewacht, ist, wie Ihr wisst, ein Streit entbrannt. Der Erzbischof hat nun in dieser Angelegenheit entschieden: Die Hänge befinden sich in der Pacht der Familien Velten und Stauber. Euer Auftrag ist also beendet. Ruft Eure Männer zusammen und geht.«

Der Wachmann sah den Vogt an und schien zu überlegen, wie er auf dessen Mitteilung reagieren sollte. Zwei Wachmänner des Bischofs, die weiter weg gestanden hatten, kamen hinzu, um zu hören, was gesprochen wurde.

»Ich habe meine Befehle«, erklärte dann der, den der Vogt angesprochen hatte. »So lange, wie der Bischof uns nichts anderes sagt, müssen wir hier unseren Dienst tun.«

»Der Bischof hat sich an die Anordnungen des Erzbischofs zu halten«, sagte nun der Advocatus, der neben den Vogt getreten war.

»Es ist nicht an mir, das zu entscheiden«, hielt der Wachmann dagegen.

»Es ist aber an Euch, Prügel zu beziehen, wenn Ihr Euch dem Erlass des Erzbischofs widersetzt und den Winzern das ihnen zugesicherte Recht verwehrt«, sagte der Vogt mahnend.

Er reckte den Hals. »Wie viele seid Ihr? Ein Dutzend?« Er drehte sich um und schwenkte seinen Arm über die Leute, die ihnen gefolgt waren und das Geschehen beobachteten. »Allein hier sind wir dreimal so viel. Und wenn ich noch meine Büttel hole, wird's nur schlimmer für Euch.«

»Wer sagt uns, dass Ihr uns nicht nur vorschwindelt, dass der Erzbischof einen solchen Erlass gesandt hat?«

»Ich gebe Euch mein Wort als Vogt Gysinheyms. Das Schriftstück ist beim Advocatus verwahrt und kann jederzeit von Euch, dem Bischof oder einem, den Ihr dazu ernennt, eingesehen werden.«

Der Wachmann sah seine Kollegen an, als wollte er deren Meinung erfahren. Offenbar gelangten sie zu keiner Entscheidung.

»Wir machen es folgendermaßen«, sagte dann der Vogt. »Wir gehen jetzt ins Dorf zurück und geben Euch eine Stunde Zeit. Wenn einer von Euch lesen kann, mag er in meine Amtsstube kommen. Ich werde das Schriftstück dann dort haben. Sollte keiner von Euch innerhalb einer Stunde bei mir vorstellig werden, gebe ich zwei meiner Büttel den Auftrag, nachzusehen, ob Ihr noch hier seid. Sollte dies der Fall sein, werden sie mir Bericht erstatten, und wir kommen mit dem Erlass, aber auch mit Knüppeln und Äxten wieder.«

»Ich weiß nicht, ob …« Weiter kam er nicht.

»Meine Worte sind nicht als Offerte zu verstehen. Es wird so sein, wie ich es sagte. Eine Stunde. Ihr wisst, was Euch sonst blüht.« Damit machte er kehrt und bedeutete den Leuten, sich in Bewegung zu setzen.

Isabel und Hanna verabschiedeten sich vom Vogt und auch vom Advocatus. Dann gingen sie zu ihrem Haus, während die anderen Leute ins Dorf zurückkehrten. Isabel zweifelte keinen Augenblick daran, dass es weniger als eine Stunde dauern würde, bis die Wachen ihre Posten an den Weinbergen aufgaben und das Weite suchten. Und sie behielt recht.

Am nächsten Morgen nahmen beide Familien ihre Arbeit an den Reben wieder auf.

13. Kapitel

Die Wochen vergingen, und die Lese stand kurz bevor. Noch reiften die schon prallen Trauben die letzten Tage und nahmen die kräftigen Sonnenstrahlen in sich auf. Es war Ruhe eingekehrt in Gysinheym, die Ruhe vor dem Einbringen der Trauben, ganz so, als gebe es ein stilles Übereinkommen unter den Winzern, noch etwas Kraft zu schöpfen, bevor sie die anstrengendsten Tage des Jahres zu überstehen hatten.

Isabel fiel es seit Abt Dimitrius' Tod schwer, Freude zu empfinden. Sie vermisste ihn schmerzlich. Ihr fehlten die Zusammenkünfte, die Gespräche, die Möglichkeit, zu ihm zu gehen, wenn Sorgen oder dunkle Gedanken sie plagten. Es war, als sei ein Stück von ihr selbst mit ihm gestorben, und mitunter hatte sie das Gefühl, kaum atmen zu können. Sie konnte nur darauf hoffen, dass ihr Leben im Laufe der Zeit, wie es schon manches Mal gewesen war, wieder erträglicher werden würde.

»Es wird eine reiche Lese werden«, sagte Isabel zu Matthis und Albert, die zusammen mit ihr die Bestellungen durchgingen, die aufgrund von Matthis' und Alberts neu geknüpften Geschäftsverbindungen vorlagen. »Dennoch könnte es schwierig werden, wirklich alle Kunden zu beliefern, die ihr angeworben habt.«

»Wir haben also mehr verkauft, als wir haben?«, fragte Albert zögernd in der Befürchtung, einen Fehler gemacht zu haben.

»Aber nein, es wird schon reichen. Dennoch müssen wir darauf achten, zuerst die zu beliefern, mit denen wir bereits seit Jahren zusammenarbeiten.«

»Ich finde, wir können mehr als zufrieden sein«, meinte Matthis. »Je mehr wir verkaufen, desto besser.«

»Da stimme ich dir zu«, gab Isabel zurück. »Und im nächsten Jahr wird es noch viel mehr werden, wenn die neuen Reben auf den schonauschen Hängen ebenfalls tragen.«

»Es gibt da etwas«, kündigte Matthis an, »das ich schon seit Längerem mit euch besprechen möchte.«

Isabel und Albert wechselten einen Blick. »Rede schon«, forderte Albert ihn auf. »Warum so förmlich?«

»Es ist mir unangenehm«, gestand Matthis ein.

Isabel legte den Kopf schief. »Matthis, du bist für mich wie ein Sohn. Es gibt nichts, was du nicht frei aussprechen kannst.«

Matthis lächelte Isabel an. »Ja, das weiß ich. Du hast mich auch immer so behandelt.«

»Gut. Dann sprich.«

Matthis atmete einmal tief durch. »Es geht um den Anteil, den wir Staubers bekommen.«

»Ja?« Isabel wusste nicht, worauf er hinauswollte. Sie hatten stets alles geteilt, ganz gleich, wem welche Reben gehörten, und alle hatten gut davon leben können.

»Ihr Veltens habt neben der Pacht am Kloster noch dreimal so viel Reben auf den schonauschen Hängen.«

»Aber wir haben immer alles geteilt«, widersprach Isabel. »Jede Familie hat genau den gleichen Anteil bekommen.«

»Ja, aus Gefälligkeit.« Matthis senkte den Blick. Ihm war deutlich anzusehen, wie unwohl er sich fühlte.

»Nein«, widersprach Isabel. »Weil wir alle zusammen jede einzelne Rebe gehegt und gepflegt und schließlich die Trauben gepflückt haben. Wir haben getan, was wir konnten, und so hat ein jeder seinen Anteil verdient.«

»Das magst du so sehen«, sagte Matthis. Er blickte zuerst Albert und dann wieder Isabel an. »Bitte verzeiht mir das, was mich umtreibt. Doch ich muss es sagen: Was wird, wenn du eines Tages anders darüber denkst, wenn es Streit geben sollte?«

»Weshalb sollten wir denn streiten?«, fragte Isabel zurück. »Ihr Staubers seid wie meine eigene Familie.«

»Ja, wir sind wie«, er betonte das letzte Wort, »deine Familie. Doch wir sind nicht deine Familie.«

Alberts Miene verfinsterte sich. »Warum sagst du so etwas?«, fragte er enttäuscht. »Auch ich fand uns stets wie Brüder.«

Isabel berührte kurz Alberts Arm, um ihm zu bedeuten, nicht weiterzusprechen. »Er sagt es, weil er ein Mann geworden ist und die Verantwortung für seine Familie zu tragen hat«, erklärte sie. Dann trat sie einen Schritt auf Matthis zu und umarmte ihn.

Matthis war so überrascht, dass er kaum reagieren konnte.

»Ich bin wirklich sehr stolz auf dich, Matthis Stauber. Und ich werde deiner Mutter von unserem Gespräch erzählen, auf dass es ihr genauso gehen möge.« Sie löste die Umarmung und machte einen Schritt zurück, um Matthis ansehen zu können.

Die Miene des jungen Mannes entspannte sich. »Wirklich? Du zürnst mir nicht?«

»Aber weshalb denn? Nein. Es ist gut, dass du weiterdenkst. Ich fürchte, ich selbst wäre nicht auf diesen Gedanken gekommen.«

»Wie siehst du das?«, fragte Matthis an Albert gewandt.

»Mutter hat recht. Es ist, wie Gertrud, meine Großmutter, oft sagte: Manchmal muss man einige Schritte machen, um eine Sache anders betrachten zu können.«

Matthis atmete erleichtert aus. »Vielen Dank euch beiden. Das bedeutet mir sehr viel.«

»Ich werde mit dem Advocatus sprechen und ihn bitten, etwas aufzusetzen.«

»Darf ich dich fragen, was genau?«

»Kannst du dir das nicht denken?« Isabel sah Matthis liebevoll an. Als er nicht antwortete, sagte sie: »Wir werden die Hänge neu aufteilen. Die gepachteten Klosterhänge sind hinsichtlich der Fläche und Reben sowieso gleich. Die schonauschen Hänge je zur Hälfte. Ist das in deinem Sinne?«

»Das ist zu viel, Isabel.«

»Nein.« Sie schüttelte den Kopf.

»Dann müssen wir euch einen Ausgleich dafür zahlen«, meinte Matthis. »Was haltet ihr davon, wenn die Staubers den Veltens über eine Zeit von zehn Jahren je fünf Fässer Wein mehr überlassen, um so die Schuld zu begleichen? Die Weinberge bestellen wir natürlich weiterhin alle zusammen.«

Isabel und Albert sahen sich an und schüttelten fast gleichzeitig den Kopf. »Drei Fässer«, sagte dann Albert, und Isabel nickte zustimmend. »Und nicht ein einziges mehr.«

Matthis streckte ihm die Hand entgegen. »Du bist mein Bruder. Habt vielen Dank. Habt beide vielen Dank.«

»Isabel, Albert, Matthis, da seid ihr ja!« Hanna war eingetreten. Sie strahlte über das ganze Gesicht. »Es ist Besuch gekommen«, verkündete sie.

»Ach ja? Wer?«, fragte Albert.

»Der Mohr und sein Vater aus Bremen. Sie sind auf der Durchreise.«

»Wirklich?« Matthis war begeistert. »Wir kommen sogleich.«

»Gut.« Hanna wandte sich schon zum Gehen, als Matthis sie zurückhielt und ihr berichtete, was die drei soeben besprochen hatten.

»Ihr Veltens seid die ehrenhaftesten und feinsten Menschen, die mir je begegnet sind«, sagte Hanna, trat auf Isabel zu, umarmte sie und hielt sie einen Moment fest. Dann löste sie die Umarmung und ging ohne ein weiteres Wort hinaus.

»Der Mohr – wer hätte das gedacht?« Albert stieß Matthis an und griff dann Isabels Hand. »Kommt schon, ihr beiden. Begrüßen wir den Mohren. Du darfst nicht erschrecken, Mutter. Glaub mir, einen so dunklen Menschen hast du nie zuvor gesehen.«

Die Sonne sank bereits und tauchte die Gegend in ein gedämpftes Licht, als die drei hinaustraten. Hanna stand bei den Besuchern und plauderte mit ihnen. In diesem Augenblick stellte sie ihnen die Mädchen vor, und auch Friedrich, Wendel und Conrad waren hinzugekommen, um die Händler zu begrüßen.

»Simon, Ludger, darf ich Euch meine Freundin vorstellen? Die Winzerin mit den größten Flächen in ganz Gysinheym, Isabel Velten.« Hanna streckte ihr die Hand entgegen, damit sie zu ihnen herüberkäme.

»Gott zum Gruße! Wir freuen uns, dass Ihr den Weg zu uns gefunden habt.« Isabel sah von einem zum anderen.

»Gott schütze Euch. Die Freude ist auf unserer Seite, Euch kennenlernen zu dürfen.«

»Bitte, kommt in unser Heim und seid unsere Gäste.« Isabel machte eine Handbewegung zum Haus hinüber. »Seid willkommen!«

Ludger stieß seinem Sohn den Ellenbogen in die Seite, weil dieser nur dastand und kein Wort mehr gesagt hatte, seit er Isabel gesehen hatte. Der Mohr fuhr zusammen. »Äh, ja, verzeiht … Wir freuen uns, hier zu sein.«

Isabel betrachtete den Mann. Er war in etwa so groß wie der Vogt und ebenso breitschultrig. Es stimmte, was Albert gesagt hatte: Isabel hatte noch nie einen so dunklen Menschen gesehen. Irgendetwas an ihm machte Isabel auf eine eigenartige Weise unruhig. Stellte er womöglich eine Gefahr dar? Sie schüttelte den Gedanken ab und räusperte sich. »Lasst uns ins Haus gehen«, sagte sie und machte rasch kehrt.

Hanna blickte ihr einen Moment lang irritiert nach, bemühte sich dann jedoch auch ihrerseits, alle zum Mitkommen aufzufordern und ins Haus zu begleiten. Aber das Gefühl, mit Isabel sprechen zu müssen, blieb.

Die Mägde trugen so reichlich auf, dass Isabel befürchtete, der Holztisch müsste sich biegen unter der Last der Speisen und Getränke. Die Stimmung war gelöst, ganz so, als wären jahrzehntelange Freunde zu Gast. Die Staubers und Veltens berichteten den Gästen, was sich mit dem Bischof zugetragen hatte, von dessen Versuch, die Winzer zu betrügen. »Die hohen Abgaben und jetzt noch dieser betrügerische Hund von einem Bischof«, empörte sich Matthis. »Wahrlich, einfach ist es nicht.«

»Nun, uns zieht der Schoss ebenso manches Mal die letzten Silberlinge aus der Tasche«, erwiderte Simon.

»Der Schoss?« Albert sah den Mohren fragend an.

»So nennt man bei uns in Bremen die Steuer«, erklärte Ludger. »Mein Sohn und ich können noch von Glück sagen, da unsere Handelsgeschäfte vielfältig sind. Ob Kräuter, Gewürze, Wein, Stoffe, Werkzeuge, medizinische Schriften – wir kaufen alles und verkaufen es anderswo wieder. Doch die Händler, die keine solche Auswahl bieten können, haben es manchmal schwer. Und den Handwerkern geht es noch schlechter.«

»Dabei hatte ich den Eindruck, Bremen stünde vortrefflich da«, warf Hanna ein. »Als wir am Hafen anlegten, flanierten dort einige Damen in teuren Gewändern entlang – und von Duftkleidern habe ich noch nie zuvor gehört. Und dieses Hansefest in einigen Wochen, auf dem auch Matthis und Albert mit einem Stand vertreten sein werden, scheint mir ein besonderer

Einfall und wird viele Menschen in Euer Bremen locken. So etwas gibt es nicht oft.«

»Das ist wahr«, meinte Simon. »Doch wisst Ihr, noch vor wenigen Monaten sah es ganz anders aus in Bremen. Wusstet Ihr, dass wir zeitweilig aus der Hanse ausgeschlossen waren?«

»Ich habe davon gehört«, sagte Hanna. »Doch bitte erzählt es uns genau. Wir erfahren von Reisenden stets nur das, was sie gehört zu haben glauben. Ihr, die Ihr in Bremen lebt, wisst es jedoch aus erster Hand.«

Der Mohr erzählte, dass die Misere Bremens vor mittlerweile acht Jahren begonnen hatte, nachdem die Pest im Jahr 1350 fast die Hälfte der Bremer Bürger dahingerafft hatte. Und nicht nur Bremen, sondern auch die umliegenden Orte hatten einen beträchtlichen Teil ihrer Bevölkerung verloren. Besonders hart getroffen hatte es die nahe Bremen gelegene Grafschaft Hoya. Die dortigen Grafen Gerhard III. und Johann II. von Hoya hatten für die Bestellung der Felder kaum mehr genug Leibeigene. Als an jene dann noch das Angebot Bremens herangetragen wurde, Hoya den Rücken zu kehren und sich innerhalb der Stadtmauern Bremens niederzulassen, um dort zu arbeiten und hierfür das Bürgerrecht verliehen zu bekommen, entbrannte ein Streit zwischen den Grafen und der Stadt Bremen. Die Hoyaer Grafen forderten die sofortige Rückkehr ihrer Leute. Unter Berufung auf die Stadt Bremen und das Bürgerrecht lehnten diese es jedoch ab, in die frühere Abhängigkeit und als Unfreie nach Hoya zurückzukehren, um dort die Felder zu bestellen. Ein offizielles Auslieferungsbegehren der Grafen von Hoya hatte der Bremer Rat kurzerhand zurückgewiesen.

Auch dass es zwei konkurrierende Bischöfe gab, die sich jeweils auf eine Seite der streitenden Parteien schlugen, gab dem Streit weiteren Nährboden. Eine erbitterte jahrelange Fehde war die Folge, die schließlich am 20. Juni 1358 in einem Gefecht an einem Fluss zwischen den beiden Gebieten ihren Höhepunkt fand. Die Hoyaer machten viele Gefangene, unter anderem acht der zwölf Ratsherren. Die Lage der Bremer hätte verzweifelter nicht sein können, da die Hoyaer Grafen eine horrende Auslösesumme forderten und die städtischen Bremer Kassen aufgrund der andauernden Kriegshandlungen ohnehin so gut wie leer waren. Am Ende kratzten die Bremer die letzten Silberlinge zusammen und zahlten unter erheblichen Anstrengungen, woraufhin die meisten Gefangenen heimkehrten.

Doch die Lage der Stadt war verzweifelt. Verzweifelt auch deshalb, weil die Hanse die Bremer wegen einiger Verfehlungen aus dem Bündnis ausgeschlossen hatte und es geschickter Verhandlungen bedurfte, die Wiederaufnahme in die Hanse zu erreichen. In den Monaten danach war der Handel nur sehr schleppend wieder in Gang gekommen.

»Das war eine wirklich harte Zeit«, sagte Ludger nachdenklich. »Es war nicht nur so, dass die Bremer kein Geld hatten, um die Waren zu bezahlen, die in die Stadt gebracht wurden. Es kamen kaum mehr Waren an. Die Bremer bezahlten nicht mit Münzen, sondern tauschten ihre Waren untereinander. Münzen hatte keiner mehr.«

»Wie ist es Euch gelungen, den Handel zu neuer Blüte zu führen?«, fragte Isabel.

»Noch gar nicht«, gab Simon zur Antwort und sah sie mit seinen leuchtenden Augen an. »Bremen ist längst noch nicht wieder die Stadt, die sie vor der Hoyaer Fehde und dem Streit mit der Hanse war. Doch das Hansefest, neue Handelspartner und weitere Handelsreisen haben dazu beigetragen, dass die Stadt allmählich wieder besser dasteht.«

»Wohin seid Ihr unterwegs?«, fragte nun Conrad.

»Nach Hause«, antwortete Ludger. »Wir haben fast alle unsere Geschäfte zum Abschluss gebracht. Ihr seid unsere vorletzte Anlaufstelle. Wir kommen geradewegs aus Frankreich, wo wir ebenfalls Wein gekauft haben.« Er hob die Hände. »Doch keine Sorge, wir pflegen uns an getroffene Vereinbarungen zu halten und den Winzern den Wein auch abzunehmen, den wir bestellt haben.«

»Aber da wir noch nicht wissen, wie gut Euer Wein ist, haben wir den längeren Weg nach Frankreich auf uns genommen und auch dort eingekauft. Zu den Lazalles pflegen wir schon seit Jahren gute Kontakte. Es wäre nicht klug, mit ihnen zu brechen, ohne zu wissen, woran wir mit Euch sind«, erklärte Simon. »Ich hoffe, Ihr verzeiht mir meine Offenheit.«

»Die Lazalles? Ihr meint doch nicht etwa Mélisande de Lazalle aus Beaune südlich von Dijon?«, rief Isabel aus.

Der Mohr sah sie erstaunt an und blickte ebenso verwundert zu seinem Vater. »Ihr kennt Mélisande?«, vergewisserte er sich.

Isabel lachte herzlich auf. »Ja, ich kenne Mélisande. Wir sind gute Freundinnen.«

»Wirklich? Ist das nicht unglaublich?« Simon blickte in die Runde. »Am Ende sind wir doch alle irgendwie miteinander verbunden«, stellte er fest.

Isabel ersparte sich die Erklärung, auf welch ungewöhnliche Weise die Frauen sich damals kennengelernt hatten. Wie hätte sie auch und gerade vor ihren Kindern, die damals noch klein gewesen waren, erklären sollen, welche besondere Bedeutung Mélisandes verstorbener Ehemann Claude in ihrem Leben gehabt hatte? Nein. Mélisande und sie waren Freundinnen, und mehr brauchte weder der Mohr noch sein Vater zu wissen.

»Und Ihr kauft also auch dort Wein?«, fragte nun Matthis. »Ein weiter Weg.«

»Für einen guten Tropfen ist kein Weg zu weit«, stellte der Mohr klar.

»Mélisande und ich haben die gleiche Sorte Reben«, erklärte Isabel.

»Wirklich?«, wunderte sich Ludger und trank einen Schluck. »Ich dachte immer, diese Rebensorte gibt es nur in Frankreich.«

»Das war auch so, bevor Mélisande und ich uns kennenlernten«, bestätigte Isabel. »Ich kaufe alle meine Setzlinge bei ihr.«

»Wir haben beim Ankommen Eure Weinberge bewundert. Wirklich, sie sind prachtvoll.«

»Es steckt viel Arbeit darin, sie so zu erhalten.« Hanna stieß einen kleinen Seufzer aus. »Und doch könnte ich mir nichts Schöneres vorstellen.«

Sie tranken und aßen noch, als die Nacht längst hereingebrochen war. Emilia und Anna hatten sich schon vor Stunden zur Ruhe begeben, während die Jungen, die das Zusammensein mit den Gästen so sehr genossen, kein Ende finden konnten. Zu aufregend waren die Geschichten, die Ludger und Simon von ihren Reisen in ferne Länder zu erzählen hatten. Isabel freute sich, Hannas und ihre Söhne nach all den Anstrengungen in der letzten Zeit wieder einmal so unbekümmert zu sehen.

Es mochte nicht einmal eine Stunde vergangen sein, seit Isabel sich hingelegt hatte, als sie plötzlich aus dem Schlaf hochfuhr. Sie spürte den Wein, den sie am Abend getrunken hatte. In ihrer Kammer war alles ruhig. Und doch war da ein Geräusch, das sie beunruhigte. Anfänglich konnte sie es nicht zuordnen. Scheinbar war alles ganz still. Sie hörte nur die Geräusche, die das Haus des Nachts immer von sich gab. Jedes noch so kleine Knacken war ihr vertraut. Aber nein, da war noch etwas anderes. Sie horchte in die Dunkelheit. Es war etwas Fremdes, ein Geräusch, das sonst nicht da war. War das ein Summen wie von Bienen? Sofort tauchte vor ihrem geistigen Auge der Bienenstock auf, den Conrad nun schon seit Jahren hegte und pflegte und der ihnen sogar ein kleines Zubrot verschaffte. Waren die

Bienen irgendwie ins Haus gekommen? Vollkommen regungslos saß sie da, hielt einige Male den Atem an und lauschte. Was war das?

Sie schwang die Beine aus ihrer Lagerstatt, blieb einen Moment auf der Kante sitzen, da ihr kurz schwindelig war. Dann fing sie sich und stand auf. In ihrem dünnen Leinennachthemd schlich sie zur Tür, öffnete sie und lauschte abermals. War das der Wind? Mitten in der Nacht während der warmen Tage? Sie schlich auf den Flur, griff die dort stehende Talgleuchte und ging leise die Stufen hinunter. Unten angekommen, machte sie die paar Schritte bis zur Eingangstür, entriegelte und öffnete sie.

Entsetzt ließ sie die Talgleuchte fallen, war einen Augenblick wie erstarrt. »Feuer! Der Weinberg brennt! Feuer! Feuer!« Wie von Sinnen rannte sie hinaus, blieb dann abrupt stehen. Der gesamte rechte Teil des Weinbergs brannte lichterloh, und das Feuer arbeitete sich weiter vor.

Die Knechte kamen als Erste herbeigelaufen, dann die Mägde und schließlich alle, die im Haus waren. Hanna rannte zu Isabel. »Nein!«, hauchte sie, griff dann Isabels Hand und zog sie zum Brunnen hinüber. »Komm schon!«

Die Knechte machten sich sogleich daran, Wasser zu schöpfen, und schickten die Mägde los, um mehr Eimer zu holen. Isabel sah Matthis und auch Simon, der seinerseits sofort mit anpackte. Jeder griff sich einen gefüllten Wassereimer. Ludger brach Äste von den Bäumen, um mit diesen die Flammen auszuschlagen. Anweisungen wurden gerufen, alle rannten hin und her. Isabel nahm ebenfalls einen gefüllten Eimer, lief wie die anderen zum Hang und schüttete das Wasser in die Flammen.

»Hier herüber!«, brüllte Matthis. »Macht die Reben nass, die noch nicht brennen! Wir müssen verhindern, dass das Feuer auf sie übergreift!«

Isabel sah, dass Annas Kleid den Flammen gefährlich nah kam. »Anna, komm da weg!«, schrie sie, eilte hinüber und zog das Mädchen ein Stück weg. »Lauf zum Kloster, Anna! Die Mönche müssen uns helfen. Lauf schon!«

Das Mädchen gehorchte sofort und rannte davon, so rasch es nur konnte, während Isabel mit dem Eimer zum Brunnen zurücklief, um Wasser zu holen.

»Bildet eine Kette«, rief Simon, »und reicht die Eimer von einem zum anderen weiter! Sonst schaffen wir es nicht.« Er griff nach den Händen der Helfer und stellte sie in einer Reihe auf. »Hier«, er nahm einen Eimer und übergab ihn dem Nächststehenden, »reicht ihn weiter!«

Die Knechte zogen Eimer um Eimer aus dem Brunnen. So schnell wie nur irgend möglich wurden die gefüllten Eimer von Hand zu Hand bis zum Hang weitergereicht. Albert und Matthis schütteten oben das Wasser in die Flammen, während Simon weiter links sein Bestes gab, um die noch unbeschadeten Reben vor dem Übergreifen des Feuers zu schützen.

Doch sosehr sie sich auch bemühten, es ging nicht rasch genug. Sie waren einfach zu wenige, die gegen das Feuer kämpften. Die Flammen züngelten gierig durch die Reben und eroberten Reihe um Reihe. »Wasser! Wir brauchen mehr Wasser!« Aber immer weniger Eimer erreichten den Hang, immer schleppender wurden die Bewegungen der Helfer, während das Feuer sich mit unverminderter Schnelligkeit durch die Reben fraß.

Hanna holte die Decke, die sie vor dem Verlassen des Hauses um ihre Schultern geschlungen und dann achtlos beiseitegeworfen hatte, um die Flammen damit auszuschlagen. Auch wenn ein Großteil der Reben bereits verloren war, mussten sie doch ein Übergreifen des Feuers auf den Rest verhindern und retten, was zu retten war. Unerschrocken ging Hanna immer weiter voran, schlug auf die Flammen ein, kämpfte mit dem Mut der Verzweiflung um ihr aller Überleben.

»Hanna, Obacht!«, rief Albert, als er sah, dass Hannas offene Haare Feuer gefangen hatten. Er lief zu ihr, schlug die Flammen mit der flachen Hand aus und zog sie ein Stück zurück. Da sah er, dass Emilia das Gleiche widerfuhr. Die Schwester hatte es bemerkt, schlug entsetzt auf die Flammen ein, drehte sich um sich selbst und stolperte dabei weiter. Emilia schrie auf, als der Ärmel ihres Kleides Feuer fing.

»Emilia!« Albert ließ Hanna augenblicklich los und rannte zu seiner Schwester, die in ihrer Panik immer weiterlief. Ihr Kleid brannte, ihre Haare ebenso. Albert konnte sie kaum mehr erkennen, rief immer wieder ihren Namen. Schließlich erreichte er sie, packte sie und warf sie zu Boden. Wie von Sinnen riss er an ihrem Kleid, das an der Schulter bereits mit der Haut verschmolzen war. Emilia schrie und schrie. Die Flammen griffen auf Albert über, was er gar nicht zu bemerken schien. Simon sah es und eilte sofort zu Hilfe. Als Albert seiner Schwester das Kleid vollends heruntergerissen hatte, nahm er sie auf den Arm, um sie aus den Flammen zu tragen. Erst jetzt merkte er, dass sein Hemd am Rücken brannte. Da erreichte Simon die Geschwister, nahm Albert Emilia ab und rannte mit dem Mädchen den Hang hinunter.

Erst als sie hörte, wie Hanna Alberts Namen rief, wurde auch Isabel auf das Geschehen aufmerksam. Sie ließ den Eimer fallen und rannte los. Hanna hatte Albert als Erste erreicht und riss an seiner Kleidung, versuchte, ihn aus den Flammen zu ziehen, die über ihnen zusammenschlugen.

Isabel wischte sich über die Augen. Sie konnte die beiden nicht mehr erkennen. »Hanna! Albert! Wo seid ihr?«

Sie erhielt keine Antwort. Dann plötzlich schrie Hanna auf. Die Flammen schlugen höher, Rebstöcke brachen zusammen. Isabel versuchte verzweifelt, weiter heranzukommen. Sie hustete, konnte kaum atmen. »Albert! Albert!«

Simon hatte Emilia unterdessen einem der Knechte übergeben, der die Verletzte ins Haus trug. Nun eilte er zu Isabel, hinter der die Flammen zusammenschlugen und diese genau wie Albert und Hanna einschlossen. Er kämpfte sich zu der Winzerin vor und packte sie. Weitere Rebstöcke kippten um und fachten die Flammen an.

»Lasst mich«, protestierte Isabel. »Mein Sohn und Hanna … sie sind noch dort …« Sie hustete und hustete.

Simon ließ sich nicht beirren, nahm Isabel auf die Arme und trug sie aus den Flammen heraus. Kurz wehrte sie sich, dann wurde sie ohnmächtig und kam erst wieder zu Bewusstsein, als Simon sie unten auf dem Weg ablegte.

»Albert!«, schrie Isabel auf und fasste sich an die Brust, den Blick starr auf die Stelle gerichtet, wo sie ihren Sohn zuletzt gesehen hatte.

Simon rannte noch einmal hinauf, versuchte, einen Weg durch die Flammen zu finden, rief immer wieder Hannas und Alberts Namen. Das Feuer züngelte zischend voran. Rebstöcke zerbarsten und schlugen zu Boden. Simon hielt sich den Arm vor die Stirn und blinzelte in die Hitze. Alles verschwamm vor seinen Augen. Schritt für Schritt ging er rückwärts, stolperte und fiel hin. Sofort rappelte er sich wieder auf und ging hustend weiter zurück, bis er schließlich wieder auf dem Weg stand. Seine Augen schmerzten.

»Wo ist meine Mutter?« Matthis kam auf ihn zugestürzt, sah umher und packte Simon am Kragen. »Wo ist sie?«

Simon ließ es zu, dass Matthis ihn gepackt hielt. Erschöpft und keuchend berührte er mit seiner Hand Matthis' Oberarm. »Es tut mir so leid.«

Matthis warf seinen Kopf wild hin und her, schien noch immer nach seiner Mutter Ausschau zu halten. »Mutter!«, brüllte er aus voller Kehle und wollte in das Feuer laufen, doch

Simon hielt ihn zurück. »Ich habe es versucht. Du kannst nichts mehr tun.«

Auch die Jungen hatten die Reihe, in der sie die Eimer weitergegeben hatten, verlassen und kamen herbeigelaufen.

»Was ist geschehen?«, fragte Conrad vollkommen außer Atem.

Niemand antwortete ihm.

»Sagt es uns!«, forderte nun Friedrich aufgebracht.

»Mutter und Albert«, sagte Matthis leise. »Sie sind tot.« Er blickte zu Boden. Tränen traten ihm in die Augen.

Zischend und krachend arbeiteten die Flammen sich weiter vor. Auch die Reben, die sie nass gemacht hatten, konnten dem Feuer nicht mehr widerstehen.

Ludger kam hinzu. Er brauchte nur einen Blick mit seinem Sohn zu tauschen, um zu ahnen, dass jemand den Flammen zum Opfer gefallen war.

In diesem Moment kam Anna, die Isabel zum Kloster geschickt hatte, angelaufen. »Sie werden nicht kommen!«, rief sie schon von Weitem und blieb dann völlig außer Atem vor den anderen stehen. »Der Bischof ist dort. Er hat es verboten. Sie werden nicht kommen, um zu helfen«, brachte sie keuchend hervor und stützte ihre Hände auf die Knie, um wieder zu Atem zu kommen.

Keiner reagierte auf diese Nachricht.

Langsam richtete sie sich auf. »Was ist?« Sie sah sich um. »Wo ist Emilia?« Sie riss die Augen auf. »Und wo sind Mutter und Albert?« Sie schluckte. »Matthis, sprich mit mir!«

»Emilia ist verletzt. Sie ist im Haus. Mutter und Albert sind nicht mehr am Leben«, antwortete er tonlos, ging zu seiner Schwester und nahm sie in den Arm. Anna schien sich dagegen zu wehren, drückte den Bruder von sich. Doch dieser hielt sie fest umklammert, bis sie ihren Widerstand aufgab und die Umarmung zuließ. Laut schluchzend presste sie ihren Kopf an seine Brust.

Conrad beugte sich zu Isabel hinunter, die noch immer am Boden saß, und half ihr beim Aufstehen. Ihre Augen waren leer und gleichzeitig so voller Schmerz, dass er es kaum ertrug. Er zog die Mutter an sich, schluchzte auf.

Simon und Ludger warfen noch einen Blick auf die Reben, die unwiederbringlich verloren waren. Das Feuer hatte sich fast bis zum letzten Teil des Weinbergs ausgebreitet und loderte weiter. Dann bedeuteten die Bremer erst Friedrich und Wendel, die wie erstarrt dastanden und noch immer nicht zu begreifen schienen, was sich soeben ereignet hatte, ins Haus zu gehen. Fürsorglich legten sie den Menschen, mit denen sie noch vor wenigen Stunden fröhlich zusammengesessen hatten, einem nach dem anderen die Hände auf den Rücken, um sie zum Gehen zu bewegen. Langsam setzten sie sich in Bewegung und schleppten sich erschöpft zum Haus.

Die Knechte und Mägde standen nur da und sahen zu, wie sie an ihnen vorbeigingen.

»Lasst die Eimer sinken«, sagte Ludger zu dem Gesinde. »Der Weinberg ist verloren. Ihr könnt nichts mehr tun.«

14. Kapitel

Es hatte zwei Tage gedauert, bis der an manchen Stellen noch immer qualmende Weinberg so weit begehbar war, dass sie die Leichen Hannas und Alberts hatten bergen können. Der Anblick, der sich den Knechten bot, hätte schockierender nicht sein können. Die verkohlten Gliedmaßen waren so stark gekrümmt, dass sie kaum mehr an einen menschlichen Körper erinnerten. Die Knechte waren sich nicht einmal sicher, wer Albert und wer Hanna gewesen war. Dann meinten sie jedoch an einer der Leichen Hosen zu erkennen, die sich ins Fleisch gebrannt hatten, und machten so den Unterschied aus.

Zwei weitere Tage danach fand die Beisetzung der beiden statt. Hanna wurde neben ihrem Mann Johann in die Erde gelassen, Albert zur Linken seines Vaters. Isabel wie auch alle anderen widerte es an, dass der Bischof sich das Recht herausnahm, die Beerdigung zu leiten. Es sei, wie er ausrichten ließ, das Mindeste, was er für die Familien tun könne, wo er durch Zufall zur Zeit des furchtbaren Unglücks in Gysinheym weilte.

So vieles hätte ihm Isabel an den Kopf werfen wollen, war sie doch der festen Überzeugung, dass niemand anders als der Bischof und seine Männer für den Brand verantwortlich waren, bei dem ihr Sohn und ihre Freundin umgekommen waren. Aber

Isabel hatte nicht mehr die Kraft, sich dagegen aufzulehnen. Sie hatte ja kaum mehr die Kraft, einen Fuß vor den anderen zu setzen.

Emilia, die schreckliche Verbrennungen am linken Arm und an der Schulter erlitten hatte, lag daheim und konnte nicht an der Beerdigung teilnehmen. Die Reben auf ihrem Weinberg waren verbrannt, sie hatten nichts mehr. Nur noch die vom Kloster gepachteten Flächen, doch das spielte für Isabel inzwischen kaum noch eine Rolle. Sie hatte alles verloren und war ebenso wie die Staubers in einem Schockzustand. Matthis, die Zwillinge und Anna mussten die Frau, die ihnen das Leben geschenkt hatte, zu Grabe tragen und hatten das Gefühl, einen Teil ihres eigenen Selbst mit der geliebten Mutter zu begraben.

Nach dieser einen Nacht war in den Familien nichts mehr wie zuvor. Was für einen wunderbaren Abend hatten sie mit den Gästen aus Bremen verbracht, sie hatten Pläne geschmiedet und die weitere Zusammenarbeit besprochen. Die Staubers wie die Veltens hatten gute Zeiten auf sich zukommen sehen, Zeiten des Wohlstands und des Glücks. Doch jetzt? Es gab nichts mehr, für das es sich lohnte, den nächsten Atemzug zu tun.

Ludger und Simon wohnten noch der Beerdigung bei und verließen dann Gysinheym. Zum Abschied sagte kaum jemand ein Wort, zu überwältigend war die Trauer.

Isabel ging, nachdem die Bremer fort waren, ins Haus und legte sich auf das Lager neben Emilias, auf dem sie die Nächte verbrachte, um der Tochter zu helfen, sollte diese etwas brauchen. Kurze Zeit danach kam auch Conrad herein. Trotz seiner sechzehn Jahre kroch er zu seiner Mutter unter die Decke und kuschelte sich an sie an. Es war helllichter Tag, dennoch schliefen sie einfach ein. In ihnen war keine Kraft mehr, um etwas anderes zu tun.

Am nächsten Tag kam Gundel mit einem Tablett herein, und Isabel wurde wach. Erschrocken sah sie zu Emilia, deren

Verbände sie am gestrigen Tag nicht mehr erneuert hatte, wie es notwendig gewesen wäre. Verwundert stellte sie fest, dass dies offenbar jemand anders übernommen hatte. »Warst du das?«, fragte Isabel die Magd und deutete auf Emilias Arm.

Gundel nickte. »Ihr habt so fest geschlafen. Da wollte ich Euch nicht wecken, Herrin.«

»Sie liegt direkt neben mir, und doch habe ich nichts davon bemerkt.«

»Ihr wart so erschöpft. Genau wie er.« Gundel deutete mit einer Kopfbewegung auf Conrad, der sich noch immer nicht regte.

Sanft stieß Isabel ihren Sohn an, strich ihm zärtlich über das Haar. »Wach auf, Conrad.«

Noch vor ihm schlug Emilia die Augen auf. Sie war in den letzten Tagen immer einmal wieder zu sich gekommen. Doch Isabel und Gundel hatten ihr stets ein wenig Mohnsaft eingeflößt, damit sie die Schmerzen nicht so spürte, was jedoch auch zur Folge hatte, dass sie kaum bei Bewusstsein war.

»Emilia.« Isabel setzte sich auf. »Wie geht es dir?«

Emilias Lider flackerten, und Isabel legte ihr die Hand auf die Stirn.

»Kannst du mir einen kalten Lappen für ihre Stirn holen, Gundel?« Die Magd bejahte und ging. Isabel musste über Conrad, der mit knurrenden Lauten aus dem Schlaf zu kommen versuchte, hinwegklettern. Sie warf ihm einen liebevollen Blick zu. Dann ging sie um das Lager herum auf die andere Seite. Zärtlich strich sie Emilia über die Wange. »Wie geht es dir, meine Kleine?«, fragte sie noch einmal.

»Mir ist ein wenig schlecht«, sagte Emilia und schluckte mehrmals.

Gundel kam mit dem Lappen zurück und reichte ihn Isabel, die damit Emilias Stirn tupfte.

»Hast du Wasser da?«, fragte Isabel an Gundel gewandt, die sofort etwas Wasser aus dem Krug in einen Becher füllte, den sie der Herrin reichte.

»Danke.« Sorgsam führte Isabel den Becher an die Lippen ihrer Tochter, während die Magd ihre Hand vorsichtig unter Emilias rechte Schulter schob, um ihr beim Aufrichten zu helfen. Emilia trank, zuerst nur in kleinen, dann in immer größeren Schlucken. Es war mehr, als sie die letzten Tage zu sich genommen hatte, und ein wenig Erleichterung stellte sich bei Isabel ein, als sie bemerkte, dass es etwas besser zu werden schien.

Emilia zog ihren Kopf zurück zum Zeichen, dass sie genug getrunken hatte. Isabel nahm den Becher weg, während Gundel die Verletzte behutsam wieder in die Kissen gleiten ließ.

»Meine Haut«, klagte Emilia, »sie juckt und spannt schrecklich.«

»Ich weiß, mein Liebes.«

Conrad setzte sich auf, rieb sich die Augen und drehte sich dann zu seiner Schwester um. »Du siehst heute besser aus«, sagte er, um Zuversicht bemüht.

Emilias Mundwinkel zuckten. »Ich habe von Albert und Hanna geträumt.« Trauer lag in ihrer Stimme.

»Wahrscheinlich jeder von uns«, gab Conrad zurück.

Isabel schluckte schwer. Sie konnte nicht einmal den Gedanken an die Verstorbenen zulassen, ohne dass ihr Herz sich in ihrer Brust so fest zusammenzog, dass sie meinte, nicht mehr atmen zu können. »Gundel hat dir die Verbände gewechselt, während ich schlief«, sagte sie sogleich, um nicht über den Tod Hannas und Alberts sprechen zu müssen.

»Ich kann es später auch noch einmal machen, Herrin«, bot Gundel an.

»Nein, ich mache das«, entgegnete Isabel. »Es gibt sonst nichts mehr, was ich tun könnte«, fügte sie bitter hinzu. »Bring du Suppe. Emilia muss etwas essen.«

Es klopfte am Türrahmen. »Darf ich reinkommen?«, fragte Matthis.

Isabel streckte ihm die offene Hand entgegen. »Gewiss. Sieh nur, Emilia ist auf dem Weg der Besserung.«

Matthis lächelte flüchtig. »Ist das wahr?«

»Ja«, gab Emilia zurück, wenngleich sie sich dessen keineswegs sicher war.

»Kannst du kurz herkommen?«, fragte Matthis dann an Isabel gewandt. »Ein Bote des Bischofs ist da.«

»Ja, ich komme.« Sie drückte Emilias Hand. »Ich komme später wieder.« Sie gab der Tochter einen Kuss auf die Wange und stand dann auf. Mit einem unguten Gefühl ging sie zur Tür. Was wollte dieser Widerling jetzt wieder?

»Gott zum Gruße.« Der Mönch verneigte sich und hielt ihr eine Schriftrolle hin.

»Der Herr mit Euch«, erwiderte Isabel. »Was ist das?«, fragte sie, ohne das Schreiben entgegenzunehmen.

»Eine Botschaft vom Bischof.«

»Was steht darin?«

»Das weiß ich nicht.« Er senkte den Kopf. »Ich bitte um Verzeihung.«

»Warum kommt der Bischof nicht selbst her, wenn er mir etwas zu sagen hat?«

Der Mönch machte eine hilflose Geste. »Verzeiht!«, wiederholte er nur.

Matthis stand hinter Isabel, und auch Conrad war ihnen in den Flur gefolgt.

»Er kann nichts dafür«, befand Matthis. »Nimm das Schreiben und sieh, was er jetzt wieder will.«

Isabel zögerte noch einen Moment, dann nahm sie die Pergamentrolle in Empfang.

»Möge der Herr Euch schützen«, verabschiedete sich der Mönch und beeilte sich, das Haus der Winzerin wieder zu verlassen.

Ohne den Gruß zu erwidern, schloss Isabel die Tür hinter ihm. Dann erbrach sie das Siegel und entrollte das Schreiben. Einen Moment lang starrte sie regungslos auf die Zeilen.

»Was steht da?«, wollte Conrad wissen.

Isabel antwortete nicht.

»Isabel?« Matthis berührte sie an der Schulter.

Die Winzerin ließ die Schriftrolle sinken. »Der Klosterhang«, sagte sie tonlos. »Der Bischof teilt uns mit, dass die Pacht nun, nachdem Albert verstorben ist, an das Kloster zurückfällt.«

»Was?«, gab Conrad fassungslos von sich. »Das kann er nicht tun. Das kann dieser verdammte Dreckskerl von einem Bischof nicht tun!«

»Er hat es schon getan«, entgegnete Isabel kraftlos. »Aber weil er so großzügig ist, erhalten wir ein Fass Wein für unsere Bemühungen um die Reben.« Sie drückte Conrad die Schriftrolle in die Hand. »Das ist unser Ende.« Tränen standen in ihren Augen.

»Wir gehen zum Advocatus.« Conrad wirkte zu allem entschlossen. »Er wird sich erneut an den Erzbischof wenden und ihn ersuchen, die Entscheidung des Bischofs aufzuheben.«

Matthis sah Isabel an. »So, wie ihr uns stets geholfen habt, werden wir nun euch helfen«, versicherte er. »Du bist nicht allein, Isabel.«

»Du bist ein guter Mensch. Und ich möchte dich nicht kränken, aber deine geringe Pachtfläche ist nicht einmal im Ansatz groß oder ergiebig genug, um uns alle satt zu bekommen.« Isabel wischte mit dem Zeigefinger die Tränen fort. »Ich weiß nicht mehr, was ich tun soll.«

»Komm, Mutter, wir haben keine Zeit zu verlieren. Gehen wir zum Advocatus. Wir haben schon einmal gegen den Bischof gewonnen, und wir werden es wieder schaffen.«

Isabel willigte ein, doch Zuversicht wollte bei ihr nicht aufkommen. Sie konnte nur hoffen, dass der Bischof in Wahrheit nicht das Recht zu einem solchen Schritt hatte. Aber die Angst, dass es doch so sein könnte, nahm ihr fast die Luft zum Atmen.

Isabel fühlte sich schwach und leer. Wo ihr früher Mut, Entschlossenheit und auch Wut Antrieb gegeben hatten, war nun nichts mehr, woraus sie hätte Kraft ziehen können. Alles erschien ihr ohne Sinn.

Conrad, Matthis und Isabel saßen in der Amtsstube des Advocatus und blickten ihn in banger Erwartung an, während er das Schreiben des Bischofs nun schon zum zweiten Mal las.

»Fürwahr, das ist ein harter Schlag.« Sorgsam legte der Advocatus das Schriftstück vor sich auf den Schreibtisch und sah Isabel direkt in die Augen. »Vor allem, da das Recht auf seiner Seite ist.«

»Ich war schon einmal in dieser Lage«, entgegnete Isabel. »Damals, als mein erster Gatte verstorben war. Seinerzeit sprach mir der Abt das Recht zu, die Pacht so lange zu verwalten, bis Albert alt genug war. Nun wäre es an Conrad.«

»Dies geschah jedoch aus Gefälligkeit. Der Abt war nicht dazu verpflichtet, Euch als Frau die Pacht zu übertragen. Und der Bischof wird Euch gegenüber ein solches Entgegenkommen wohl kaum an den Tag legen.«

»Was kann ich tun?«

»Auf sein Wohlwollen und seine Menschlichkeit hoffen.«

»Mehr nicht? Dann kann ich mir den Weg zu ihm schenken.«

»Eine solche Gemeinheit kann niemals rechtens sein«, empörte sich Conrad. »Wovon sollen wir leben, wenn sie uns nun auch noch die letzten Reben nehmen? Sie können doch nicht unsere Trauben einbringen und in bare Münze umsetzen. Alles andere ist verbrannt, mein Bruder tot, und meine Schwester wird nie mehr die Gleiche sein. Genügt das noch immer nicht?«

»Ich verstehe sehr gut, wie ungerecht es dir erscheint«, erwiderte der Advocatus. »Und doch, Conrad, ist es so, dass das Kloster und damit eben auch der Bischof nicht auf das blicken müssen, was ihr verloren habt.«

»Ach nein?«, begehrte nun auch Matthis auf. »Sagt, was Ihr wollt, Advocatus, doch ich bin der festen Überzeugung, dass der Bischof und kein anderer für den Brand in Isabels Weinberg verantwortlich ist. Sie hat sich ihm widersetzt, indem sie die geänderten Pachtverträge nicht unterschrieb und auch noch die anderen Winzer dazu brachte, die ihren durch Euch anfechten zu lassen. Und hierfür will dieser elende Hund von einem Bischof Rache. Rache und nichts anderes, darum geht es ihm!«

»Und dennoch ist das Recht auf seiner Seite«, erklärte der Advocatus sachlich. »Es gibt keinerlei Beweise, dass er irgendetwas mit dem Brand zu tun hat. Und dass Albert dabei ums Leben kam, konnte er ebenso wenig wissen. Oder wollt Ihr behaupten, dass der Bischof selbst es war, der Albert in die Flammen stieß?«

Keiner der drei erwiderte hierauf etwas.

»Eben. Allein die Vorhaltung, er hätte etwas mit dem Brand zu tun gehabt, kann Euch in ernste Schwierigkeiten bringen.«

»Wir sind schon in mehr als ernsten Schwierigkeiten«, gab Isabel bitter von sich. »Es darf doch nicht sein, dass dieser Widerling damit durchkommt. Matthis hat vollkommen recht: Der Bischof steckt hinter dem Brand der Reben und ist damit auch für Hannas und Alberts Tod verantwortlich. – Und Abt Dimitrius nicht zu vergessen. Habt Ihr hierzu noch irgendetwas in Erfahrung gebracht oder vom Vogt Nachricht erhalten, dass ein anderer gefunden wurde, der es gewesen sein könnte?« Sie schüttelte den Kopf. »Nein, gewiss nicht. Denn der Mörder sitzt dort oben im Kloster und lässt sich reichlich auftragen, während er uns das Letzte nimmt, was uns geblieben ist.«

»Isabel, ich will Euch ja gern helfen, doch kann ich Euch kaum Hoffnung machen.«

»Was könnt Ihr allenfalls tun?«, fragte sie in immer größer werdender Verzweiflung.

»Ich kann den Erzbischof erneut um Vermittlung bitten. Doch wie gesagt: In diesem Fall ist das Gesetz aufseiten des Bischofs.« Er rieb sich nachdenklich das Kinn. »Ich könnte allerdings etwas anderes versuchen.«

»Was?« Hoffnung keimte in Conrad auf.

»Matthis, wärt Ihr bereit zu helfen?«

»Wenn ich den Veltens helfen kann, dann tue ich das, ohne zu zögern.«

»Gut. Mir kam da ein Gedanke, aber ich weiß nicht, ob der Erzbischof darauf eingehen wird. Zunächst jedoch müssen wir das Gespräch mit dem Bischof suchen.« Er sah Isabel an. »Meint Ihr, Ihr wärt in der Lage, dem Bischof gegenüberzutreten und freundlich zu ihm zu sein?«

Isabel schüttelte heftig den Kopf. »Nein. Das könnt Ihr nicht von mir verlangen. So viel Ungerechtigkeit kann ich nicht herunterschlucken. Ich wäre Euch keine Hilfe, Advocatus.«

»Das befürchte ich auch«, sagte er. »Und glaubt nur nicht, dass ich Euch nicht gar zu gut verstehen kann. Doch bringt uns dies leider nicht weiter.« Er sah von Isabel zu Matthis. »Aber es gibt noch eine andere Möglichkeit, so zu tun, als wollten wir den Bischof lediglich zu einer Geste der Menschlichkeit überreden.«

»Welche?«, wollte Matthis wissen.

»Indem Ihr, Matthis, mit mir kommt. Ich denke dabei an Folgendes: Ihr als der einzig verbliebene Mann in den Familien Stauber und Velten bietet an, die Versorgung der Witwe Velten und ihrer nicht erwachsenen Kinder zu übernehmen, auf dass sie nicht der Armut anheimfallen, und Isabel ist gewillt, Euer Angebot anzunehmen. Und Ihr, Matthis, würdet sodann einen neuen Pachtvertrag über den Klosterhang, den zuvor die Veltens in Pacht hatten, schließen. So könntet Ihr, Isabel, diesen am Ende doch nutzen. Ihr vertraut Matthis doch, oder?«

»Ohne jeden Zweifel«, gab sie sogleich zur Antwort. »Dennoch wünschte ich, es gäbe eine Möglichkeit, die Pacht in meinem oder Conrads Namen weiterzuführen.«

»Warst du nicht noch vor Kurzem diejenige, die mir sagte, dass nur die Gemeinschaft zählt und nicht, wessen Name unter einer Urkunde steht?« Matthis sah Isabel ernst an. »Also waren es nur leere Worte, weil du da noch in der stärkeren Position warst?«

Isabel spürte, dass sie ihn mit ihren Worten verletzt hatte. »So war es nicht gemeint«, entschuldigte sie sich. »Bitte verzeih. Ich habe nicht über meine Worte nachgedacht.«

Matthis nickte, doch war ihm deutlich anzumerken, dass Isabels Bemerkung ihn getroffen hatte.

Sie legte die Hand auf seinen Arm. »Ich weiß offenbar nicht einmal mehr, was ich sage. Verzeih, Matthis, bitte. Ich wäre glücklich, wenn du dem Vorschlag des Advocatus folgen und mit ihm zusammen zum Bischof gehen würdest.«

Matthis bemühte sich um ein Lächeln. »Es ist zu viel geschehen, als dass wir stets noch wüssten, was wir sagen. Mach dir keine Gedanken mehr darum. Ich habe es schon wieder vergessen.«

Isabel gab das Lächeln zurück. Doch das Gefühl, dass sie Matthis mit ihrer Bemerkung verletzt hatte, blieb.

»Wenn das also geklärt ist, schlage ich vor, dass Matthis und ich sogleich zum Kloster hinaufgehen und um ein Gespräch mit dem Bischof bitten. Danach kommen wir zu Euch nach Haus.«

»Ich bin bereit«, sagte Matthis und stand auf.

Auch Isabel und Conrad erhoben sich, genau wie der Advocatus.

»Dann sollten wir keine Zeit verlieren«, drängte der Advocatus. »Nicht, dass der Bischof womöglich wieder abreist, bevor wir die Angelegenheit mit ihm klären können.«

»Habt Ihr denn gehört, dass er bald wieder fortwill?«

»Nein«, antwortete der Advocatus. »Doch ich traue diesem Mann nicht und könnte mir gut vorstellen, dass er solch ein Schreiben verfasst und sich bald darauf aus dem Staub macht.«

»Dann kommt«, sagte Matthis, und alle folgten seiner Aufforderung und verließen gemeinsam die Amtsstube des Advocatus.

Auf dem Weg aus dem Ort heraus begegneten sie einigen Dörflern, die sie grüßten. Isabel spürte, dass die meisten von ihnen nicht recht wussten, wie sie sich den Veltens und Staubers gegenüber nach dem schrecklichen Unglück, das den Familien widerfahren war, verhalten sollten. Ihnen stand geradezu ins Gesicht geschrieben, wie leid es ihnen tat. Doch Hilfe anbieten wollte scheinbar niemand, denn alle gingen rasch ihrer Wege.

»Isabel«, hörte sie eine Stimme hinter sich rufen, und alle vier blieben stehen. Der Vogt beeilte sich, sie einzuholen.

»Gott zum Gruße, Vogt!«

»Gott zum Gruße. Sagt, wie geht es Euch?« Der Vogt schien ehrlich besorgt. Er hatte Isabel sogleich, als er von dem Brand und den Todesopfern erfahren hatte, einen Besuch abgestattet, um ihr sein aufrichtiges Mitgefühl auszusprechen und ihr seine Hilfe anzubieten. Isabel hatte die Geste geschätzt, war jedoch zu traurig und schwach gewesen, um weiter darauf einzugehen.

»Vorher nicht gut und seit heute noch schlechter.« Sie seufzte und erzählte dem Vogt von dem Schreiben, das sie vom Bischof erhalten hatte.

»So ein verdammter Hundsfott!« Der Vogt ballte seine Hand zur Faust. »Als ob Euch nicht schon genug Leid widerfahren wäre.«

»Wir haben uns entschlossen, den Bischof zu bitten, die Pacht auf Matthis zu übertragen«, erklärte Conrad. »Wir können nur hoffen, dass noch ein letztes Stück Menschlichkeit in diesem Widerling vorhanden ist.«

»Darauf würde ich nicht bauen«, antwortete der Vogt wütend. »Soll ich Euch begleiten? Womöglich fällt es ihm dann nicht ganz so leicht, Euer Anliegen abzulehnen.«

Der Advocatus überlegte einen Moment und wiegte den Kopf. »Ich würde davon absehen«, befand er dann. »Nur Matthis und ich gehen zum Bischof, um unser Begehr vorzubringen. So wirkt es keinesfalls bedrohlich. Wenn wir jedoch den Vogt dabeihaben, von dessen Verbundenheit mit der Winzerin der Bischof weiß …«

»Da stimme ich dem Advocatus zu«, sagte Isabel. »Aber ich danke Euch, Vogt. Ich weiß das sehr zu schätzen.«

»Wenn ich doch noch irgendwie helfen kann, dann lasst es mich wissen.«

»Das werde ich. Habt Dank. Gott schütze Euch, Vogt.«

»Gottes Segen mit Euch allen«, gab der Amtmann zurück, machte kehrt und ging zurück ins Dorf.

Kaum mehr als eine Stunde war vergangen, seitdem Isabel und Conrad sich von Matthis und dem Advocatus getrennt hatten, als Letztere zum Haus der Winzerin kamen. Isabel konnte an ihren Mienen ablesen, dass sie nichts erreicht hatten. Dennoch fragte sie: »Und?«

Der Advocatus schüttelte den Kopf. »Er hat sich keine große Mühe gegeben, sein wahres Gesicht zu verbergen«, gab er bitter Auskunft. »›Was schert es mich, wie dieses Weib ihre Bälger durchbringt? Soll sie sich doch als Hübschlerin verdingen‹«, zitierte der Advocatus den Bischof. »Genau dies waren seine Worte.«

Isabel wartete darauf, dass sie irgendetwas fühlte. Doch selbst diese Beleidigung traf sie nicht mehr.

»Ich werde nunmehr ein Schreiben an den Erzbischof aufsetzen«, kündigte der Advocatus an. »Und ich werde darin die Worte des Bischofs wiederholen, auf dass der Erzbischof selbst urteilen möge, mit was für einem Widerling wir es hier zu tun haben.«

»Habt Dank«, sagte Isabel. »Gebt mir Bescheid, sobald Ihr Antwort erhaltet. Gott schütze Euch, Advocatus.«

»Gott schütze Euch, Isabel«, antwortete er, doch da hatte sich die Winzerin schon umgedreht und ging nun die Treppe hinauf. Oben angekommen, trat sie in ihre Kammer und schloss die Tür hinter sich.

Der Advocatus und Matthis tauschten einen Blick, der Besorgnis verriet. Beide schienen sich zu fragen, wie lange Isabel das noch würde aushalten können.

15. Kapitel

Das Einzige, was sie tun konnten, während sie auf die Antwort des Erzbischofs warteten, war, die Trauben auf dem Klosterhang, den Matthis gepachtet hatte, zu pflücken. Isabel beteiligte sich an der Arbeit, wenngleich es ihr sinnlos schien. Mit dem, was sie damit verdienten, würden sie keinesfalls in der Lage sein, alles zu bezahlen. Nicht mehr lange, dann hätten sie kein Geld mehr zur Verfügung, was wiederum bedeutete, dass Isabel keine neuen Setzlinge würde kaufen können und die Situation sich somit auch auf lange Sicht nicht bessern würde.

Verzweifelt fragte sich Isabel ein ums andere Mal, was sie tun könnte. Doch ihr fiel nichts ein. Und selbst wenn der Erzbischof eine Entscheidung zu ihren, besser gesagt zu Matthis' Gunsten fällen sollte, wären zu diesem Zeitpunkt die Trauben von den Mönchen längst eingebracht, und Isabel bezweifelte, dass das Kloster den gekelterten Wein an sie übergeben würde, da diese Arbeit schließlich von den Ordensbrüdern erbracht worden war. Sie wusste nicht mehr ein noch aus.

Immer wieder blickte sie auf und zu den Mönchen hinüber, die ihrerseits Trauben pflückten. Der Bischof war am gestrigen Tage abgereist, hatte jedoch einige seiner Männer dagelassen, um sicherzustellen, dass die Mönche bei ihrer Arbeit nicht behindert wurden. Es waren andere Wachmänner als die, die in den Wochen zuvor ihren Dienst getan hatten. Bis auf einen hatte Isabel keinen von ihnen je gesehen.

Sie streckte ihren Rücken und wischte sich mit dem Handrücken den Schweiß von der Stirn. Anna arbeitete in ihrer Nähe, während Friedrich und Wendel weiter oben pflückten und Matthis, Conrad und die Knechte die mit Trauben gefüllten Körbe zu dem bereitstehenden Karren trugen und dort entluden. Kurz tauschten Isabel und Anna einen Blick und lächelten sich zu, bevor sich die Jüngere wieder ihrer Arbeit widmete. Isabel sah zu dem Hang hinüber, der die ganzen Jahre über von ihr gepflegt worden war und auf dem nun die Mönche ihre, Isabels Trauben pflückten.

Aus dem Augenwinkel nahm sie eine rasche Bewegung wahr und sah in die Richtung. Bruder Reginhard arbeitete direkt an der Grenze zwischen den beiden Hängen. Er hob die Hand und ließ sie sogleich wieder sinken, dann hob er sie erneut. Isabel winkte ihrerseits kurz zurück, verharrte dann aber. Bruder Reginhard schien ihr etwas bedeuten zu wollen. Sein Blick glitt zu den Wachmännern nach unten, dann wieder zu Isabel. Wollte er ihr etwas mitteilen, konnte jedoch nicht riskieren, von den Wachen hierbei gesehen zu werden? Setzte der Bischof die Mönche derart unter Druck, ihrer Arbeit nachzukommen? Isabel nahm ihren Korb und ging ein Stück auf Bruder Reginhard zu, der seinerseits etwas näher kam und dabei den Blick stets auf die Wachleute gerichtet hielt. Einer der Männer sah in diesem Moment herauf. Isabel bückte sich und tat, als würde sie weiter Trauben pflücken. Langsam bewegte sie sich zu Bruder Reginhard hinüber. Als sie nur noch ein kleines Stück voneinander entfernt waren, sah Isabel abermals kurz hoch. Anna war ihnen am nächsten und würde sie gegebenenfalls hören, aber die anderen Mönche waren weiter weg. Keiner von ihnen konnte mitbekommen, was Isabel sagte, wenn sie nur leise genug sprach.

»Ich grüße Euch, Bruder Reginhard.«

»Der Herr mit Euch, Isabel.« Der Mönch wirkte gehetzt. »Ich muss Euch etwas sagen. Aber niemand darf mich hören, sonst bin auch ich verloren.«

»Was meint Ihr?« Sie hielt in der Bewegung inne.

»Pflückt um Himmels willen weiter«, flehte er. »Oh Herr, mein Gott, hilf mir!«

»Was ist denn geschehen, Bruder Reginhard?«

»Der Wachmann dort unten … Es fuhr mir wie ein Stich in die Glieder, als ich ihn heute Morgen sah.«

»Weshalb? Was ist mit ihm?«

»Einer der Männer des Bischofs«, er machte eine Kopfbewegung in die Richtung desjenigen, den er meinte. »Er ist einer von den beiden, die ins Kloster kamen.«

»Ich verstehe nicht, was Ihr meint, Bruder Reginhard.« Isabel richtete sich kurz auf, sah ihn an, bückte sich jedoch sogleich wieder, damit keiner der Wachleute bemerkte, dass sie miteinander sprachen.

»Er ist einer von den beiden, die Abt Dimitrius geholt haben. Er hat sich als Mann des Erzbischofs ausgegeben, steht jedoch ganz offenbar im Dienst des Bischofs.«

Isabel hielt erneut in der Bewegung inne. Sie schluckte schwer. »Welcher von ihnen?«

»Der mit dem braunen Wams und dem schwarzen Haar«, erklärte der Mönch.

Vorsichtig sah sie in die Richtung des Mannes, den Bruder Reginhard beschrieben hatte. »Seid Ihr ganz sicher, dass es derselbe ist?« Sie pflückte eilig weiter, als sie bemerkte, dass sie wie erstarrt dastand.

»Das Gesicht werde ich mein Leben lang nicht vergessen. Und das von dem anderen auch nicht«, schimpfte der Mönch.

»So oft habe ich sie in meinen Träumen vor mir gesehen, seit ich wusste, was mit dem Abt geschehen war. Immer wieder fragte ich mich, was sich zugetragen hatte und ob auch sie irgendwo mit durchgeschnittener Kehle liegen.« Er zerrte heftig an den Trauben. »Und nun steht einer von ihnen dort unten und passt auf, dass wir auch ja reichlich Trauben pflücken.« Er spuckte aus. »Beim Herrn, ich kann kaum mehr an mich halten.«

»Bewahrt Ruhe«, mahnte Isabel und warf einen Seitenblick nach unten. Der Wachmann stand nur da und sah in die Gegend. »Warum aber ist der Bischof so unvorsichtig, ebenjenen Mann hier abzustellen, den Ihr und gewiss auch andere Ordensbrüder gesehen haben?«

»Das weiß ich nicht«, antwortete der Mönch. »Doch ich schwöre Euch, er ist es!«

»Ich werde es dem Vogt melden.« Isabel richtete sich auf. »Bleibt Ihr hier, damit niemand Verdacht schöpft.« Sie machte einen Schritt, bückte sich dann aber noch einmal. »Ihr werdet es doch dem Vogt gegenüber bestätigen, nicht wahr?«

»Ihr könnt Euch darauf verlassen«, versprach er. »Dieser Kerl hat unseren Abt gemeuchelt. Ich mag ein Diener Gottes sein, doch schlägt auch das Herz eines Mannes in meiner Brust. Ich will ihn hängen sehen, diesen feigen Mörder!«

»Pflückt weiter und lasst Euch nichts anmerken. Ich komme wieder, so rasch ich kann.« Damit richtete sie sich auf, nahm ihren Korb und ging zu Anna hinüber.

»Was hattet ihr zu besprechen?«, fragte das Mädchen und deutete zu Bruder Reginhard hinüber.

»Das werde ich dir gleich sagen. Komm, nimm deinen Korb, wir gehen zu deinen Brüdern.«

Anna stutzte, tat dann aber, wie ihr geheißen, hob den Korb mit den Trauben und folgte Isabel.

Friedrich und Wendel blickten auf, als die beiden auf sie zukamen. Isabel berichtete, was sie soeben von Bruder Reginhard erfahren hatte. »Du bleibst hier bei deinen Brüdern, Anna. Keiner von euch wird etwas anderes tun, als hier oben weiter Trauben zu pflücken«, mahnte Isabel. »Habt ihr verstanden?«

»Ist gut«, stimmte Friedrich zu, wenngleich er einen langen Hals machte, um zu sehen, über welchen der Wachmänner gesprochen worden war.

»Lass das!«, forderte Isabel. »Wenn er etwas merkt und sich davonmacht, werden wir bestimmt keine weitere Gelegenheit bekommen.«

Sofort zog Friedrich den Kopf wieder ein.

»Ich werde jetzt Matthis und Conrad Bescheid sagen und mich dann auf den Weg zum Vogt machen«, erklärte Isabel.

»Was sollen wir tun, wenn er doch etwas merkt und versucht, sich aus dem Staub zu machen?«

»Gar nichts! Verstehst du? Der Mann hat entweder selbst Abt Dimitrius umgebracht oder aber ihn einfach seinem Schicksal überlassen. Ich möchte nicht hören, dass du dich ihm genähert hast!«

Friedrich nickte. »Aber beeil dich.«

Isabel versprach es und zwang sich, mit ruhigen Schritten den Hang hinunterzugehen, um sich ja nichts anmerken zu lassen. Als sie Matthis und Conrad erreichte, erklärte sie auch diesen, was sich zugetragen hatte. Conrad bot an, sie zum Vogt zu begleiten, doch Isabel lehnte dankend ab. »Wenn ich ruhig ins Dorf schlendere, mag sich einer der Wachmänner wundern, womöglich schert es aber auch keinen. Wenn jedoch noch einer von uns seine Arbeit liegen lässt, könnten sie misstrauisch werden. Zumindest die, deren Gewissen alles andere als rein ist.«

»Sie hat recht«, pflichtete ihr Matthis bei. »Es ist das Klügste, wenn wir einfach weiterarbeiten.«

Conrad bedeutete mit einem Blick, einverstanden zu sein. Isabel verabschiedete sich laut genug von den beiden, sodass man es auch noch ein Stück entfernt hören konnte. »Ich werde alles mitbringen«, versprach sie, wandte sich um und trat auf den Weg. Ihr Herz schlug wie wild, als sie an den Wachmännern vorbeiging. Sie mahnte sich, keinem von ihnen in die Augen zu sehen, sondern sie weiter nicht zu beachten. Schließlich bog sie in Richtung Dorf ab.

»Und da seid Ihr wirklich sicher?«, fragte der Vogt noch einmal nach.

»Bruder Reginhard ist sich sicher!«, bestätigte Isabel erneut. »Er hat die Männer gesehen, die den Abt holten. Und nun steht einer von ihnen dort oben am Klosterhang. Bitte, Vogt, beeilt Euch! Ich bin in großer Sorge, dass er entkommt.«

Der Vogt rief seine Büttel herbei, von denen zwei binnen weniger Augenblicke in die Amtsstube traten. »Ist etwas geschehen, Vogt?«, fragte der Ältere von beiden sogleich. Kurz darauf kamen noch zwei herein, die ihre Kollegen fragend ansahen.

»Ich brauche euch vier. Wir müssen einen Mörder dingfest machen«, kündigte der Vogt an.

Die Männer, jeder von ihnen ein wahrer Hüne, fragten nicht weiter und sagten nichts, nickten nur und warteten, bis der Vogt ihnen weitere Anweisungen gab.

»Kommt, Isabel«, bat der Vogt nun und ließ ihr den Vortritt. »Zeigt mir, wer Abt Dimitrius geholt hat.«

Alle Blicke richteten sich auf die sechs, als sie den Weg vom Dorf heraufkamen. Isabel stellte erleichtert fest, dass der dunkelhaarige Wachmann mit dem braunen Wams noch immer da stand, wo sie ihn zuletzt gesehen hatte.

»Wir gehen einfach weiter, und Ihr zeigt ihn mir erst, wenn wir auf gleicher Höhe mit ihm sind«, wies der Vogt sie an. »Beim Herrn, ich verspüre nicht den Drang, einem hinterherjagen zu müssen, der das Weite sucht.«

»Lasst uns so tun, als wollten wir zu Matthis und Conrad«, schlug Isabel vor und winkte ihrem Sohn zu, der in diesem Augenblick zu ihr herübersah. Auf alle anderen musste es wirken, als wären die sechs auf dem Weg zu dem Karren, den Matthis und Conrad befüllten.

Der Vogt grüßte die Wachleute, an denen sie soeben vorbeikamen. Einen kurzen Moment machte er sich Gedanken, wie der Kampf ausgehen würde, sollten die Wachmänner sich dem Wort des Vogts widersetzen und ihrem Kollegen zu Hilfe eilen. Sie waren zu acht, der Vogt und seine Büttel nur fünf. Er ärgerte sich, dies zuvor nicht bedacht zu haben. Aber die Vorstellung, noch einmal ins Dorf hinunterzugehen, um sodann mit mehr Männern wiederzukommen, widerstrebte ihm um ein Vielfaches mehr. Und wer wusste schon, ob dann der noch da war, der an jenem Tag Abt Dimitrius geholt hatte.

Als sie fast auf einer Höhe mit dem Dunkelhaarigen waren, stieß Isabel dem Vogt fast unmerklich mit dem Ellenbogen in die Seite. Der Vogt ging direkt auf den Mann zu, und zwei der Büttel postierten sich, ohne zu zögern, rechts und links neben diesem.

»He, was soll das werden?«, beschwerte sich der Wachmann sogleich.

»Der Vogt Gysinheyms fordert Euch auf, mitzukommen.«

»Ich kenne den Vogt Gysinheyms nicht«, gab der Wachmann spöttisch zurück.

»Ich bin der Vogt«, stellte dieser klar. »Und ich habe einige Fragen an Euch.«

»Was für Fragen?«

Die anderen Wachen wurden auf das Geschehen aufmerksam und kamen ebenfalls herbei. Dies sahen wiederum Conrad und Matthis, die sich ihrerseits anschickten zu hören, was gesprochen wurde. Isabel wurde es ein wenig flau im Magen. Sie konnte nur hoffen, dass der Vogt die Situation richtig einzuschätzen wusste und seine Büttel kräftig genug zupacken konnten, sollte es vonnöten sein.

»Was geht hier vor?«, fragte ein anderer Wachmann.

»Euch betrifft es nicht«, stellte der Vogt klar. »Es geht um diesen hier.«

»Was wollt Ihr von ihm?«

»Das werde ich mit Euch gewiss nicht besprechen.« Der Vogt warf dem Mann einen warnenden Blick zu.

»Wir stehen im Dienst des Bischofs und müssen hier Wache halten. Der Hang gehört dem Kloster.«

»Es geht nicht um den Hang«, stellte der Vogt klar. Er wandte sich von dem Dunkelhaarigen ab, weil ihm ein Gedanke gekommen war. »Ihr steht also alle, wie Ihr hier seid, im Dienst des Bischofs, ja?«

»Ganz recht«, antwortete der, der hinzugekommen war. »Manche seit Monaten, andere seit Jahren. Lange genug.«

»Und wie lange steht Ihr bereits im Dienst des Bischofs?«, fragte der Vogt nun den Dunkelhaarigen mit dem braunen Wams.

»Weshalb wollt Ihr das wissen?«, gab dieser zurück und bleckte die Zähne.

»Peter ist mit am längsten in seinen Diensten«, versuchte der Kollege noch zu vermitteln. »Was wollt Ihr also?«

Der Vogt setzte ein unangenehmes Lächeln auf. »So, so, Ihr seid also schon lange im Dienst des Bischofs. Gut zu wissen.«

Der Dunkelhaarige warf seinem Kollegen einen abschätzigen Blick zu, der in diesem Moment zu begreifen schien, dass er mit der Bemerkung, durch die er nur zu einer Einigung kommen wollte, offenbar das Gegenteil bewirkt hatte.

»Ihr müsst mitkommen«, forderte der Vogt erneut.

»Einen Dreck werde ich«, spie der Dunkelhaarige, der von seinem Kollegen Peter genannt worden war, verächtlich aus.

»Durch den Dreck werden wir dich ins Dorf schleifen, wenn du nicht freiwillig mitkommst.« Der Vogt bleckte die Zähne.

»Sagt uns, worum es geht«, drängte der andere nochmals.

»Euch geht es gar nichts an«, wiederholte der Vogt. »Doch Ihr könnt sicher sein, wenn auch nur einer von Euch versuchen sollte, uns daran zu hindern, unseren Dienst zu tun, werdet Ihr es bereuen.«

»Wir werden dem Bischof Meldung machen«, kündigte der andere an.

»Ja, das solltet Ihr tun. Und sagt ihm auch, wen wir mitgenommen haben. Wenn mich nicht alles täuscht, wird er dann sogleich wissen, worum es hier geht.«

Dem Dunkelhaarigen war anzusehen, dass er begriff, weshalb der Vogt mit den Bütteln gekommen war. Kurz sah er zum Hang hinauf, von wo die Mönche zu ihm herunterblickten. Als er unter ihnen Bruder Reginhard wiedererkannte, schien ihm klar zu werden, was für einen Fehler der Bischof begangen hatte, als er ihn hier eingeteilt hatte, obwohl man sein Gesicht kannte. Er wandte sich wieder dem Vogt zu. »Ich werde mit Euch kommen, doch sagen werde ich nichts«, kündigte er an.

Auf ein Zeichen des Vogts hakten ihn die Büttel rechts und links unter.

»Ich werde nichts sagen. Sagt das auch dem Bischof!«, rief er im Weggehen den anderen Wachmännern zu, die noch immer zu überlegen schienen, ob sie die Verhaftung zulassen sollten.

Die beiden anderen Büttel gingen direkt hinter dem Wachmann und ihren Kollegen, um sofort zupacken zu können, sollte dieser Peter sich irgendetwas einfallen lassen. Der Vogt verabschiedete sich noch von Isabel und schloss dann zu ihnen auf, während die Männer des Bischofs ihnen schweigend hinterhersahen.

»Worum geht es hier?«, fragte dann einer von ihnen an Isabel gewandt.

»Wie Euer Kumpan schon sagte, meldet es dem Bischof. Und wenn Ihr mir einen Gefallen erweisen wollt, so merkt Euch sein Gesicht, wenn Ihr es ihm sagt, und beschreibt es mir, wenn wir uns das nächste Mal sehen.« Damit ließ sie die Männer stehen und ging zusammen mit Conrad und Matthis zum Hang zurück.

Schon am nächsten Tag ritt der Bischof in Begleitung von sechs bewaffneten Männern in Gysinheym ein. Fast hätte er eine Frau umgeritten, die nicht rasch genug aus dem Weg ging. Sie schrie auf und sprang gerade noch rechtzeitig beiseite. Der Bischof beschimpfte sie und ritt weiter bis zum Haus des Vogts, wo er vom Pferd abstieg und die Zügel einem seiner Männer zuwarf. Zwei Büttel hielten vor dem Vogthaus Wache und versperrten ihm den Zutritt, als er darauf zukam.

»Wisst ihr überhaupt, wen ihr vor euch habt?«, schnauzte der Bischof und funkelte die beiden wütend an.

»Wen dürfen wir dem Vogt melden?«, fragte einer der Büttel kühl, obgleich er genau wusste, wer sich da vor ihm aufgebaut hatte.

»Ich bin der Bischof!«, brüllte dieser.

»Habt einen Moment Geduld«, erwiderte der Büttel unbeeindruckt. »Ich werde dem Vogt melden, dass Ihr ihn zu sprechen wünscht.«

Der Bischof lief vor Wut so rot an, dass man meinte, sein Kopf würde jeden Moment zerspringen. Der andere Büttel, der wartete, während sein Kollege in das Vogthaus ging, konnte sich nur schwerlich ein Schmunzeln verkneifen. Der Vogt hatte jedem seiner Büttel gesagt, dass der Bischof kommen und sich so aufführen würde. Und er hatte ebenso jedem Büttel gesagt, worum es ging, nämlich um nichts Geringeres als den Mord an Abt Dimitrius.

Die Tür wurde geöffnet, der Büttel trat wieder heraus, bedeutete seinem Kollegen, den Eingang freizugeben, und sagte: »Der Vogt wird Euch jetzt empfangen.«

Die Männer des Bischofs, die bis eben noch bei ihren Pferden gestanden hatten, schickten sich an, ihrem Herrn zu folgen, doch die Büttel schüttelten die Köpfe.

»Nur der Bischof«, stellte der ältere Büttel klar.

»Meine Männer begleiten mich stets überallhin«, zischte der Bischof.

Der Büttel zuckte mit den Schultern. »Ich habe meine Anweisungen. Der Vogt empfängt Euch, und zwar nur Euch. Drinnen sind weitere Büttel postiert, und dort vorn in der Kate sind auch noch welche. Geht allein hinein oder bleibt draußen. Es ist an Euch.«

»Du unverschämtes, rotziges Geschwür von einem Hundsfott!«, schnauzte der Bischof den Büttel an.

Dieser verzog keine Miene und erwiderte nur: »Rein oder raus, es ist Eure Entscheidung.«

»Ihr wartet hier!«, brüllte der Bischof seinen Männern zu, stieß den Büttel beiseite und stapfte wutentbrannt in das Vogthaus.

»Folgt mir bitte«, sagte der Büttel höflich. »Die Amtsstube meines Herrn ist im Obergeschoss.«

»Ich finde sie schon selbst«, schimpfte der Bischof weiter.

»Ein jeder Besucher wird nach oben begleitet.« Der Büttel lächelte ihn an. »Und auch hier gilt wieder: Ich begleite Euch nach oben, oder wir beide bleiben hier unten. Wie wollt Ihr es halten?«

»Was erlaubst du dir?« Der Bischof spuckte vor Erregung, während er sprach.

Der Büttel blieb einfach stehen, ganz so, als nehme er das Toben des Bischofs gar nicht wahr.

Dieser keuchte, schnappte nach Luft. »Bring mich hinauf, du elender, widerlicher …« Weiter kam er nicht.

»Wer wagt es, in meinem Hause zu schreien und meine Büttel zu beleidigen?«, schallte es von oben herunter. Der Vogt trat aus seiner Amtsstube auf den oberen Korridor und an das Geländer heran.

»Ihr solltet Euren Männern das richtige Benehmen gegenüber einem Bischof beibringen!«, brüllte der Bischof hinauf.

»Das Benehmen meiner Büttel ist tadellos, ebenso ihre Einstellung zu ihrem Dienstherrn. Und wie ich erfahren habe, scheint auch Ihr treue Männer zu haben.« Der Vogt sah auf den Bischof herunter.

Mit einer Geste bedeutete der Büttel dem Bischof, ihm zu folgen, und stieg die Stufen hinauf.

Der Vogt ging in seine Amtsstube zurück und setzte sich sogleich wieder auf den hohen gepolsterten Stuhl, auf dem er sein Gegenüber auch bei einer geringeren Körpergröße überragt hätte.

Der Büttel blieb im Türrahmen stehen. »Der Bischof«, meldete er.

»Danke, Wolfgang«, sagte der Vogt. »Sei so freundlich und lass die Tür offen stehen. Was ich mit dem Bischof zu besprechen habe, wird ohnehin schon bald ganz Gysinheym erfahren.«

»So könnt Ihr mit mir nicht umspringen«, brachte der Bischof gepresst hervor, ganz so, als könnte er kaum noch an sich halten.

»Ihr seid hier in dem Ort, dem ich als Vogt vorstehe, in meiner Amtsstube, umgeben von meinen Männern. Die Vogtei untersteht den Grafen, nicht dem Bischof. Also gehe ich mit Euch um, wie ich es für richtig halte.«

»Das wird Euch noch leidtun, Vogt!«

»Wollt Ihr mir drohen?« Ein amüsiertes Schmunzeln umspielte die Lippen des Vogts. »Wenn ich Euch meine Einschätzung mitteilen darf, Bischof«, er spie das letzte Wort verächtlich aus, »seid Ihr derjenige, dem schon bald manches leidtun wird.«

Der Bischof atmete tief durch. »Mir wurde Meldung gemacht, dass Ihr einen meiner Männer verhaftet habt.«

»Ja«, sagte der Vogt, »das trifft zu.«

»Ihr lasst ihn unverzüglich frei!«

»Der Kerl wird nur noch einmal das Tageslicht wiedersehen, und zwar, wenn wir ihn hängen. Dann kann er meinethalben so lange am Galgen baumeln, bis einer der Euren ihn abschneidet.«

»Kein Vogt hängt einen Mann des Bischofs!«

»Das stimmt. Nicht ich werde ihn aufknüpfen, sondern unser Henker. Ein sehr fähiger Mann und Meister seines Fachs, wie ich Euch sagen darf. Wenn er sich eines Delinquenten annimmt, bricht kein Knochen, ohne dass er es will.« Er verzog kurz das Gesicht zu einer Grimasse. »Obwohl ich gestehen muss: Meistens will er, dass die Knochen brechen. Der Pöbel liebt das.«

Der Bischof wollte etwas sagen, machte aber den Mund wieder zu. Sein Kopf war hochrot. Dann stieß er hervor: »Mein Wachmann hat nicht getan, was Ihr ihm vorwerft.«

»Seid Ihr da sicher? Womöglich hat er mir etwas ganz anderes gesagt.«

Schließlich fragte der Bischof: »Was hat er Euch gesagt?«

Der Vogt musterte ihn eine Weile, ohne auf die Frage zu antworten. »Wisst Ihr, Bischof, was mir bemerkenswert erscheint? Ihr habt noch nicht ein einziges Mal nachgefragt, weshalb wir Euren Wachmann abgeführt haben.« Er beugte sich über seinen Schreibtisch. »Fast könnte man meinen, Ihr wüsstet, was ihm vorgeworfen wird.«

»Ja, weil meine Männer es mir mitgeteilt haben«, hielt der Bischof dagegen. »Was hat er Euch gesagt?«

»Ach ja?« Der Vogt ging nur auf die erste Bemerkung ein. »Eure Männer haben Euch also in Kenntnis gesetzt?«

»Ja.«

»Nun, dann frage ich mich, was haltet Ihr davon?«

»Er hat den Abt nicht getötet.«

»Nein? Wer denn dann?«

»Woher soll ich das wissen?«

»Nun, immerhin wisst Ihr, weshalb Euer Mann im Kerker sitzt, wenngleich ich es Euren Leuten gar nicht gesagt habe.«

»Doch, das habt Ihr«, gab der Bischof nervös zurück.

»Nein, das habe ich nicht. Es ist wie mit unserem Henker: Wir wissen beide sehr genau, was wir tun und was nicht.« Er grinste breit. »Wolfgang«, rief er dann.

»Ja, Herr?« Der Büttel trat augenblicklich in die Tür.

»Hast du uns sprechen hören?«

»Jedes Wort, Herr. Ich war die ganze Zeit auf dem Flur, und auch die anderen Türen stehen offen.«

»Und wer ist noch bei dir?«

»Der Schreiber, Merten, Hermann und Veit.«

»Was soll das hier werden?«, schnaubte der Bischof verächtlich.

»Wisst Ihr, Bischof, was gefährlich ist?« Der Vogt wartete einen Moment ab, ob er eine Antwort erhielt. Dann sagte er: »Überheblichkeit. Überheblichkeit von einem solchen Ausmaß, dass ein Mensch glaubt, er würde über allem stehen. Über Recht und Gesetz, ja womöglich über dem Wort Gottes. Ihr, Bischof, seid das Opfer Eurer eigenen Überheblichkeit geworden, die Euch den Blick getrübt hat. Um ganz offen zu sein: So einfach, wie es am Ende war, hätte ich es mir nicht vorgestellt.«

Einen kurzen Moment schien der Bischof überrascht, dann erwiderte er mit einem herablassenden Lächeln: »Ihr könnt nichts beweisen. Womöglich würde es reichen, um einen Bauerntölpel an den Galgen zu bringen, aber nicht mich – einen Bischof!«

Der Vogt hob den Zeigefinger. »Ich konnte nichts beweisen, und es hätte womöglich nicht gereicht. Doch Eure Empörung hat Euch unvorsichtig werden lassen, und meine Büttel und der Schreiber haben alles gehört. Ihr habt Euch selbst verraten!«

»Nur der Erzbischof kann über mich richten. Der Erzbischof oder der Heilige Vater selbst.«

»Deshalb werden wir sogleich einen Boten nach Mainz senden und den Erzbischof um ein Urteil bitten. Und nur um sicherzugehen, dass Ihr auch wirklich zugegen seid, wenn wir die Antwort erhalten, werdet Ihr so lange unsere Gastfreundschaft genießen.«

»Ihr wollt mich einsperren?« Der Bischof wirkte fassungslos, er schien nicht glauben zu können, was hier geschah.

»Wenngleich man es freundlicher ausdrücken könnte, trifft es doch den Kern der Sache.«

Der Bischof sprang vom Stuhl auf. »Ich werde jetzt gehen. Und versucht nur, mich aufzuhalten. Dann werdet Ihr es bereuen.« Er ging mit festen Schritten zur Tür, in der der Büttel sich breitmachte, um ihm den Durchgang zu verwehren.

»Lass ihn gehen, Wolfgang«, sagte der Vogt voller Gelassenheit. »Lass ihn gehen. Er muss ohnehin die Treppe hinunter, und am Ende würde es dort nur zu einem Gerangel kommen.«

Der Büttel trat beiseite und ließ den Bischof passieren, der einen gar lästerlichen Fluch ausstieß und dann die Stufen hinuntereilte. Der Schreiber und die anderen Büttel, die sich zuvor in dem Raum nebenan befunden hatten, traten an das Geländer.

»Verdammtes Pack! Lass mich durch!«, schnauzte der Bischof den Büttel an, der unten an der Tür postiert war. Dann brüllte er: »Wachen! Wachen!«, auf dass man ihn draußen hören möge.

Der Büttel öffnete ohne zu zögern die Tür, und der Bischof rannte hinaus. Abrupt blieb er stehen, während nun der Vogt die Stufen herunterkam, an seinem Büttel vorbeiging und hinter dem Bischof ins Freie trat.

»Seht Ihr, Bischof, wie es sich geziemt für einen so wichtigen Mann wie Euch, sind all diese Menschen gekommen, um Eure Ankunft in Gysinheym gebührend zu begehen.«

Der Bischof war noch immer wie erstarrt ob der vielen Menschen, die sich vor der Vogtei versammelt hatten und ihn unverhohlen anstarrten. »Wo sind meine Wachen?«

»Nun, wir haben uns erlaubt, sie vor die Wahl zu stellen, ob sie zusammen mit Euch als unsere Gäste verweilen oder doch lieber diesen gastlichen Ort verlassen wollen.« Er hob in einer gespielt hilflosen Geste die Hände. »Und was soll ich sagen, ihnen war wohl nicht nach Gastfreundschaft. Oder täusche ich mich da?«, fragte er dann an einen seiner Büttel gewandt.

»Sie sind gerannt wie die Hasen«, vermeldete dieser mit einem breiten Grinsen.

»Nun denn, Bischof, es scheint, Ihr seid auf Euch allein gestellt.«

Der Bischof drehte sich zum Vogt um und sah ihn ungläubig an. Er war blass geworden. Offenbar wollte er etwas sagen, er öffnete den Mund, schloss ihn aber sogleich wieder.

Der Vogt erzählte Isabel später am Tag, dass es keine Worte gebe, um den fassungslosen Gesichtsausdruck dieses widerlichen Mörders zu beschreiben.

16. Kapitel

Es war Ende September, alle Trauben waren eingebracht und gekeltert, der Wein in Fässer gefüllt. Viel war es nicht gewesen.

Am gestrigen Tage hatte die Nachricht Gysinheym erreicht, dass der Erzbischof sich die Ehre geben würde, den Ort zu besuchen, um sich selbst ein Bild davon zu machen, was die Menschen hier umtrieb, und um die schweren Anschuldigungen, die gegen den Bischof erhoben worden waren, zu prüfen. Isabel war nervös. Ein Bote hatte angekündigt, dass der Erzbischof nicht nur für die Gerichtsbarkeit Sorge tragen, sondern sich auch die klösterlichen Weinberge ansehen wollte, deretwegen er in den letzten Wochen immer wieder Schreiben erhalten hatte.

Der Vogt hatte den Bischof nicht in den Kerker geworfen, wie er es eigentlich beabsichtigt hatte, sondern in eine Zelle in der Vogtei. Zum einen, weil er dort von den Bütteln besser bewacht werden konnte für den Fall, dass er sich selbst zu richten versuchen würde, um der Schmach einer öffentlichen Hinrichtung zu entgehen. Zum anderen aber auch, weil der Vogt sicherstellen wollte, dass der Bischof für jeden erkennbar seinem Stand gemäß behandelt wurde, sofern hiervon in der Gefangenschaft die Rede sein konnte.

Beim Besuch des Erzbischofs bemühten sich die Dörfler, den bestmöglichen Eindruck auf den Kirchenmann zu machen. Dabei war sein Einzug in Gysinheym weder prunkvoll, noch machte er viel Aufhebens um sich und seinen Stand. Vielmehr war Gerlach von Nassau ein freundlicher, zuvorkommender Mann mit einem gewinnenden Wesen, der auch die Einfachsten mit einem Segen bedachte und für jeden ein freundliches Wort auf den Lippen hatte.

Sein erster Weg führte den Erzbischof ins Kloster, um mit den Mönchen zu sprechen. Bruder Gerberth, der mittlerweile von den Ordensbrüdern zum Nachfolger Abt Dimitrius' ernannt worden war, wurde nun vom Erzbischof höchstselbst in diesem Amt bestätigt. Eine Ehre, die einem Abt nur selten zuteilwurde. Der Erzbischof nahm sich Zeit, das Kloster in aller Ruhe zu begehen und sich bei den Mönchen zu erkundigen, was für ein Mensch Abt Dimitrius gewesen war.

Die Mönche richteten ihm die beste Kammer her, obwohl sie kaum zu hoffen wagten, dass der Erzbischof diese Offerte annehmen würde. Doch sie hatten sich getäuscht. Der Edelmann zeigte sich erfreut über die Gastfreundschaft und nahm diese gern an.

Kurz darauf wurde er beim Vogt vorstellig, der ihm im Einzelnen berichtete, was der Bischof in den letzten Wochen und Monaten in Gysinheym angerichtet hatte. Der Erzbischof hörte aufmerksam zu, stellte die eine oder andere Verständnisfrage und wollte genau wissen, welche Auswirkungen das Vorgehen des Bischofs auf die Menschen gehabt hatte.

»Gefallen hat mir nicht, was Abt Dimitrius mir geschrieben hatte«, erklärte der Kirchenmann seinen Gedankengang und griff nach dem Becher Wein, den der Vogt hatte bringen lassen. »Ich will ganz offen sprechen: Zunächst hielt ich es für eine Übertreibung, um in der Angelegenheit meine volle Aufmerksamkeit zu erhalten. Als zu dem Schreiben des Abts dann jedoch noch das des Advocatus hinzukam, musste ich es glauben.« Er trank einen Schluck und stellte den Becher wieder ab.

»Wir konnten selbst kaum fassen, was für ein übles Spiel der Bischof mit den Winzern trieb. Ich weiß, Ihr hört es nicht gern. Schließlich ist der Bischof einer der Euren. Doch es ist und bleibt Betrug, was er da getan hat«, stellte der Vogt klar und nahm seinerseits einen Schluck.

»Wäre es nur das gewesen, hätte ich Euch wohl widersprochen und gesagt, es hätte einen bedauerlichen Irrtum gegeben. Aber unter diesen Umständen muss ich eingestehen, dass der Bischof Grenzen überschritten hat.«

»Die Urkunden sind das eine. Doch er hat unseren Abt umbringen lassen.«

»Das wissen wir noch nicht«, gab der Erzbischof ruhig zurück. »Habt Ihr Beweise für diese Anschuldigung?«

Der Vogt berichtete, wie er davon erfahren hatte, dass der Abt von zwei Männern, die behauptet hatten, im Dienste des Erzbischofs zu stehen, abgeholt worden war. »Angeblich auf Eure Anordnung hin und mit dem Auftrag, den Abt auf kürzestem Wege zu Euch nach Mainz zu geleiten.«

Der Erzbischof schüttelte mit ernster Miene den Kopf. »Ich habe diesen Auftrag nicht gegeben«, stellte er klar.

»Gemutmaßt haben wir es gleich, doch gab es nichts, was dies hätte untermauern können.«

»Wie habt Ihr vom Ableben des Abts Kenntnis erhalten?«, fragte der Erzbischof und verlagerte sein Gewicht. Offenbar war er das lange Sitzen auf einem Pferd nicht gewohnt und hatte nun Schmerzen auf dem Holzstuhl.

Der Vogt bemerkte es, wollte ihm jedoch kein Sitzkissen anbieten, um ihm die Peinlichkeit zu ersparen. »Ein Reisender hat seine Leiche entdeckt.« Der Vogt seufzte. Es fiel ihm schwer, noch einmal genau zu schildern, was sich zugetragen hatte und wie seine Büttel den Leichnam schließlich fanden und herbrachten.

»Ein unwürdiger Tod für einen so bewundernswerten Mann«, befand der Erzbischof.

»Fürwahr. Er war ein sehr beliebter Mann. Und nicht nur bei den Mönchen, sondern bei jeder Seele in Gysinheym. Als er zu Grabe getragen wurde, kam das ganze Dorf, um ihm das letzte Geleit zu geben.«

»Und weshalb denkt Ihr, dass der Bischof hinter der Ermordung steckt?«

»Ein Mönch hat in einem der Wachmänner des Bischofs den wiedererkannt, der sich als einer Eurer Leute ausgegeben hat und gemeinsam mit einem anderen den Abt abholte.«

»Ihr sprecht von Bruder Reginhard, nicht wahr?«, vergewisserte sich der Erzbischof. »Ich hatte vorhin im Kloster Gelegenheit, ihn kennenzulernen. Er erzählte mir in knappen Worten, was er gesehen hatte.«

»Ja. Er war es, der die Winzerin Isabel Velten auf den Wachmann aufmerksam machte, woraufhin diese mich holte. Wir haben ihn in eine Kerkerzelle gesteckt, wo er noch immer sitzt.«

»Hat er gestanden?«

»Nein, noch nicht. Doch wir haben ihn auch noch nicht wirklich befragt.« Der Vogt sprach das letzte Wort etwas gedehnt aus.

Der Erzbischof wusste, was damit gemeint war. »Ihr wollt sagen, dass Ihr ihn nicht der Folter unterzogen habt, nicht wahr?«

»Wenn Ihr es so direkt aussprechen wollt, ja.«

»Ich verstehe. Doch weshalb sollte der Bischof den Abt umbringen lassen? Das scheint mir zu weit hergeholt.«

»Der Abt war ihm im Weg. Ihr habt es selbst gesagt: Abt Dimitrius hat sich mit einer Beschwerde über den Bischof an Euch gewandt. Und es wäre nicht das letzte Mal gewesen, dessen könnt Ihr gewiss sein. Er war kein Mann, der Ungerechtigkeit tatenlos mit ansah.«

»Aber der Bischof hat nicht gestanden, dass er den Auftrag hierzu gegeben hat, oder?«

»Nein.« Der Vogt räusperte sich. »Wir haben auch ihn nur festgesetzt und nicht befragt. Man muss jedoch erkennen, dass er sich im Grunde selbst verraten hat.« Der Vogt berichtete dem Erzbischof, dass er bei der Verhaftung des Wachmannes zu keinem Zeitpunkt erwähnt hatte, worum es eigentlich ging. Dem Bischof konnte daher der Grund für dessen Festsetzung von den anderen Wachmännern gar nicht mitgeteilt worden sein, wie dieser ihm gegenüber behauptet hat. »Dennoch sagte er von sich aus, dass der Verhaftete nicht für den Mord an dem Abt verantwortlich sei.«

»Und das sagte er zu Euch?«

»Ja, Erzbischof. Er saß dort, wo Ihr jetzt sitzt.«

»Mit Verlaub und nur um keine Zweifel aufkommen zu lassen, war bei diesem Gespräch sonst noch jemand dabei?«

»Ja, Erzbischof. Vier Büttel und der Schreiber.«

»Und vor all diesen Männern hat der Bischof so frei gesprochen?«

»Ein Büttel stand auf dem Flur, die anderen waren im Raum nebenan, und die Türen standen offen.« Der Vogt schmunzelte. »Ich gebe zu, dass dies eine kleine List war. Ich hatte meine Büttel vorher angewiesen, immer mindestens zu dritt in der Vogtei zu bleiben und die Augen und Ohren offen zu halten. Nachdem wir seinen Wachmann verhaftet hatten, brauchten wir nur abzuwarten, bis der Bischof hier erschien, um seinen Mann wieder freizubekommen. Und genau auf diesen Moment haben wir gewartet.«

»Ich muss Euch loben, Vogt. Ihr habt an alles gedacht. Kann ich mit dem Bischof sprechen?«

»Gewiss. Er ist unten im Keller. Dort sind zwei Zellen. Sie sind um einiges besser als die im Kerker und ohne Ratten – bis auf die, die wir darin wegschließen.«

Der Erzbischof stand auf und sah zu dem Vogt auf, der sich ebenfalls von seinem Stuhl erhoben hatte. Der Amtmann überragte den Erzbischof um mehr als eine Kopflänge. »Darf ich mir eine Bemerkung erlauben, Vogt, ohne dass Ihr Euch gekränkt fühlt?«

»Gewiss. Mich wirft so rasch nichts um.«

»Angesichts all der Wut über den Bischof, die ich in Euren Augen lese, bin ich wahrhaft erstaunt, dass der Bischof und dessen Wachmann den Kopf noch auf dem Rumpf haben.«

Der Vogt grinste breit. »Ihr seid ein guter Menschenkenner, Erzbischof. Wollen wir gemeinsam nach unten gehen, damit Ihr mit dem Bischof sprechen könnt?«

»Ja, lasst uns gehen. Ich möchte mit diesem Bischof sprechen.«

Sie gingen gemeinsam mit Wolfgang, der auf dem Flur seinen Posten innehatte, nach unten in den Keller. An den Wänden hingen Talgleuchten, sodass man alles gut erkennen konnte. Das Mauerwerk war grob geschlagen und nicht so fein bearbeitet wie die Wände im Erd- und Obergeschoss. Es roch ein wenig modrig, doch nicht so schlimm, dass es nicht auszuhalten gewesen wäre. Der Vogt wies Wolfgang an, die Zelle des Bischofs aufzuschließen. Der Schlüssel drehte sich quietschend im Schloss, und die Tür knarrte laut, als Wolfgang sie öffnete und den Vogt und den Erzbischof eintreten ließ.

Der Bischof lag mit dem Rücken zu ihnen auf der Pritsche, die für seinen massigen Körper viel zu schmal war.

»Wacht auf! Ihr habt Besuch«, ließ der Vogt in grobem Ton vernehmen.

Der Angesprochene rührte sich nicht. Als er auch auf zwei weitere Aufforderungen des Vogts nicht reagierte, trat Wolfgang an die Pritsche und rüttelte ihn unsanft an der Schulter.

»Nimm deine Dreckpfoten weg, du elender Hurenbock!«, schnauzte der Bischof sogleich und drehte sich langsam um. Er erstarrte in der Bewegung, als er sah, wer der Besucher war. Hastig rutschte er von der Pritsche und warf sich vor dem Erzbischof auf den Boden. Er schluchzte heftig auf, küsste dessen Füße. »Mein Erzbischof, endlich! Endlich kommt Ihr, um mich zu retten. Habt Dank, mein Erzbischof, habt Dank!« Er heulte Rotz und Wasser, während der Erzbischof, vollkommen ungerührt ob der peinlichen Szene, dem Vogt einen Blick zuwarf.

»Ich habe den Wunsch geäußert, mit Euch zu sprechen, Bischof. Und der Vogt war so entgegenkommend, mir diesen zu erfüllen.«

Der Bischof lag noch immer bäuchlings auf dem Boden und jammerte klagend.

»Wenn Ihr Euch nun erheben würdet, Bischof. Nur dann können wir diese Angelegenheit besprechen.«

Der Bischof stemmte sich auf die Knie, richtete seinen Oberkörper auf und verharrte in dieser Position. Sein Gesicht war tränenüberströmt. Rotz lief ihm aus der Nase über den Mund. »Mein Erzbischof, Ihr seid ein gerechter Mann. Ich weiß, Ihr werdet mir helfen. Das Unrecht dieser ungläubigen Gotteslästerer ist nichts, was Ihr ertragen könnt. Wegen meiner Liebe zu Gott bin ich hier unten eingesperrt, ohne Essen, ohne Trinken! Selbst die Notdurft wird mir verwehrt«, jammerte er.

Der Erzbischof sah zu dem Tisch hinüber, auf dem ein Krug mit Wasser, ein Becher und ein augenscheinlich erst vor Kurzem geleerter Teller standen. In der Ecke der Zelle stand ein Eimer. Der Erzbischof beugte sich ein wenig vor, um besser sehen zu können. Der Eimer war geleert und offensichtlich gespült worden.

Der Vogt folgte den Blicken des Erzbischofs mit einer gewissen Genugtuung.

»Können wir Stühle bekommen?«, fragte der Erzbischof an den Vogt gewandt.

»Gewiss.« Der Vogt drehte sich zu Wolfgang um, der ihm bedeutete, verstanden zu haben, und sogleich ging. Es dauerte nur wenige Augenblicke, bis der Büttel mit zwei Stühlen zurückkam.

»Habt Dank, werter Mann«, sagte der Erzbischof. »Bitte, Bischof, setzt Euch dort auf den Stuhl, damit wir uns in angemessener Art unterreden können.«

»Schickt den dort hinaus. Ich möchte nur mit Euch sprechen.« Der Bischof kam mühsam in den Stand, ging zu dem Stuhl hinüber, der vor dem Tisch stand, und setzte sich.

Der Erzbischof sah ihn überrascht an. »Sprecht Ihr davon, den Vogt der Zelle zu verweisen?«

»Ja. Hinaus mit ihm! Er hat hier nichts zu suchen, wenn ich mit Euch rede.« Der Bischof hob den Kopf, als hätte man ihn schwer beleidigt.

Ein Lächeln umspielte die Lippen des Erzbischofs. »Ihr redet vom Vogt, und Ihr seid ein Gefangener in seiner Vogtei. Mit Verlaub, Bischof, Ihr habt kein glückliches Händchen im korrekten Einschätzen Eurer Lage.«

Der Vogt musste sich zusammennehmen, um nicht laut aufzulachen. Dieser kleine, höfliche Mann, der eines der wichtigsten Ämter des Landes innehatte, amüsierte ihn auf eine Weise, wie er es nie zuvor erlebt hatte.

»Er hat mich schlechter behandelt als jeden dahergelaufenen Köter. Gedemütigt hat er mich, verleumdet und beschmutzt! Fürwahr, ich kann nicht sagen, ob ich den modrigen Gestank dieser verfaulten Wände jemals wieder von mir abwaschen kann.« Er schloss kurz die Augen, legte die Hand auf seine Brust und atmete tief ein.

Der Vogt hätte ihn wegen dieser unerträglichen Art am liebsten geschlagen, wohingegen der Erzbischof das Geschwafel gerade mal zur Kenntnis zu nehmen schien und sodann seinen eigenen Gedankengang fortsetzte.

»Bischof, die Anschuldigungen gegen Euch könnten schwerer nicht sein«, begann der Erzbischof. »Was habt Ihr dazu zu sagen?«

»Verleumdung, alles Verleumdung! Sie wollen uns heilige Männer nicht in ihren Dörfern. Drum fangen sie uns und sperren uns in diese Höhlen!«, schnauzte er. »Sie sind Gotteslästerer, Leugner und mit schwarzen Mächten im Bunde!«

»Das ist Eure Empfindung?«, wunderte sich der Erzbischof. »Nun, mir erschienen die Menschen bei meiner Ankunft sehr angenehm, freudig gar über mein Erscheinen. Von Gotteslästerlichkeit habe ich nichts gespürt.«

»Weil sie Euch zu täuschen suchen. So waren sie anfangs bei mir auch.« Der Bischof deutete mit dem ausgestreckten Arm den Kellergang hinunter. »Doch gebt Obacht! Schon hinter der nächsten Ecke könnten sie Euch auflauern, Euch einen Sack überstülpen und Euch in ein Verlies sperren!«

Der Vogt verdrehte die Augen und gab einen missbilligenden Laut von sich.

»Hm«, machte der Erzbischof. »Wie dem auch sei. Ich habe die Urkunden gesehen, die Ihr den Winzern zur Unterschrift vorgelegt habt. Und mir wurde von mehreren Seiten glaubhaft versichert, dass es nicht dieselben waren, die den Winzern zuvor vorgelesen worden waren.«

»Verleumdung, nichts als Verleumdung!«

»Aber Eure Unterschrift ist unter den Urkunden. Wie erklärt Ihr Euch dies?«

»Ja, ich habe diese Urkunden erstellen lassen. Diese und keine anderen wurden den Winzern vorgelesen. Sie waren einverstanden. Das ist eine List dieser heimtückischen Ungläubigen, um mich bei Euch in ein schlechtes Licht zu rücken.«

»Die Urkunden sind also echt, und die Winzer wussten, was sie da unterschrieben?«

»Ja, mein Erzbischof. Endlich, endlich hört jemand auf meine Worte!«

»Aber die Vereinbarungen sind ein Hohn«, befand der Erzbischof. »Sie bedeuteten eine ungleiche Schlechterstellung der Winzer.«

»Ja, auch ich war erstaunt. Doch was hätte ich tun sollen? Sie kamen zu mir, sprachen davon, wie gut es ihnen in den letzten Jahren ergangen sei und dass sie etwas zurückgeben wollten an das Kloster, an die Kirche, die sie über die Jahre so gut versorgt hatte. Ich glaubte ihnen. Ja, das war mein Fehler. Ich glaubte ihnen und fiel darauf herein, und dann beschuldigten sie mich des Betrugs!«

»Das ist wahrlich eine vollkommen andere Sicht der Dinge«, befand der Erzbischof.

Der Vogt wollte etwas sagen, doch der Erzbischof bedeutete ihm mit einer Geste, sich zurückzuhalten. Also schluckte er das, was er auf der Zunge hatte, hinunter und schwieg.

»Wie verhält es sich nun aber mit dem Abt?«

»Ich weiß nichts darüber, mein Erzbischof.« Der Bischof schüttelte den Kopf und ließ ihn dann erschöpft auf seine Arme sinken, die er auf den Tisch gelegt hatte.

»Setzt Euch gerade hin, wie es die Höflichkeit gebietet«, mahnte der Erzbischof, woraufhin der Bischof sich wieder aufrichtete.

»Die Behauptungen gehen dahin«, fuhr der Erzbischof fort, »dass Ihr zwei Eurer Männer damit beauftragt haben sollt, den Abt unter einem Vorwand aus dem Kloster zu locken und ihn sodann zu töten.«

Der Bischof schloss einen Moment lang ermattet die Augen. Dann öffnete er sie wieder und sah den Erzbischof kraftlos an. »Ich habe den Abt geliebt, wie man einen Bruder der Kirche nur lieben kann. Wie hätte ich ihm je etwas antun können? Wir waren eng verbunden, so eng.«

»Verhöhnt ihn noch einmal, und ich vergesse mich!« Der Vogt ballte die Hand zur Faust.

»Nein, bitte, schlagt mich nicht mehr. Keine weiteren Schläge!«

»Ihr wurdet geschlagen?«, hakte der Erzbischof nach. »Ihr seht gar nicht so aus.«

»Meine Wunden heilen ungewöhnlich rasch. Der Herr hat ein wohlwollendes Auge auf mich. Es kann nicht anders sein.«

Am liebsten wäre der Vogt aufgesprungen und hinausgestürmt. Doch er wollte nicht, dass der Bischof dem Erzbischof etwas sagen konnte, ohne dass er selbst hiervon Kenntnis erlangte. Dieser Widerling von einem Hundsfott log selbst jetzt, wo er dabei war, dass es unerträglich war. Wie würde es erst sein, wenn er die Zelle verließ?

»Ihr habt also die Wachmänner nicht geschickt, die den Abt abholten?«, führte der Erzbischof unbeirrt seine Befragung fort.

»Nein, mein Erzbischof, das schwöre ich.«

»Und wie erklärt Ihr Euch dann, dass Euer Wachmann einer der beiden war, die den Abt abholten?«

Der Bischof raufte sich die Haare. »Wieder und wieder habe ich mir diese Frage gestellt. Ich wollte mit ihm sprechen, mit dem Wachmann, doch das ließ man nicht zu.«

»Das ist das erste Mal, dass Ihr heute die Wahrheit sagt«, stellte der Vogt fest.

Der Bischof funkelte ihn wütend an und wandte sich dann wieder dem Erzbischof zu. »Wenn es so gewesen sein sollte, dann geschah dies nicht in meinem Auftrag.«

»Angeblich sollen die Männer, die den Abt abholten«, fuhr der Erzbischof fort, »behauptet haben, dass ich sie geschickt hätte.«

»Seht Ihr, da habt Ihr es – auch Ihr werdet verleumdet!«

»Nein«, widersprach der Vogt. »Aber hätte der Abt gewusst, dass es Eure Leute sind, wäre er nicht mit ihnen mitgegangen. Dem Erzbischof hat er vertraut, Euch jedoch nicht.«

»Und wieder werde ich verleumdet«, jammerte der Bischof. »Ein Mann wie ich. Es ist unbegreiflich!«

»Wie lange steht der Wachmann schon in Euren Diensten?«, fragte der Erzbischof. »Kanntet Ihr ihn gut oder nur kurze Zeit?«

»Kurz, sehr kurz«, ging der Bischof sogleich darauf ein. »Er kam erst vor wenigen Tagen zu mir und bat um eine Anstellung, vor einer Woche höchstens.«

»Die anderen Wachmänner sagten, dass er schon seit Jahren in Euren Diensten steht«, stellte der Vogt richtig.

»Meine Kraft schwindet«, wimmerte der Bischof. »Ich kann diese Lügen nicht mehr ertragen. Bitte, mein Erzbischof, helft mir! So helft mir doch!«

Der Erzbischof überlegte einen Moment, dann stand er auf, hob seinen Stuhl an und trug ihn aus der Zelle hinaus. »Habt Dank, guter Mann«, sagte er zu Wolfgang.

Der Vogt erhob sich ebenfalls und zog seinen Stuhl hinaus.

Der Erzbischof trat noch einmal in die Zelle und sah den Bischof an. »Ich habe kurz überlegt, ob ich dem verhafteten Wachmann noch einen Besuch abstatten soll. Womöglich würde ich Näheres über die letzten Stunden des Abts erfahren. Doch ich denke, dass das nicht vonnöten ist. Ich weiß nun alles, was ich wissen muss.«

»Ich danke Euch, mein Erzbischof. Also sorgt Ihr dafür, dass ich hier herauskomme?«

»Selbstredend«, versicherte der Erzbischof, was ihm einen verwunderten Blick des Vogts einbrachte.

Der Bischof fiel auf die Knie. »Habt Dank, mein Erzbischof, habt Dank!«

Der Kirchenmann sah zu dem Bischof hinunter. »Ihr macht Euch gut in dieser Haltung«, stellte er fest. »Anfangs dachte ich, dass Hängen das Richtige wäre. Aber Ihr seid ein Mann von Stand, auch wenn Ihr Euch gänzlich anders verhalten habt. Das Trennen des Kopfes vom Rumpf mit dem Henkersbeil scheint mir daher angemessen.« Mit diesen Worten verließ er die Zelle, die Wolfgang hinter ihm wieder abschloss.

Der Bischof brachte kein Wort heraus, war sich nicht einmal sicher, den Erzbischof richtig verstanden zu haben, während dieser entspannt, fast heiter mit dem Vogt nach oben ging.

»Ich muss schon sagen, Erzbischof«, konstatierte der Vogt. »Eine solche Befragung habe ich nie zuvor erlebt.«

»Nicht? War es so ungewöhnlich? Bitte verzeiht mir, wenn ich etwas falsch gemacht habe. Üblicherweise sitzen wir in Mainz in solchen Dingen dem Gericht vor, das Regeln unterworfen ist. Doch hier schien mir dies nicht angemessen.«

»Ich bewundere Euch aufrichtig für die ruhige Gelassenheit, die Ihr an den Tag legtet. Es gab Momente, da glaubte ich gar, er könnte Euch überzeugen.«

Der Erzbischof lachte kurz und freudlos auf. »Ich bin ein Kirchenmann, kein Dummkopf. Und ich habe im Leben schon früh eines verstanden: Wenn ich etwas erfahren will, muss ich zuhören. Denn wenn ich selbst rede, höre ich stets nur das, was ich ohnehin weiß. Auf diese Weise lernt man das Wesen eines jeden Menschen kennen.«

»Weise Worte, Erzbischof. Bitte erlaubt mir noch diese eine Frage: Wann wusstet Ihr, dass er lügt?«

»Beim ersten Blick in seine Augen«, antwortete der Erzbischof. »Und nun muss ich mich eilen. Die Mönche erwarten mich zum Essen. Gottes Segen mit Euch, Vogt. Ich schätze es stets, aufrechte Männer kennenzulernen. Und am heutigen Tag bin ich einem solchen begegnet.«

»Ihr seid zu gütig.« Der Vogt verneigte sich. »Ach, eines noch«, sagte er, als der Erzbischof sich bereits anschickte, die Vogtei zu verlassen.

»Ja?«

»Wann soll die Hinrichtung stattfinden?«

Der Erzbischof dachte kurz nach. »Morgen, wenn es Euch recht ist.«

»Das ist mir recht.«

»Gut. Schickt mir Nachricht, wann ich anwesend sein soll.« Er nickte dem Vogt noch einmal zu. »Gott schütze Euch.«

»Gott mit Euch, Erzbischof, Gott mit Euch.« Der Vogt sah dem Mann noch einen Moment nach, der beschwingt die Vogtei verließ und leichten Fußes den Weg zum Kloster einschlug. Keine Wachmänner warteten draußen auf ihn, und der hohe Herr bestand nicht darauf, mit einem Gefährt den Hügel hinaufgebracht zu werden. Der Vogt blieb kopfschüttelnd zurück. Nie zuvor war er einem so wichtigen Mann wie einem Erzbischof begegnet. Doch was auch immer er gedacht hatte, so hätte er sich diesen nicht vorgestellt.

17. Kapitel

Kurz nachdem der Erzbischof mit dem Vogt gesprochen und die Hinrichtung des Bischofs für den nächsten Tag angesetzt hatte, ging der Vogt zu Isabel und erzählte ihr und den Kindern, was geschehen war. Fast konnten sie es nicht glauben, dass es so einfach gewesen war und der Mörder tatsächlich seine gerechte Strafe erhalten würde. Jeder von ihnen wollte dabei sein, wenn der Bischof am nächsten Tag öffentlich hingerichtet würde. Dass auch sein Helfer seiner Strafe zugeführt wurde, war nebensächlich.

Am nächsten Morgen herrschte ein geschäftiges Treiben auf dem Velten'schen Hof. Wegen der Hinrichtung würde die Arbeit am Nachmittag liegen bleiben, sodass sie sich jetzt anschickten, alles zu schaffen, was das Tagewerk forderte.

Emilia würde mit Gundel daheimbleiben, da sie nicht in der Lage war, der Hinrichtung beizuwohnen. Ihre Wunden heilten nicht so gut, wie Isabel gehofft hatte, doch ging es dem Mädchen von Tag zu Tag ein bisschen besser. Emilia stand nun wieder regelmäßig auf und verließ auch das Haus, um ein wenig an der Luft zu sein. Doch allein der Anblick des verkohlten Weinbergs ließ sie erschaudern, manchmal so sehr, dass sie geradezu erstarrte.

Einmal hatte Isabel gesehen, wie Emilia dort stand, unfähig, sich auch nur zu rühren. Behutsam hatte sie ihre Tochter am rechten Arm gefasst, ins Haus zurückgeführt und dafür gesorgt, dass sie sich auf ihr Lager bettete. Isabel war zutiefst besorgt. Emilia schien durch die Todesangst, die sie erlebt hatte, eine ganz andere geworden zu sein. Dem Mädchen war keine Freude mehr anzumerken, nicht einen einzigen Augenblick.

Isabel, Conrad und Hannas Kinder bemühten sich nach Kräften, wieder ins Leben zurückzufinden, wenngleich es noch lange dauern würde, bis die alles beherrschende Trauer nicht mehr der Mittelpunkt ihres Lebens sein würde. Sie lenkten sich mit der Arbeit ab, so gut es eben ging. Doch keiner von ihnen erlebte auch nur einen Tag, in dessen Verlauf sie nicht an Albert und Hanna dachten und den erlittenen Verlust wie einen tiefen Stich ins Herz spürten.

Isabel fragte sich, ob bei den Anklagen gegen den Bischof, die vor der Hinrichtung laut verlesen würden, auch die Brandstiftung genannt werden würde, infolge derer zwei Menschen ihr Leben verloren hatten und ein junges Mädchen schwer verletzt worden war. Sie glaubte es nicht, und im Grunde würde es ohnehin nichts ändern. Den Kopf konnten sie diesem Kerl nur einmal abschlagen. Dennoch hoffte sie insgeheim, dass all seine Schandtaten Erwähnung finden würden, wenngleich beim Vogt davon, dass der Bischof auch für den Brand verantwortlich war, keine Rede gewesen war.

Als Isabel einen Korb über den Hof zur Kelterei trug, fiel ihr ein kleiner, unscheinbarer Mann auf, der vor dem verkohlten Weinberg stand und diesen eingehend betrachtete. Isabel beobachtete ihn einen Moment. Seine Kleidung war die eines Edelmannes, seine Haltung jedoch keineswegs befehlsgewohnt. Er machte vielmehr einen bescheidenen Eindruck, wie er sich nun in Bewegung setzte und langsam das letzte Stück des Weges zu ihrem Anwesen schlenderte.

Isabel ließ den Korb sinken und ging dem Fremden entgegen. »Gott zum Gruße, guter Mann. Kann ich Euch helfen?«

»Gottes Segen mit Euch. Seid Ihr Isabel Velten?«

»Die bin ich.«

»Hättet Ihr einen Moment für mich?«, fragte er lächelnd.

»Gewiss. Kommt herein und sagt mir, was ich für Euch tun kann. Es ist heiß heute. Ein Schluck Wein wird Euch guttun, Fremder.«

»Fremder? Oh, verzeiht, wie nachlässig von mir, mich nicht vorzustellen. Ich bin der Erzbischof.« Wieder lächelte er.

Isabel entglitten die Gesichtszüge. Sofort beugte sie das Knie. »Verzeiht mir, das habe ich nicht gewusst.«

Er streckte ihr den Ring zum Kuss entgegen und zog sie sogleich wieder an den Schultern herauf. »Aber, aber, was soll es da zu verzeihen geben? Obwohl Ihr nicht wusstet, wer ich bin, habt Ihr mir etwas zu trinken angeboten. Auf welch bessere Art hättet Ihr mich willkommen heißen können?«

Hierauf wusste Isabel nichts zu sagen. Sie gingen zusammen ins Haus, und die Winzerin wies Gundel an, sich zu eilen und dem Erzbischof, der ihr Heim beehrte, aufzutragen. Die Magd machte große Augen, knickste und rannte eher, als sie ging, in die Küche.

»Bitte, hier entlang.« Isabel deutete mit der Hand zum Esszimmer, öffnete die Tür und ließ den Erzbischof eintreten. »Bitte, nehmt Platz, Erzbischof.«

»Ich danke Euch.« Er sah sich um. »Welch ein wunderbares Haus! Und Ihr habt es so angenehm eingerichtet«, lobte er. »Gewiss fühlen Ihr und die Euren Euch hier sehr wohl.«

»Ja, das stimmt.« Isabel nahm ihm gegenüber am Tisch Platz, nachdem er sich auf einen der Stühle gesetzt hatte. »Wir leben nun schon seit Jahren hier, und es ist ein Heim, wie man es sich besser nicht wünschen kann.«

Gundel brachte auf einem Tablett zwei Teller, die sie vor Isabel und den Erzbischof hinstellte, zwei Gläser und eine Karaffe mit Wein sowie einen Teller mit Schinken.

»Wie wunderbar der Schinken duftet!«, schwärmte der Erzbischof. »Habt Dank, gute Frau.«

Gundel drapierte alles, was sie gebracht hatte, ansehnlich auf dem Tisch, schenkte die Gläser voll, knickste und eilte ohne ein Wort wieder hinaus.

»Kann sie nicht sprechen?«, fragte der Erzbischof leise in besorgtem Tonfall.

»Doch, das kann sie. Ich fürchte nur, dass die Anwesenheit des Erzbischofs sie allzu sehr einschüchtert.«

»Ach«, machte er. »Das tut mir leid. Sie scheint eine sehr bemühte Magd zu sein.«

»Das ist sie. Ich weiß nicht, was ich ohne sie tun würde.« Isabel überlegte, wie es ihr gelänge, das Gespräch auf den Brand zu lenken, um so möglicherweise noch Einfluss auf das zu nehmen, was der Erzbischof vor der Hinrichtung des Bischofs über diesen sagen würde. »Ihr Name ist Gundel«, fuhr sie daher fort, »und für mich ist sie mehr als nur eine einfache Magd. Nach dem Brand, bei dem mein ältester Sohn Albert und meine Freundin Hanna ums Leben kamen und bei dem sich meine Tochter Emilia schwere Verletzungen zugezogen hat, hat Gundel mit mir zusammen deren Wunden versorgt. Sie hilft, wo sie nur kann.«

»Eure Tochter ist verletzt?«, fragte der Erzbischof besorgt.

»Ja.« Isabel fuhr sich mit der rechten Hand über den linken Arm. »Die Schulter und der gesamte Arm sind verbrannt.«

»Das tut mir sehr leid«, sagte er mitfühlend. »Wenn es Euch recht ist, würde ich gern zu Eurer Tochter gehen und einen Segen sprechen, auf dass der Herr ihre Wunden alsbald heilen lässt.«

»Das würdet Ihr tun? Ihr seid zu gütig.«

»Ich hoffe, es wird Eurer Tochter helfen, rasch wieder Gesundung zu erfahren.«

Isabel griff zum Glas. »Genießt mit mir diesen Wein, den wir im letzten Jahr aus unseren Trauben gewonnen haben.«

Der Erzbischof tat es ihr gleich und nahm einen kleinen Schluck. »Fürwahr, das ist ein guter Tropfen.« Er nippte nochmals. »Ich schmecke Gewürze heraus. Nelken und Holunderblüten, nicht wahr?«

»Ihr habt einen feinen Gaumen, Erzbischof.«

»Doch da ist noch etwas anderes.« Wieder kostete er, kam aber nicht darauf.

»Anis«, erklärte Isabel. »Und wir fügen ein ganz klein wenig Honig hinzu.«

»Einfach köstlich«, lobte er.

»Der Wein ist aus den Trauben gewonnen, die auf dem von meinem Sohn Albert gepachteten Klosterhang gewachsen sind. Auf dem Hang, den der Bischof mir nach dem Tod meines Sohnes genommen hat.«

Der Erzbischof stellte sein Glas ab. »Ich habe ein diesbezügliches Schreiben von Eurem Advocatus erhalten«, sagte er nachdenklich. »Ich verstehe gut, dass dies ein harter Schlag für Euch gewesen war.«

»Meine eigenen Reben gingen in Flammen auf, und die anderen, die wir all die Jahre über gepflegt haben, auf dass sie reichlich Wein bringen mögen, wurden uns genommen. Meine Verzweiflung könnte größer nicht sein.«

»Ich habe mit Bruder Gerberth darüber gesprochen«, erklärte der Erzbischof. »Und ich habe sehr genau geprüft, ob Euch ein Unrecht angetan wurde, indem der Pachtvertrag nach dem Tode Eures Sohnes gekündigt wurde.«

Isabel sah ihn erwartungsvoll an, gespannt, was er als Nächstes sagen würde.

»Sosehr ich es auch bedauere, aber gegen die Entscheidung des Bischofs ist nichts einzuwenden. Eine Frau kann nun einmal nicht die Geschäfte des Mannes übernehmen.«

Damit hatte Isabel nicht gerechnet. Von diesem besonnenen und zuvorkommenden Mann hatte sie sich mehr Verständnis, womöglich gar eine Entschuldigung für das Vorgehen des Bischofs erhofft. »Ihr gebt dem Bischof also recht?«

»In dieser einen Sache, ja«, bestätigte der Erzbischof. »Wenngleich nicht recht ist, dass man Euch die Trauben nahm, die Ihr gezogen habt. Deshalb habe ich verfügt, dass Euch alles bis auf ein Fass, das den Mönchen für ihre Arbeit bei der Lese zusteht, unverzüglich gebracht werden soll.«

»Das ist sehr gütig.« Isabel senkte den Kopf. »Habt Dank, Erzbischof.« Sie zögerte. »Gibt es denn keine Möglichkeit, die Pacht meinem Sohn Conrad einzuräumen und bis zu dessen Erwachsensein in meine Hände zu legen?«

»Wie alt ist Euer Sohn?«

»Sechzehn.«

Der Erzbischof dachte nach. »Also ist er auch schon fast ein Mann?«

Hoffnung keimte in Isabel auf. »Ja, das ist er.«

Der Erzbischof nahm sich einen Moment zum Überlegen. »Wisst Ihr, Isabel, ich will offen Euch gegenüber sein. Die Pachtverträge für die klösterlichen Weinberge laufen allesamt in zwei Jahren aus. Und die Kirche hat beschlossen, sie nicht zu verlängern.«

»Was sagt Ihr da? Aber so viele Menschen hier sind von den Klosterhängen abhängig.« Isabel war erschrocken über das Gehörte.

»Das ist mir bewusst, und diese Entscheidung ist der Kirche nicht leichtgefallen.«

»Davon war bisher nie die Rede.«

»Auch wenn ich Euch nur ungern widerspreche, so muss ich doch sagen, dass dies nicht ganz der Wahrheit entspricht.« Der Erzbischof sah ihr fest in die Augen. »Die Verträge wurden allesamt auf zehn Jahre geschlossen. Diese zehn Jahre sind in zwei Jahren abgelaufen. Dann ist es an der Zeit, dass die Hänge wieder von den Mönchen bestellt werden, wie es immer gewollt war.«

»Die Winzer, die dem damaligen Ruf gefolgt sind, waren meist Bauern, die alles zurückgelassen haben, um sich hier ein neues Leben aufzubauen.«

»Deshalb wollte die Kirche auch im nächsten Jahr, also ein Jahr vor Ablauf der Verträge, auf die Winzer zugehen und ihnen etwas anbieten.«

»Was anbieten?«, fragte Isabel und merkte sogleich, dass ihr Tonfall zu schroff war. Sofort blickte sie zu Boden. »Verzeiht.«

»Ich habe Verständnis dafür, dass Euch das Schicksal der Winzer nicht kaltlässt«, erklärte der Erzbischof. »Nun, eigentlich sollte es jetzt noch nicht nach außen dringen. Aber wenn die Menschen dadurch mehr Zeit haben, sich auf die geänderte Lage einzustellen, kann dies auch nur gut sein«, befand der Erzbischof. »Es gibt in der näheren Umgebung Felder und brachliegende Ackerflächen, die bestellt werden müssen. Die Winzer werden Gelegenheit haben, sich das Angebot der Kirche zu überlegen und diese für zehn Jahre zu pachten.«

»Die Kirche blickt also alle Jahre auf das, was sie hat, sucht Menschen, die das Brachland zur Blüte bringen, und nimmt es ihnen nach zehn Jahren wieder, wenn es neu bereitet ist.«

»Mir gefällt nicht, wie Ihr das Vorgehen der Kirche bewertet.«

»Bei allem Respekt, Erzbischof, ich habe nur ausgesprochen, wie es offenbar ist.« Isabel seufzte schwer.

»Die Menschen würden bis zur ersten Ernte von anderen Flächen der Kirche versorgt werden, ganz so, wie es vor acht Jahren bei den Hängen gehandhabt wurde.«

»Ihr gebt den Menschen Hoffnung und nehmt sie ihnen wieder, wenn sie für die Kirche nicht mehr von Nutzen sind«, sprach Isabel den Vorwurf aus.

»Ihr seid eine kluge Frau. Doch müsst Ihr die Dinge sehen, wie sie sind. Ob Weinberge oder Felder, so tragen sie doch die Oberbegrifflichkeit Nutzflächen. Es muss ein bewertbarer Nutzen aus diesen Flächen gezogen werden. Ein Nutzen für die Menschen.«

»Vor allem ein Nutzen für die Kirche.«

»Ihr seid ungerecht, Isabel. Habt Ihr in den acht Jahren, die Ihr nun die Hänge von der Kirche gepachtet hattet, nicht gut gelebt?«

»Doch, das haben wir. Aber zu arbeiten heißt auch, sich etwas aufzubauen, wovon man länger als zehn Jahre zehren kann. Was ist mit unseren Kindern und Kindeskindern?«

»Nun, selbst wenn sie verbrannt sind, habt Ihr doch wahrhaft riesige Weinbergflächen in Eurem Besitz.«

»Ich, ja. Aber was ist mit den anderen Winzern? Sie waren willkommen, die Arbeit zu verrichten, als der Kirche die Mönche weggestorben waren und die Weinberge keinen Ertrag mehr brachten. Zwei Jahre hat es allein gedauert, die Weinberge wieder so weit aufzubereiten, dass sie im dritten Jahr Trauben trugen. Also bleiben einer jeden Familie, die alle Kraft in das Gedeihen dieser Weinberge gesteckt hat, gerade mal acht Jahre, den Nutzen hieraus zu ziehen.«

»Acht Jahre sind eine lange Zeit.«

»Ein Wimpernschlag im Hinblick auf die Länge eines Lebens.«

Der Erzbischof lächelte. »Auch wenn ich es noch so sehr bewundere, wie leidenschaftlich Ihr für Eure Nachbarn eintretet, werdet Ihr doch nichts am Vorgehen der Kirche und den gefassten Beschlüssen ändern können.«

Isabel betrachtete ihre Hände, die sich in diesem Weinberg jahrelang abgerackert hatten. Sie hatte bisher geglaubt, dass ihr Ungerechtigkeiten nur deshalb widerfuhren, weil sie eine Frau war, doch jetzt begriff sie, dass es all den anderen braven Winzern nicht anders ergehen würde. Sie waren nur einfache Leute, und die Kirche zeigte es ihnen überdeutlich. Doch es hatte keinen Sinn, hierüber einen Disput mit dem Erzbischof zu führen. Er war in der Position des Stärkeren, ganz gleich, wie sehr sie dies quälte.

»Was sagt Ihr also zu meiner Bitte, den Weinberg für die zwei Jahre, die der alte Vertrag noch Bestand gehabt hätte, meinem Sohn Conrad zur Pacht zu überlassen?«

»In seinem Schreiben schlug mir Euer Advocatus etwas anderes vor: Ich solle den Weinberg einem gewissen Matthis Stauber überlassen, der sich bereit erklärt habe, für Euch und Eure Kinder zu sorgen.«

»Ob Matthis oder Conrad ist einerlei«, gab Isabel gleichmütig zurück. »Wir halten alle zusammen.«

»Bevor ich darüber befinde, sagt mir, weshalb hat Euch Abt Dimitrius seinerzeit erlaubt, die Pacht so lange zu verwalten, bis Euer Sohn alt genug war? Das hätte er nicht tun müssen.«

»Er war ein Menschenfreund«, erklärte Isabel.

»Nun, als solchen würde ich mich auch bezeichnen«, stellte der Erzbischof klar. »Ich überlasse Euch den Weinberg für weitere zwei Jahre, Isabel, Euch selbst«, erklärte der Erzbischof dann.

»Mir?«

»Ja. Für den Fall – Gott bewahre! –, dass Euch während der letzten Pachtjahre etwas zustoßen sollte, wäre dann mit einem geeigneten Verwalter wie Matthis Stauber wenigstens das Erbe Eurer Kinder geklärt.«

»Das ist sehr weitsichtig und ebenso großzügig«, sagte Isabel.

»Ich werde eine Urkunde vorbereiten und Eurem Advocatus zukommen lassen. Und das noch heute, denn ich werde bereits morgen wieder abreisen.« Der Erzbischof trank aus, stellte das Glas auf den Tisch und erhob sich. »Dann seid nun so freundlich und lasst mich zu Eurer Tochter gehen. Wie ist ihr Name?«

»Emilia.« Isabel stand ebenfalls auf.

»Emilia. Das ist ein schöner Name.«

»Bitte folgt mir, Erzbischof.« Isabel führte ihn in die Stube hinüber, in der sie ein Krankenlager eingerichtet hatten, damit Emilia nicht oben in ihrer Kammer den ganzen Tag allein war.

Als sie eintraten, wandte Emilia sich ihnen zu. »Mutter!«, rief sie freudig.

»Ich möchte dir jemanden vorstellen, Emilia. Das ist der Erzbischof, und er hat sich erboten, einen Segen zu sprechen, auf dass du rasch gesunden mögest.«

Emilias Augen wurden groß. »Der Erzbischof«, echote sie und versuchte, sich aufzusetzen, was ihr Schwierigkeiten bereitete, da sie sich nur rechts abstützen konnte.

»Bitte, bleibt liegen.« Der Erzbischof eilte sich, zu ihr zu gehen. »Ihr müsst Euch meinetwegen nicht mühen.« Er trat an das Krankenlager heran. »Was für ein schönes Mädchen Ihr seid, Emilia. Ich danke dem Herrn, dass das Feuer diesem Liebreiz nichts anhaben konnte.« Sein Blick fiel auf die Verbände. »Habt Ihr Schmerzen?«

»Es ist schon besser geworden«, sagte sie folgsam. »Doch die verbrannte Haut spannt und entzündet sich immer wieder.«

»Soll ich die Verbände abnehmen, damit Ihr es sehen könnt?«, fragte Isabel, wenngleich sie sicher war, dass der Erzbischof erschrocken ablehnen würde.

»Wenn es Euch nichts ausmacht, Emilia?« Er blickte das Mädchen freundlich an.

»Es macht mir nichts aus«, versicherte sie und hob den Arm, um ihrer Mutter zu bedeuten, dass sie die Verbände lösen sollte.

Isabel sah den Erzbischof kurz an. Sie wurde nicht schlau aus diesem Mann. Dann ging sie auf die andere Seite des Lagers und begann, die Verbände von Emilias Arm abzunehmen.

Der Erzbischof kniff die Augen zusammen, als darunter das verbrannte Fleisch zum Vorschein kam, das so gar nicht zu dem Antlitz dieses hübschen, gesund wirkenden Mädchens passen wollte. »Es tut mir sehr leid«, sagte er zu Emilia, die nun den Arm ohne die Verbände wieder auf die Decke sinken ließ.

Der Erzbischof schloss die Augen, hielt seine Hand über Emilias Arm und ließ sie kreisen. Er sprach nicht laut, bewegte nur die Lippen. Minutenlang verharrte er so, bis er seine Hand zurückzog und die Augen wieder öffnete. »Ich werde fortan jeden Tag für Eure rasche Genesung beten«, kündigte er an.

»Das ist sehr gütig, Erzbischof«, gab Emilia dankbar zurück.

»Ihr seid ebenso stark wie Eure Mutter«, sagte der Erzbischof. »Diese Verbrennung mag noch schmerzhaft sein, doch wird sie keine Macht über Euch gewinnen können. Die Haut wird heilen, Narben werden bleiben. Narben, die eine noch stärkere Haut bilden werden.« Der Erzbischof nahm Emilias Hand in seine, drückte sie und stand dann auf. »Gottes Segen für Euch.« Er sah zwischen den beiden hin und her.

»Habt Dank, Erzbischof. Ich werde Euch hinausbegleiten«, kündigte Isabel an und ging um das Lager herum. »Ich komme gleich wieder«, sagte sie zu Emilia, die der Mutter dankbar zunickte.

Als sie die Eingangstür fast erreicht hatten, machte Isabel ein paar rasche Schritte, um dem Erzbischof zu öffnen.

»Ich wünsche Euch nur das Beste, Isabel Velten. Euch und allen, die Ihr liebt. Gottes Segen mit Euch!«

»Gott schütze Euch, Erzbischof. Ich sehe Euch am Nachmittag bei der Hinrichtung.«

»Ihr kommt auch?«

»Ja, wie ganz Gysinheym. Ich will mit eigenen Augen sehen, wie der Mann bestraft wird, der Abt Dimitrius, Albert und Hanna getötet hat.«

Der Erzbischof, schon im Gehen befindlich, wandte sich Isabel ob ihrer letzten Bemerkung noch einmal zu. »Was sagtet Ihr da?«

Sie tat ahnungslos. »Ich dachte, man hätte Euch davon berichtet«, erwiderte Isabel. »Am Tag, als der Bischof mit seinen Männern wieder nach Gysinheym kam, brannte des Nachts mein Weinberg. Niemand hat es mit eigenen Augen gesehen, doch ich weiß tief in mir, dass er dafür verantwortlich ist. Seinetwegen haben zwei geliebte Menschen ihr Leben verloren, und meine Tochter wird für immer unter den Brandwunden zu leiden haben.«

Der Erzbischof wirkte nachdenklich. »Gott mit Euch, Isabel Velten«, verabschiedete er sich dann und nickte ihr noch einmal zu. Gedankenversunken ging er davon.

»Der Herr mit Euch«, gab Isabel den Gruß zurück. Dann ging sie wieder ins Haus, um sich um ihre Tochter zu kümmern.

Es war ein einziges Gedränge. Ganz Gysinheym schien auf den Beinen zu sein. Isabel, die sich zusammen mit Matthis, Conrad, Friedrich und Wendel einen Weg durch die Menschenmenge bahnte, nickte im Vorbeigehen einigen Umstehenden zu und blieb schließlich vor dem Podium, auf dem die Hinrichtungen stattfinden würden, stehen. Anna war mit Emilia und Gundel zu Hause geblieben, wenngleich sie gezögert hatte, ob sie nicht doch dabei sein wollte, um mit eigenen Augen zu sehen, wie dem verlogenen Bischof das Leben ausgelöscht werden würde.

Lange würde es nicht mehr dauern, bis Peter, des Bischofs Wachmann, auf dem Armesünderkarren vom Kerker hergebracht würde.

Isabel erblickte den Advocatus, der neben dem Vogt stand und ihr in diesem Moment zunickte. Sie erwiderte den Gruß.

Unruhe kam auf, und Isabel sah in die Richtung, in die sich nun auch die anderen Köpfe wandten.

»Geht beiseite«, hörte sie den Büttel rufen, der vor dem Karren ging und dafür zu sorgen hatte, dass die Menschen eine Gasse bildeten, durch die der Karren mit seiner traurigen Fracht gebracht werden konnte. Der Verurteilte wurde beschimpft und mit faulen Äpfeln beworfen. Isabel konnte wegen der vielen Menschen kaum etwas sehen. Wütende und verächtliche Rufe schmetterten dem Verurteilten entgegen. Erst nachdem der Karren in einem großen Bogen durch die Menschenmenge geführt worden war, damit jeder noch so Geringe die Gelegenheit bekam, den Verurteilten anzuspucken und durch die Gitterstäbe mit Stöcken und Schlägen zu drangsalieren, erreichte er schließlich die Richtstätte.

Von der anderen Seite trat in diesem Moment der Henker heran und stieg unter dem Jubel der Menschen auf das Podium. An Tagen wie diesen war er ein beliebter Mann, während er in der Zeit, da er niemanden zu quälen und dem Tode zuzuführen hatte, von den Menschen gemieden wurde. Isabel hatte das nie verstanden. Aber nun ja, ein jeder suchte sich aus, wie er leben wollte, und musste dann eben mit dieser Entscheidung zurechtkommen.

Der Henker hob dankbar die Hände ob des Beifalls, dann bedeutete er den Bütteln, den Verurteilten aus dem Gitterkasten herauszuholen und auf das Podium zu bringen.

Der Wachmann war vollkommen ruhig, schien ungerührt dessen, dass er gleich den Tod zu erwarten hatte, und leistete nicht den geringsten Widerstand. Sein Gesicht war dreckverschmiert, in seinen Haaren klebten die Reste eines faulen Apfels. Zwei Büttel schubsten ihn auf das Podium, woraufhin die Menge erneut jubelte. Sie führten ihn auf die rechte Seite hinüber, weil in diesem Moment der Vogt ebenfalls heraufstieg. Die Menschen riefen seinen Namen, brachten ihre Begeisterung zum Ausdruck. Der Vogt wartete einen Moment, bis es ruhiger wurde, und hob dann die Hände zum Zeichen, dass er das Wort an die Menschen richten wollte.

»Ihr braven Gysinheymer«, sagte er so laut, dass ihn auch der Hinterste auf dem Platz verstehen konnte. »Eine schwere Zeit liegt hinter uns. Wir hatten den Verlust unseres geschätzten, ja geliebten Abtes Dimitrius zu betrauern. Wir wissen, wer der Hauptschuldige ist, der diese frevelhafte Tat heimtückisch in Auftrag gab, der Bischof!«

Rufe wurden laut, und der Vogt bat sich mit einer Handbewegung erneut Ruhe aus.

»Der Bischof war es, der diesen Wachmann hier, der in seinem Dienst stand, damit beauftragte, dem Abt die Kehle durchzuschneiden.«

Helle Frauenstimmen schrien entsetzt auf, andere schimpften.

»Dafür soll er am Galgen hängen so lange, bis der Tod ihn holt«, rief der Vogt. »Peter«, sprach er den Verurteilten direkt an, »wenn Ihr uns den Namen des zweiten Mannes nennt, der mit Euch zusammen die Tat beging, so werden wir Euch ein Messer ins Herz stechen, sollte Euer Genick nicht sogleich brechen.«

Der Verurteilte hielt dem Blick des Vogts stand, sagte aber kein Wort.

»Nun gut.« Der Vogt zuckte mit den Schultern. »Dann soll es qualvoll sein.«

»Es war nicht recht, den Abt umzubringen«, sagte nun der Verurteilte zur Überraschung aller. »Ebenso wenig, wie es recht war, die Weinberge der Veltens anzuzünden. Und doch habe ich es getan. Aber den Namen meines Kumpans werde ich Euch nicht verraten.«

Der Vogt sah ihn an. »Wenn Ihr wusstet, dass es nicht recht war – warum habt Ihr es getan?«

»Wir hatten einen Befehl, und den haben wir ausgeführt.« Peter hob den Kopf. »Ich tat es, weil der Bischof es mir befahl. Er hat den Tod des Abts gewollt, also musste der Abt sterben.«

Wüste Beschimpfungen wurden dem Mann nach diesen Worten entgegengeschleudert. Die Menschen brüllten ihre Empörung heraus, schrien ihre Wut heraus.

Der Vogt sah den Verurteilten erstaunt an. Keinen Silberling hätte er zuvor darauf gewettet, ein solches Geständnis zu hören, nachdem der Wachmann all die Tage seit seiner Verhaftung nicht ein Wort gesagt hatte. Der Vogt drehte sich zum Erzbischof um, der hinter dem Podium stand, um ihn so vor den Blicken der Menschen zu schützen. Sie sahen sich an, dann nickte der Erzbischof.

Der Vogt wandte sich wieder dem Volk zu und hob die Hände. »Ein jeder von uns weiß, wie mächtig die Mächtigen sind. Diese arme Seele hier glaubte, keine andere Wahl zu haben, als den Befehl des Bischofs auszuführen.«

»Hängt ihn endlich!«, erschallte ein Ruf aus der Menge.

Der Vogt sah wieder zu dem Verurteilten. »Ich, der Vogt Gysinheyms, werde dir die Gnade gewähren, dich nicht lang am Galgen baumeln zu lassen, sollte dein Genick nicht gleich brechen.«

Widerspruch kam aus dem Volk, die volle Härte wurde gefordert. Der Vogt blieb unbeirrt, zückte sein Messer. »Henker, waltet Eures Amtes. Ich stehe mit meinem Messer bereit.«

Der Verurteilte sah den Vogt an, nickte, sagte aber kein Wort mehr. Der Henker fasste ihn am Arm, und die Büttel, die die ganze Zeit rechts und links von ihm gestanden hatten, machten einen Schritt zurück. Ohne den geringsten Widerstand ließ er sich vom Henker unter den Galgen führen und auf den bereitstehenden Baumstumpf bugsieren.

Der Henker stieg auf den danebenstehenden Hocker. »Hast du noch etwas zu sagen, bevor wir deine arme Seele der Ewigkeit übergeben?«

Peter stand regungslos da und blickte in die Gesichter der Menschen, sah ihre Verachtung. Dann schüttelte er langsam den Kopf. Der Henker legte ihm den Galgen um den Hals und zog die Schlinge zu. Dann stieg er von dem Hocker herunter.

Ein erster Ruf erschallte: »Hängt ihn, hängt ihn!« Immer mehr Stimmen fielen ein, sodass es wie aus einem Mund klang. Immer lauter wurden die Rufe, immer rascher der Takt. Schließlich trat der Henker den Baumstumpf um, und Peter sackte herab. Er röchelte. Mit drei großen Schritten war der Vogt bei ihm und rammte ihm sein Messer ins Herz. Augenblicklich hörte das Zucken auf, kein Röcheln war mehr zu hören. Der Mann war tot.

Jubel brandete auf, jedoch ebenso Rufe, dass er es zu leicht gehabt hätte. Das Volk wollte mehr sehen als nur einen kurzen Moment der Angst und Pein.

Der Vogt blickte in die Richtung, aus der zuvor der Armesünderkarren mit Peter gekommen war, und gab dem dort wartenden Büttel ein Zeichen. Kurz darauf rumpelte der nächste Karren, in dem der Bischof saß, auf den Platz. Genau wie zuvor schimpften, schlugen und spuckten die Menschen. Doch diesmal schien wesentlich mehr Wut, womöglich auch Trauer dabei zu sein, denn die Angriffe auf den Bischof waren so heftig, dass die Büttel Mühe hatten, den Karren durch die Menge zu manövrieren. Weitere Büttel kamen herbeigelaufen, um ihren Kollegen zu helfen und sicherzustellen, dass die Hinrichtung des Bischofs auf dem Podium und nicht schon auf dem Weg dorthin erfolgte. Der Bischof schrie wie am Spieß.

Isabel reckte den Hals und versuchte, einen Blick auf ihn zu erhaschen, doch sie sah nur Köpfe. Sie hörte Beschimpfungen, wurde selbst geschubst und angerempelt. »Komm weiter hier herüber«, mahnte Matthis und zog Isabel ein Stück aus der Menge heraus. Conrad, Friedrich und Wendel traten ebenfalls beiseite, um nicht mitgerissen zu werden.

»Lasst die Büttel ihre Arbeit tun, oder ich werde die Hinrichtung verbieten«, brüllte der Vogt und sprang vom Podium herunter. Grob stieß er die Menschen beiseite, um sich einen Weg zu dem Karren zu bahnen. »Geht zurück, oder es wird keine Hinrichtung geben!«, brüllte er erneut, und dieses Mal verfehlten seine Worte ihre Wirkung nicht. Die Menschen gingen einige Schritte zurück. »Noch weiter! Und Hände weg! Keiner berührt mehr den Karren, oder ich selbst werde ihn mir vornehmen.«

Die Menschen wichen noch ein Stück zurück, während der Vogt seinen wütenden Blick weiter auf sie gerichtet hielt. »Zum Podium mit ihm!«, wies er die Büttel an, die sich eilten, den Karren wieder in Bewegung zu setzen. Die Gysinheymer vor ihnen machten Platz und bildeten eine Gasse. Der Vogt bahnte sich seinerseits einen Weg und blieb neben dem Karren stehen, als dieser am Podium hielt. Er öffnete den Gitterverschlag, packte den Bischof am Arm. Es bedurfte zwei weiterer Büttel, um den zeternden und sich windenden Mann auf das Podium zu hieven.

»Haltet still, verdammter Kerl!«, schnauzte der Vogt und versetzte ihm einen Stoß.

Der Bischof warf sich auf dem Podium auf die Knie. »Gnade! Habt Erbarmen! Habt Erbarmen mit einem armen Sünder! Habt Erbarmen!«, jammerte er laut und heulte Rotz und Wasser.

Der Vogt trat an den Rand des Podiums. »Es ist nicht an mir, über einen Kirchenmann zu richten«, rief er. »Neigt Eure Häupter, Gysinheymer, und begrüßt in Demut den Erzbischof!«

Der kleine Mann trat auf das Podium, und sofort verstummten alle. Ehrerbietig senkten die Gysinheymer die Köpfe. Der Erzbischof nickte wohlwollend.

Der am Boden kauernde Bischof blickte auf, bemerkte, dass keiner mehr zu ihm sah, und stürzte wie von Sinnen los, von dem Podium herunter. Er schubste die Menschen beiseite, um sich einen Weg zu bahnen. Die Büttel rannten ihm nach, doch noch bevor sie ihn eingeholt hatten, streckte der Schmied den Kirchenmann mit einem einzigen Faustschlag nieder.

»Kriech zurück und lass dich richten, du Schwein!«, sagte der Schmied und spuckte ihm mitten ins Gesicht.

Die Büttel hatten ihn nun erreicht, packten den kurzzeitig Bewusstlosen und schleiften ihn zum Podium zurück.

Der Erzbischof hatte das Geschehen ohne jede Regung, aber mit interessierter Miene verfolgt. Er wartete, bis die Büttel den Bischof wieder an genau derselben Stelle wie zuvor zu Boden brachten. Dann hob er die Hände, um sich Ruhe auszubitten. »Hört, Ihr braven Gysinheymer!«, begann er. »Ein Kirchenmann, einer der Unseren, der Abt Dimitrius, hat Freude und Glauben in Euer Leben gebracht, Euch Trost gespendet und Euch beigestanden. Und ein anderer Kirchenmann hat Euch Trauer und Leid bereitet. Es ist nicht einfach, das zu begreifen, was Ihr mit ansehen musstet. Heute nun soll erneut Gerechtigkeit Einzug halten in Gysinheym, auf dass Eure Seelen und Herzen wieder Ruhe finden und Ihr Menschen weiter im gottgewollten Miteinander leben könnt.« Er deutete auf den Bischof. »Eine jämmerliche Seele hat uns allen ihre widerlichste Fratze gezeigt. Er wollte Euch Winzer betrügen, tötete den Abt, steckte die Velten'schen Reben in Brand und brachte so zwei weitere reine Seelen um ihr Leben.«

Isabel sah zu Matthis hinüber, der ihren Blick erwiderte. Es lag Genugtuung darin.

»Ein wunderschönes Mädchen«, fuhr der Erzbischof fort, »wird ihr Leben lang unter den schweren Verbrennungen zu leiden haben, die ihr durch den Brand widerfahren sind. An all diesen Taten trägt dieser dort die Schuld. Hieran besteht für mich, der ich befugt bin, im Namen der Kirche über ihn zu richten, kein Zweifel.« Er stieß den Bischof mit dem Fuß an. »Gibt es noch etwas, das Ihr hier und jetzt sagen wollt, um Eure Seele von ihrer Qual zu befreien?«

Der Bischof jammerte unaufhörlich, schluchzte, wurde von Weinkrämpfen geschüttelt. »Ich war besessen von dunklen Mächten. Es waren die Juden, sie belegten mich mit einem Fluch. Andersgläubige zogen durch die Lande, ich bin ihnen begegnet. Sie waren es, sie waren es!«

Einige Menschen wichen von dem Podium zurück, als hätten sie Angst, dass das, was den Bischof befallen hatte, auf sie überspringen könnte.

Der Erzbischof verzog keine Miene. »Dann wird es eine Erleichterung für Euch sein, wenn wir Euch von Euren Qualen befreien«, befand er und bedeutete dem Henker, den Bischof zu holen.

Wieder jaulte der Bischof auf, als der Henker herüberkam, ihn packte und zu dem Baumstumpf zerrte. Die Büttel kamen herbei und fassten mit an, um den wild um sich tretenden Mann zu bändigen. Zwei Büttel drückten den Oberkörper des Bischofs auf den Baumstumpf, während ein dritter sich daranmachte, die Hände des Verurteilten vor dem Baumstumpf zu fesseln. Dabei gelang es dem Bischof noch einmal, seine Arme zurückzuziehen und sich aus dem Griff des Büttels herauszuwinden.

»Jetzt habe ich aber genug«, schnauzte der Henker, schob den Büttel beiseite, packte den linken Arm des Bischofs, riss ihn nach hinten hoch und versetzte ihm mit der anderen Hand einen harten Schlag oberhalb des Schulterblatts. Es krachte, und der Bischof schrie wie am Spieß. Der Henker ließ los, und der Arm des Bischofs fiel, ohne dass dieser ihn noch hätte halten können, herab. Der Henker trat einen Schritt zurück, um dem Büttel Platz zu machen, der den nun vollkommen schlaff herunterhängenden Arm nach vorn zog und die Hände des Verurteilten vor dem Baumstumpf fesselte.

Isabel bemerkte, dass das Schultergelenk auf der Seite, auf die der Henker geschlagen hatte, unnatürlich hochstand. Matthis sah es ebenfalls und raunte ihr zu: »Er hat ihm das Gelenk aus der Schulter geschlagen.« Es klang anerkennend. Isabel gönnte dem Bischof jede nur denkbare Art der Qual, doch die Brutalität, die sich vor ihren Augen abspielte, verursachte ihr Übelkeit.

Der Bischof, der dort kniete, den Kopf seitlich auf dem Baumstumpf, die Hände gefesselt, wimmerte nur noch leise.

Der Erzbischof trat neben den Bischof und blickte auf die Menschen. »Sehet nun, Ihr braven Gysinheymer, was mit einem geschieht, ob Bauer, Knecht oder Bischof, der solche Taten begeht, und erzählt es denen, die es nicht mit eigenen Augen gesehen haben. Wer mordet – gleich, welchen Standes –, ist des Todes.« Er trat beiseite. »Möge der Herr seiner Seele gnädig sein.«

Der Erzbischof sah zum Henker, der das am Galgen bereitstehende Beil holte und den Bütteln bedeutete, zurückzutreten. Mit Schwung hob er es in die Höhe. Die Menschen hielten den Atem an. Der Henker verharrte so und sah zum Erzbischof, der ihm zunickte. Daraufhin ließ er das Beil heruntersausen und durchtrennte den Hals des Bischofs mit einem einzigen Schlag. Der Kopf fiel herunter, rollte noch ein kleines Stück und blieb dann liegen. Die Menschen jubelten, brüllten ihre Erleichterung heraus. Es war getan.

18. Kapitel

Der Erzbischof hielt Wort. Noch vor seiner Abreise ließ er Isabel die Urkunde zukommen, die zuvor bereits von ihrem Advocatus geprüft worden war. Und selbst wenn nicht, so hätte auch sie erkannt, dass diese genau der Vereinbarung entsprach, die Isabel und der Erzbischof miteinander getroffen hatten: Noch zwei weitere Jahre durfte sie die Pacht ausüben und den klösterlichen Hang bestellen. Danach würden die Mönche den Weinbau wieder selbst übernehmen. Ebenfalls am gleichen Tage brachten die Klosterbrüder die Weinfässer, die der Erzbischof Isabel zugesichert hatte. Mochte man von der Kirche und der Art, wie sie mit den Menschen umging, halten, was man wollte – zumindest der Erzbischof hatte Wort gehalten.

Matthis wie auch die anderen Winzer hatten schockiert auf die Mitteilung Isabels reagiert, als diese von dem Vorhaben der Kirche berichtet hatte. Eine neuerliche Beratung mit dem Advocatus brachte kein anderes Ergebnis, als dass die Kirche das Recht auf ihrer Seite hatte und mit ihrem Eigentum verfahren konnte, wie sie wollte. Ihnen allen blieben zwei weitere Jahre. Innerhalb dieser Frist musste ihnen etwas einfallen, wie sie künftig die Ihren ernähren konnten, wollten sie nicht gezwungen sein, das für die Zeit danach angedachte Angebot der Kirche zur Bestellung der brachliegenden Ackerflächen anzunehmen.

Gysinheym kehrte nach den Wochen und Monaten der Aufregung und Veränderung fürs Erste zum Alltag zurück.

Isabel und Matthis trafen sich in der Kelterei, um die Fässer zu zählen und zu besprechen, wie die Auslieferung geregelt werden sollte.

»Ich fürchte, wir werden eine Menge Ärger bekommen«, sagte Matthis. »Albert und ich haben vielen Wirten und Händlern Zusagen gemacht, die wir nun nicht einhalten können.«

Isabel zuckte mit den Schultern. »Der Brand war nicht vorherzusehen, und keiner von uns hat das gewollt. Wir können nichts daran ändern und müssen genau abwägen, wen wir beliefern und wen nicht.«

»Und was ist mit dem Hansefest?« Diese Frage brannte Matthis unter den Nägeln.

Isabel wiegte den Kopf. »Ich fürchte, daraus wird nichts. Nicht dieses Jahr«, fügte sie rasch hinzu.

»Isabel, selbst wenn wir genug Setzlinge kaufen können, was ich angesichts der Größe der Fläche nicht glaube, werden die neuen Reben frühestens in drei, womöglich auch erst in vier Jahren tragen. Wir müssen also so viel Geld wie möglich mit dem jetzigen Verkauf erzielen. Sonst werden wir es nicht schaffen«, beschwor Matthis die Winzerin.

»Aber so vergraulen wir nur einen Teil der Kunden, mit denen ihr Geschäfte abgeschlossen habt. Wenn wir den Wein, den wir haben, auf dem Hansefest verkaufen, bleibt nichts für die Wirte und Händler, denen ihr euer Wort gegeben habt. Und was, glaubst du, werden die Bremer Wirte und Händler sagen, wenn die von euch zugesicherten Lieferungen nicht erfolgen und sie dann entdecken, dass an einem Stand auf dem Hansefest ebender Wein verkauft wird, der ihnen versprochen war? So etwas spricht sich herum. Glaub mir, danach wird keiner mehr Geschäfte mit uns machen wollen.«

»Darüber habe ich auch nachgedacht. Es gibt einige Bremer, mit denen wir Geschäfte abgeschlossen haben.« Matthis überlegte einen Moment. »Aber dennoch ist der Gewinn, den wir erzielen könnten, wenn wir den Wein direkt an die Festbesucher abgeben, um ein Vielfaches höher als beim Verkauf an die Wirte und Händler. Woher sollen wir das Geld für neue Setzlinge nehmen, wenn wir mit dem, was wir noch zu verkaufen haben, nicht genug verdienen? Und wir müssen auch alles andere bezahlen.«

»Was meinst du damit?«

»Die Mägde und Knechte, unser Essen, neue Schuhe für den Winter. Friedrich, Wendel und Conrad wachsen so rasch, dass ihre Kleidung schon jetzt an manchen Stellen zu eng ist. Zu kurz kann sie sein, aber wenn sie einfach nicht mehr hineinpassen …« Er machte eine hilflose Geste mit den Händen. »Was dann, Isabel?«

»Wann bist du nur so erwachsen geworden?«, fragte sie, und trotz der angespannten Situation schwang Stolz auf Hannas Sohn in ihrer Stimme mit.

»Während ich mit dir und Mutter im Weinberg war und Trauben gelesen habe«, gab er freundlich zurück. »Ich habe dir nie dafür gedankt.«

»Wofür?«

»Für alles. Nach Vaters Tod wussten wir nicht mehr ein noch aus. Du hast uns ein Zuhause gegeben, und zwar ein besseres, als wir je zuvor hatten. Und du hast uns nie spüren lassen, wem dieses Heim gehört.«

»Es wurde für mich erst ein Heim, als deine Mutter mit euch zusammen hier einzog. Davor war es nur das frühere Haus Augustin Schonaus. Mehr nicht. Ein Haus wird erst ein Heim, wenn Menschen darin ein gemeinsames Leben führen. Davor ist es nichts als Mauerwerk.« Isabel sah ihn gedankenversunken an. »Erinnerst du dich an das Gespräch an dem Tag, als Simon und Ludger kamen? Das, bei dem Albert noch dabei war.«

»Gewiss.«

»Ich habe es damals nicht gleich verstanden. Ich meine, weshalb es dir so wichtig war, dass ein Teil der schonauschen Hänge dir gehören sollte. Für mich hat es nie einen Unterschied gemacht, auf wessen Namen die Eigentumsurkunde lautet. Wir haben alle gearbeitet, und deshalb hat jeder von uns den gleichen Anteil verdient. Alles Geld war gemeinsam verdient, alle Anschaffungen wurden gemeinsam getätigt. Was auf den Tisch kam, wurde ebenso geteilt wie alles andere auch. Doch jetzt, wo ich nach Alberts Tod kurz davor war, nichts mehr zu haben, verstehe ich es.«

»Meinen Wunsch nach Besitz?«

»Deinen Wunsch, einen legitimen Anspruch auf das zu haben, für das du arbeitest.«

»Ich bin froh, dass du mich verstehst«, erwiderte Matthis. »Noch glücklicher bin ich jedoch darüber, dass ich eine gute Lehrmeisterin hatte, die mir zeigte, was Eigentum bedeutet und worin der wahre Wert einer Sache liegt. Deshalb müssen wir, die wir für einen guten Verkauf zu sorgen haben, uns einigen, an wen der Wein gehen soll.« Er atmete tief durch. »Es bleibt doch trotz des Brandes dabei, dass wir uns den Besitz künftig teilen, nicht wahr?«

»Wie könnte das Feuer etwas daran geändert haben?«

»Und auch deshalb bin ich für das Hansefest«, kam er zum eigentlichen Thema zurück. »Wir brauchen das Geld, Isabel. Sonst können wir den verbrannten Weinberg nicht neu bepflanzen.«

»Aber wenn wir die Händler und Wirte vergraulen, wird keiner mehr Geschäfte mit uns machen, und dann können wir uns das Setzen neuer Reben schenken.«

»Selbst wenn wir auf die Teilnahme am Hansefest verzichten, haben wir nicht genug Weinfässer, um alle Händler und Wirte zu beliefern, mit denen wir Vereinbarungen getroffen haben.«

»Wir könnten ihnen weniger liefern, als sie bestellt haben.«

»Und du meinst, das würde ihren Zorn mindern?« Matthis schien nicht überzeugt.

»Du glaubst, wir werden es nicht schaffen, nicht wahr?«

»Was meinst du?«

»Dass wir nicht genug verdienen werden, um alles zu bezahlen und auch noch die neuen Setzlinge zu kaufen.«

Er schüttelte langsam den Kopf. »Uns fehlen zwei Dutzend große Fässer und noch einmal ein Dutzend von den kleineren. Nein, Isabel. Hiermit werden wir es nicht schaffen, und ich habe Angst, ob wir alle durchbringen können.«

»Schlimmstenfalls verkaufen wir das Haus«, bot Isabel an.

»Das Haus?«, echote er. »Und wo sollen wir dann leben?«

»Im Dorf«, sie zuckte mit den Schultern, »auch wenn der Weg zu den Hängen weiter wäre. Wir könnten alle ein wenig zusammenrücken. Ich könnte mir mit den Mädchen eine Kammer teilen und ihr Burschen euch eine andere. Es würde schon gehen.«

»Und wo willst du die Händler empfangen, wenn sie auf ihren Reisen einen Abstecher zu uns machen wollen, um die Weinberge zu sehen, wo wir unsere Reben ziehen?«

Hierauf wusste Isabel nichts zu sagen.

»Es würde unser Ansehen nur verschlechtern, Isabel. Es geht nicht darum, was wir wirklich brauchen oder ob wir uns einschränken könnten. Kein Händler will einen Winzer in einer elenden Kammer aufsuchen. Wir verkaufen Wein. Die Menschen könnten auch Wasser trinken, aber sie genießen das Gefühl, wenn der Wein ihre Kehlen hinunterläuft. Sie schmecken die Sonne, die die Reben nährt, sie schmecken die Erde, die alles wachsen lässt. Reben bedeuten ein gutes Leben. Das ist es, was die guten Weine ausmacht.«

Isabel nickte. »Auch wenn ich dir zustimme, habe ich kein gutes Gefühl dabei. Was ist, wenn wir allen Wein, den wir noch haben, zum Hansefest mitnehmen und ihn dort nicht verkaufen können? Dann haben wir unsere neuen Kunden vergrault und dennoch keine Münzen.«

Matthis musste sich eingestehen, dass er diesen Gedanken bisher verdrängt hatte. Schließlich war es alles andere als sicher, dass das bevorstehende Hansefest ein ebensolcher Erfolg würde wie im letzten Jahr und dass die Besucher nicht am Ende ein Bier dem Wein vorziehen würden. »Kennst du das Gefühl, etwas genau zu wissen, ohne dass du sagen könntest, woher?« Matthis kam sich dumm vor, als er diese Frage stellte, doch war es das, was er fühlte.

Isabels Miene veränderte sich. Eben noch angespannt und voller Sorge, wirkte sie nun von einem Moment auf den anderen entspannt. »Ja, Matthis, dieses Gefühl kenne ich gut. Und das hast du, wenn du an das Hansefest denkst?«

»Ja, Isabel, das habe ich. Ich hatte es vom ersten Moment an, als ich damals in Bremen davon hörte.«

Isabel überlegte kurz. »Dann machen wir es so«, entschied sie und bemühte sich, eine Zuversicht auszustrahlen, die sie nicht spürte.

»Und wenn ich mich doch irren sollte?«

»Dann müssen wir das Haus verkaufen, und du musst dir mit Conrad und deinen Brüdern eine Kammer teilen. Und Conrad schnarcht ganz fürchterlich«, fügte sie scherzend hinzu.

»Dann sollte ich wohl besser recht behalten«, gab er schmunzelnd zurück.

»Komm, gehen wir zum Hafen und suchen uns einen Kahn, der groß genug ist, alles, was wir noch haben, nach Bremen zu bringen.« Isabel fasste Matthis' Arm. »Wir werden es schaffen,

Matthis! Ich werde dich nach Bremen begleiten und mein Bestes tun. Du wirst nicht allein dastehen, wenn die Wirte dich in die Pflicht nehmen wollen.«

»Wirklich?« Matthis umarmte sie. »Ich bin aufrichtig erleichtert. Eine Frau werden sie hoffentlich weniger beschimpfen als einen jungen Kerl, der seine Verpflichtungen nicht einhält.«

»Ob Mann oder Frau ist denen egal. Aber so oft, wie ich in meinem Leben schon beschimpft worden bin, macht es mir nichts mehr aus.«

Gemeinsam gingen sie hinaus, und Isabel wies die Knechte an, alle Weinfässer bis auf ein einziges kleines Fass in den Innenhof zu schaffen und für die Reise nach Bremen bereitzustellen. »Das eine Fass behalten wir für Gäste, wenn sie unseren Wein kosten möchten. Alle anderen setzen wir in bare Münze um.«

Drei Tage später war es so weit. Der Kahn war voll beladen und lag tief im Wasser, so tief, dass Isabel Sorge hatte, dass er womöglich überspült werden könnte, sollte auch nur ein harmloses Unwetter auftreten. Emilia und Anna blieben mit dem Gesinde auf dem Gut. Matthis, Conrad, Friedrich, Wendel und Isabel hatten die gestapelten Fässer wieder und wieder kontrolliert, die Seile geprüft und sich schließlich ein kleines Lager bereitet, um die lange Fahrt nach Bremen anzutreten. Sie waren neben dem Schiffer und dem Bootsjungen die einzigen Menschen an Bord. Die Weinfässer nahmen so viel Platz ein, dass keine weiteren Passagiere mitgenommen werden konnten.

Zuerst fuhren sie mit dem Oberländer auf dem Rhein von Gysinheym nach Köln, wofür sie nicht ganz fünf Tage brauchten. Dann ging es mit Pferden und Wagen binnen gut viereinhalb Tagen über Land von Köln nach Vlotho und von dort aus mit einem Lastenkahn auf der Weser über Minden, Nienburg und Verden nach Bremen. Am Mittag des vierzehnten Tages fuhren sie in Bremen ein und legten an der Schlachte, dem Bremer Hafen, an.

Isabel war erschöpft, aber auch nervös und gespannt, was sie in der fremden Stadt erwarten würde. Sie hoffte, dass der Zorn der Wirte und Händler sich in Grenzen halten würde und diese wenigstens etwas Verständnis für den Schaden, den der Brand angerichtet hatte, aufbringen würden. Doch, so ehrlich betrachtete sie die Situation, konnte sie kaum darauf hoffen, allzu einfach aus der Sache herauszukommen, da ebenso jeder Wirt und Händler Geschäfte machen wollte und ein abgebrannter Weinberg sie nur mäßig interessieren würde.

Der Bootsjunge warf einem Burschen an Land ein Seil zu, das dieser sogleich am Kai vertäute. Die gleichmäßige Strömung, die sie bis hierher getragen hatte, trieb sie noch etwas weiter, bis das Seil spannte und dann durch ein zweites, das der Bootsjunge hinüberwarf, verstärkt wurde. Der Schiffer kam herbei, legte die Planke aus und vergewisserte sich, dass sie hielt. Dann reichte er Isabel die Hand, die mit etwas wackligen Schritten auf die andere Seite ging. Matthis folgte ihr, einen Moment danach kamen auch die anderen.

»Wir werden Ochsenkarren besorgen und dann die Fässer abladen«, sagte Isabel an den Schiffer gewandt.

»Lasst Euch ruhig Zeit«, erwiderte dieser. »Ich lege mich auf meinem Kahn für eine Weile aufs Ohr.«

»Ist gut«, gab Isabel zurück und sah sich um. Sie musste daran denken, wie Hanna ihr das geschäftige Treiben am Hafen beschrieben hatte. Hiervon war heute nichts zu spüren, und Isabel beschlich ein ungutes Gefühl. »Soll das Hansefest nicht bereits in zwei Tagen beginnen?«, fragte sie Matthis.

»Soweit ich weiß, schon.«

»Hm, im Moment sieht es hier aber nicht danach aus.«

Ein Mann näherte sich ihnen mit raschen Schritten und rief: »Da seid Ihr ja endlich!«

»Jetzt geht der Ärger los«, raunte Matthis Isabel zu, setzte dann jedoch ein Lächeln auf und ging dem Mann entgegen.

»Wir erwarten Euch schon. Alles ist bereit. Fast fürchtete ich, Ihr würdet den Weg nach Bremen nicht finden.«

»Isabel.« Matthis drehte sich zu ihr um zum Zeichen, dass sie herüberkommen möge, und wandte sich dann wieder dem Mann zu. »Darf ich Euch meine Geschäftspartnerin Isabel Velten vorstellen? – Isabel, das ist der Wirt der Schenke ›Zur roten Sau‹.«

»Gott zum Gruße, Wirt«, sagte Isabel.

»Geschäftspartnerin?«, fragte der Wirt nach. »Ich dachte, der andere, der, mit dem zusammen Ihr bei mir wart, sei Euer Partner.«

»Das war mein Sohn Albert«, antwortete Isabel statt Matthis. »Er ist tot.«

»Oh, verzeiht«, murmelte der Wirt. »Es war nicht grob gemeint.«

»Das konntet Ihr ja nicht wissen. Albert ist bei einem schrecklichen Brand in unserem Weinberg ums Leben gekommen. Der Brand ist auch der Grund, weshalb wir mit leeren Händen vor Euch stehen«, erklärte Isabel.

Der Wirt runzelte die Stirn. »Wie meint Ihr das, mit leeren Händen?«

»Der Wein«, sagte nun Matthis. »Wir können Euch nicht liefern, was vereinbart war.«

»Was soll das heißen?« Der Blick des Wirts verfinsterte sich. »Ich brauche den Wein, habe anderen Winzern Absagen erteilt. Ich kann auf keines der Fässer verzichten.« Er sah an Matthis und Isabel vorbei, blickte zunächst auf Friedrich, Wendel und Conrad, dann hinüber zum Kahn. »Da ist doch alles voller Fässer«, beschwerte er sich.

»Das ist wahr. Doch den Wein brauchen wir selbst und können ihn daher nicht abgeben.«

»Was soll das bedeuten, Ihr braucht ihn selbst?« Er funkelte Matthis zornig an.

»Wir haben einen Stand auf dem Hansefest. Dafür ist der Wein bestimmt.«

»Was?« Der Wirt machte einen Schritt auf Matthis zu. »An unsere Vereinbarung wollt Ihr Euch nicht halten, aber den Wein auf dem Hansefest verkaufen? Das ist Betrug! Wir haben eine Vereinbarung, und Ihr habt Euch daran zu halten, genau wie ich auch. Ich habe mich auf Euer Wort verlassen und fordere nun die zwei Fässer, die Ihr mir versprochen habt.«

»Es tut uns sehr leid«, versuchte Isabel den Wirt zu besänftigen.

»Mit Verlaub, Eure Entschuldigung könnt Ihr Euch sonst wo hinschmieren.« Er hob den Zeigefinger und fuchtelte damit vor Matthis' Gesicht herum. »Ich werde meinen Wein bekommen, verlasst Euch drauf!« Er sah sich um. »Ewald, Werner«, rief er zwei Männern zu, die gerade einen Ochsenkarren beluden. »Kommt her und helft mir!«

Die Angesprochenen blickten auf und kamen sogleich herbeigelaufen.

»Was habt Ihr vor?«, fragte Isabel ängstlich.

»Wir sind hier in Bremen.« Der Wirt sah sie wütend an. »Und hier hält man sich an die Vereinbarungen, die man getroffen hat.«

Die beiden Männer waren zu ihnen herangetreten, und der eine fragte: »Was ist?«

»Diese Winzer haben mir eine Weinlieferung zugesagt, auf die ich mich verlassen habe, und nun wollen sie mir die Fässer nicht geben.«

»Weshalb nicht?«, fragte Ewald. »Seid Ihr Euch über den Preis nicht einig?«

»Darum geht es nicht«, erklärte Isabel so freundlich wie möglich. »Wir haben leider nicht genug Wein.«

Die beiden Männer, die hinzugekommen waren, sahen wie zuvor der Wirt zum Kahn hinüber. »Da ist doch alles voller Fässer. Wieso gebt Ihr ihm dann keine?«

»Weil wir sie selbst brauchen.« Matthis blickte von einem zum andern.

»Dann hättet Ihr ihm nicht versprechen dürfen, dass er welche bekommt.«

»Ihr bleibt hier und lasst die Winzer ebenso wenig aus den Augen wie den Kahn mit dem Wein. Ich hole die Büttel. Das werden wir ja sehen, ob ich meinen Wein bekomme oder nicht.« Der Wirt wandte sich zum Gehen.

»Bitte wartet«, bat Isabel und warf Matthis einen Blick zu. »Ihr bekommt Euren Wein.«

Der Wirt blieb stehen. »Zwei Fässer zu je fünfzehn Gulden.«

»Ganz recht«, bestätigte Isabel. »Ihr könnt sie haben. Aber bitte sagt den anderen Bremer Wirten nicht, dass Ihr sie von uns habt. Wenn wir noch mehr abgeben müssen, bedeutet das unser Ende.«

Ewald verdrehte die Augen. »Erst Wein verkaufen und ihn dann nicht rausgeben wollen. Verstehe einer die Winzer.« Er wandte sich dem Wirt zu. »Können wir dann wieder gehen?«

»Ja, habt Dank. Aber schickt ein paar Hafenburschen herüber, damit sie die Fässer abladen. Vorher bewege ich mich hier nicht weg.«

»Machen wir«, sagte Werner und ging mit Ewald davon.

Es dauerte nicht lange, bis die beiden Fässer von dem Kahn heruntergeholt waren. Matthis hatte dem Wirt noch geholfen, diese auf den Karren zu verfrachten, und ließ sich gerade das Geld dafür aushändigen, als er eine kleine Gruppe von Männern zu ihnen herüberkommen sah. Er erkannte deren Gesichter sogleich. Es waren die Bremer Händler und Wirte, mit denen Albert und er vor einigen Monaten die Vereinbarungen getroffen hatten.

»O nein!«, entfuhr es Matthis.

»Was ist?«, fragte Conrad, der genau wie Friedrich und Wendel bei den Fässern mit angefasst hatte.

»Rasch, hol deine Mutter!«, forderte Matthis ihn auf.

Conrad sah sich suchend um und entdeckte Isabel ein Stück entfernt. Sie hatte sich nach der langen Fahrt ein wenig die Beine vertreten wollen und hätte beim Abladen ohnehin nicht geholfen. So flink er konnte, lief er hinüber und richtete ihr aus, was Matthis gesagt hatte. Isabel raffte die Röcke und erreichte Matthis, nur einen Moment nachdem auch die Männer bei ihm angekommen waren.

»Uns wurde zugetragen, dass es im Hafen Schwierigkeiten gibt. Da haben wir uns doch wohl hoffentlich verhört. Schließlich haben wir lange darauf gewartet, dass Ihr uns den versprochenen Wein bringt.«

Matthis warf Isabel einen Hilfe suchenden Blick zu. Abwechselnd erklärten er und Isabel den Händlern und Wirten, weshalb sie die getroffenen Vereinbarungen nicht einhalten konnten. Doch ihre Worte stießen auf taube Ohren.

»Ihm habt Ihr den Wein gegeben.« Einer der Händler deutete auf den Wirt, der mit seinen zwei Fässern den Hafen soeben verließ. »Ist er Euch also lieber als wir? Sind wir für Euch nur minderwertige Händler?«

»Aber nein, so ist es doch nicht gemeint«, versuchte Matthis verzweifelt, die Männer zu besänftigen, damit die Stimmung nicht weiter hochkochte.

»Was würdet Ihr an unserer Stelle tun?«, fragte nun Isabel. »Wir haben nur diesen Wein. Mehr ist nicht da. Wir brauchen das Geld, das wir damit verdienen, um Setzlinge zu kaufen, damit wir unseren verbrannten Weinberg wieder neu bepflanzen können. Verkaufen wir diese Fässer an Euch, verdienen wir nicht genug, um alles zu bezahlen. Deshalb frage ich, was würdet Ihr an unserer Stelle tun?«

»Keine vollmundigen Versprechungen machen, die ich nachher nicht einhalten kann«, gab einer der Männer schroff zurück.

»Als Matthis und Albert die Geschäfte mit Euch abschlossen, konnten wir nicht ahnen, dass unser Weinberg in Rauch aufgehen würde.«

»Das ist nicht unsere Sache. Ich will meinen Wein, und zwar sogleich. Und glaubt bloß nicht, dass ich Euch wegen Eurer rührseligen Geschichte mehr bezahle, als vereinbart war«, entgegnete ein anderer und spuckte auf den Boden.

»Mir reicht auch ein Fass statt zwei.« Einer der Wirte trat vor. »Ich kann nachempfinden, in welch schwieriger Lage Ihr seid. Gebt mir ein Fass, ich werde einen Weg finden, das zweite Fass woanders herzubekommen.«

Isabel sah den Mann an. Er war hochgewachsen und hatte weizenblondes Haar, das in der Sonne schimmerte. Am liebsten wäre sie ihm um den Hals gefallen. »Habt Dank!«

Matthis seufzte. »Das, was wir haben, wird dennoch nicht reichen«, stellte er klar.

»Dann müsst Ihr eben auf das Hansefest verzichten. Gebt mir Eure Schankerlaubnis. Ich übernehme Euren Stand«, sagte der Wirt, der sie zuvor schon so schroff angefahren hatte.

»Ihr versteht mich nicht.« In Matthis' Stimme schwang Verzweiflung mit. »Der Wein, den wir haben, reicht nicht für Euch alle.«

»Dann teilen wir ihn eben auf«, schlug einer der Männer vor, der sich bisher nicht zu Wort gemeldet hatte.

»Warum sollen wir teilen, während der Wirt der ›roten Sau‹ die volle Menge bekommen hat?«

»Er ist schon weg. Was willst du machen, hingehen und ein Fass zurückholen?«

Die Männer gerieten zusehends in Streit, alle redeten durcheinander, zankten und beschimpften sich.

»He, he!« Ein weiterer Mann war zu ihnen getreten. »Was gibt es denn hier zu streiten?«

»Ah, Vogt, gut, dass Ihr kommt! Die Winzer hier wollen uns unseren Wein nicht geben.«

»Das stimmt so nicht«, hielt Matthis dagegen.

»Einer nach dem anderen«, entschied der Vogt und wandte sich dann an den Wirt, der Matthis und Isabel angeboten hatte, nur ein Fass statt der bestellten zwei zu fordern. »Burkhard, du scheinst mir der Besonnenste zu sein. Sag du mir, um was es hier geht.«

Der Angesprochene erklärte dem Stadtvogt, so gut es ging, welchen Konflikt es gab.

»Hm«, machte der Vogt, nachdem er sich alles angehört hatte. »Kommt es so hin, dass dies der Kern des Streits ist?«

Alle nickten mit den Köpfen.

»Also, Vogt, was sagt Ihr?«, wollte der Wirt wissen.

Der Stadtvogt sah von Isabel zu Matthis und wieder zurück. »Ihr Winzer habt Euch da in eine unangenehme Lage gebracht. Wenn Ihr mich fragt, wärt Ihr mit Eurem Wein besser nicht hierhergekommen, wenn Ihr Euch nicht an die getroffenen Vereinbarungen halten könnt.«

»Aber wir hatten doch keine Wahl«, versuchte Isabel zu erklären. »Das Feuer hat uns alles genommen.«

»Ich bedauere, Winzerin, doch Ihr seid hier in Bremen. Wir ziehen keine Reben, wir treiben Handel. Und zu einem solchen habt Ihr Euch verpflichtet.«

»Aber …«, wollte Isabel aufbegehren, doch der Stadtvogt brachte sie mit einer Geste zum Schweigen.

»Die Wirte und Händler haben recht«, entschied er. »Alles, was Ihr habt, wird abgeladen und aufgeteilt, sodass die Einbußen der Bremer so gering wie möglich gehalten werden.«

»Und das Hansefest?«, fragte Matthis kraftlos.

Der Stadtvogt zuckte mit den Achseln. »Wenn Euch noch etwas einfällt, was Ihr statt des Weines verkaufen könnt, so seid Ihr willkommen. Wenn nicht, freut Euch über die Gastfreundschaft, die Euch zuteilwird. Und nehmt es nicht so schwer! Auch wir Bremer haben harte Zeiten erlebt. Umgebracht haben sie uns dennoch nicht.«

19. Kapitel

Isabel konnte nichts anderes tun, als zuzusehen, wie Fass um Fass abgeladen wurde.

»Diese hier sind ganz leicht«, rief einer der Hafenburschen vom Kahn herüber. »Ich glaube, sie sind nicht gefüllt.«

»Die drei großen Fässer dort hinten müssen nicht abgeladen werden«, hörte sie Matthis rufen. »Sie waren für unseren Stand gedacht.«

Der Stadtvogt ging auf den Kahn, um sich selbst zu überzeugen, dass es stimmte. Matthis folgte ihm und zeigte ihm das Gestänge, das an den Halterungen, die an den Fässern angebracht waren, befestigt werden sollte, um so einen Stand zu errichten.

»Ich verstehe«, sagte der Stadtvogt. »Gute Arbeit. Der Zimmermann, der das gebaut hat, ist begabt.«

»Ich werde es ihm ausrichten«, erwiderte Matthis bitter. »Schließlich werde ich das Gestänge wieder mit zurücknehmen, ohne es auch nur einmal benutzt zu haben.«

»Ach, das wird schon wieder«, versuchte der Stadtvogt dem jungen Winzer ein wenig Mut zuzusprechen. »Ihr werdet wieder auf die Beine kommen, Brand hin oder her. Wenn Ihr etwas tun wollt, hofft nie auf das Verständnis der anderen. Die gucken auch nur auf sich. Genau wie Ihr.«

Matthis' Blick fiel auf den Korb mit Schweinsblasen, in die sie den Wein in kleinen Mengen hatten füllen wollen, um ihn an die Festbesucher zu verkaufen. »Alles umsonst«, gab er tonlos von sich.

Friedrich winkte ihm vom Hafen aus zu. »Sie wollen mit der Aufteilung beginnen«, rief der Bruder ihm zu.

»Ich komme.«

Conrad, Friedrich und Wendel sahen traurig zu, wie die Fässer aufgeteilt wurden und die Männer ein Fass nach dem anderen auf ihre Karren luden. Sie waren so frohen Mutes gewesen, als sie nach Bremen aufbrachen. Und nun, so empfanden sie es, widerfuhren ihnen die gleichen Ungerechtigkeiten wie zuvor in Gysinheym, obwohl sie nichts Falsches getan hatten. Ihnen war zum Heulen zumute.

Isabel stand etwas abgewandt und hörte nur mit halbem Ohr zu, als Matthis die Geschäfte zum Abschluss brachte.

»Eigentlich ist Bremen ganz schön, und die Menschen, die hier leben, sind freundlich.« Burkhard, der Wirt, der von sich aus auf eines der Fässer verzichtet hatte, war an sie herangetreten. »Darf ich Euch und Eure Söhne wenigstens zu einem Essen in mein Haus einladen? Als kleine Wiedergutmachung.«

Isabel bemühte sich um ein Lächeln. »Danke. Aber wir fahren wieder zurück, sobald das hier erledigt ist.«

»Noch heute? Wollt Ihr nicht wenigstens noch einen Tag in Bremen verweilen?«

Isabel schüttelte den Kopf. »Ich glaube nicht, dass auch nur einer von uns einen Tag länger hierbleiben will.«

»Weiß Euer Schiffer das auch?« Burkhard schien amüsiert. »Seitdem das Abladen begonnen hat, beklagt er sich lautstark, dass er bei dem Lärm nicht schlafen kann.«

»Er kriegt genug Geld für die Überfahrt«, entgegnete Isabel tonlos. »Also soll er schlafen, wenn wir wieder in Vlotho sind.«

»Das war das letzte Fass«, hörte Isabel den Stadtvogt sagen. »Soweit ich es beurteilen kann, sind nun alle zufrieden.«

»Nur wir nicht«, gab Matthis zurück, was aber niemand zur Kenntnis nahm.

»Es war schön, Euch kennenzulernen«, sagte Isabel an den Wirt gewandt. »Habt noch einmal vielen Dank für Euer Entgegenkommen.«

»Sagt Ihr mir Euren Namen?«, fragte Burkhard.

»Isabel. Isabel Velten.«

»Mein Name ist Burkhard Wedel. Wenn es Euch doch noch einmal nach Bremen verschlagen sollte und Ihr uns nicht mehr zürnt, so fragt nach mir. Es wäre mir eine Freude, Euch wiederzusehen.«

Isabel lächelte, versprach nichts, lehnte jedoch auch nicht ab. »Lebt wohl, Burkhard Wedel. Gott schütze Euch.«

»Gott schütze Euch, Isabel Velten.« Er wirkte enttäuscht, als er kehrtmachte und davonging.

Isabel sah ihm noch kurz nach, dann trat sie zu Matthis und den anderen. »Kommt. Fahren wir zurück.«

»Wenigstens für den Moment haben wir reichlich Geld«, sagte Matthis und hielt das volle Säckchen hoch.

Wendel standen Tränen in den Augen, als die fünf den Kahn betraten.

»Was soll das werden?«, rief der Schiffer ihnen entgegen, kaum dass sie drüben waren.

»Ihr habt es doch gesehen«, sagte Isabel. »Es gibt hier nichts mehr für uns zu tun. Wir fahren zurück.«

»Aber nicht mehr heute!«, stieß der Schiffer aufgebracht hervor. »Ich werde mich jetzt einige Stunden aufs Ohr legen. Habe die letzten Tage kaum Schlaf gekriegt. Bezahlt mir doch keiner, wenn ich den Kahn vor Müdigkeit irgendwo dagegensetze.«

Die fünf Passagiere sahen sich ratlos an.

»Wir könnten zu Simon und Ludger gehen«, schlug Conrad vor. »Womöglich freuen sie sich, uns zu sehen.«

Matthis und Isabel tauschten einen gehetzten Blick.

»Simon und Ludger …« Matthis schluckte schwer. »Auch ihnen haben wir Wein versprochen. Und nun sind sie die Einzigen, die keinen mehr bekommen.«

Isabel schloss für einen kurzen Moment die Augen. »Lasst uns zu ihnen gehen und ihnen erklären, was geschehen ist. Ich möchte nicht, dass sie am Ende denken, wir hätten allen anderen Wein gebracht, nur ihnen nicht.«

Der Schiffer breitete seine Decke aus und rollte sich auf die Seite, noch bevor die fünf den Kahn verlassen hatten.

Wer es nicht besser wusste, hätte geglaubt, die kleine Gruppe schlendere zum Vergnügen durch die Stadt. Dabei gingen sie nur langsam, weil ihnen die Begegnung mit Simon und Ludger bevorstand und keiner von ihnen es eilig hatte, ausgerechnet die zu enttäuschen, mit denen gerade erst Freundschaftsbande geknüpft worden waren.

»Sie waren doch dabei«, sagte Friedrich. »Ich bin sicher, dass sie es verstehen werden.«

»Verstehen vielleicht«, gab Conrad zurück. »Doch rechnen sie mit unserem Wein.«

»Wir können nur hoffen, dass sie bei Mélisande genug geordert haben und auf unsere Weinfässer nicht angewiesen sind.« Wendel atmete geräuschvoll aus.

Isabel und Matthis hatten kein Wort mehr gesagt, seit sie den Hafenbereich verlassen hatten.

»Mutter, Matthis?«, sprach Conrad sie an.

»Wir hören euch«, antwortete Isabel. »Keine Sorge. Sobald wir bei Ludger und Simon sind, werden wir uns wieder zusammennehmen.«

Matthis sah nicht hoch. Isabel ahnte, wie elend ihm zumute war. Genau wie sie hatte er seine ganze Hoffnung auf das Hansefest gesetzt. Und nun würden sie nicht einmal einen Stand dort haben.

»Ich erkenne es wieder«, rief Wendel kurze Zeit später. »Das Haus dort vorn, das ist es.« Er deutete mit dem Arm.

Alle fünf gingen die Stufen hinauf. Während Isabel an die Tür trat und klopfte, blieben die jungen Männer auf der vorletzten Stufe stehen. Nach einer Weile klopfte sie noch einmal. Wieder geschah nichts. Erst als sie ein drittes Mal geklopft hatte und sich schon zum Gehen wandte, wurde die Tür geöffnet.

Eine kleine, rundliche Frau streckte ihren Kopf heraus. »Ja?«

»Wir möchten zu Ludger und Simon. Wir sind Bekannte aus Gysinheym.«

Die Frau öffnete die Tür ein Stück weiter. »Es tut mir leid, sie sind nicht da.« Die Frau presste die Lippen aufeinander. »Schon seit Monaten nicht. Sie müssten längst zurück sein«, brach es dann aus ihr heraus. »Das Hansefest beginnt in zwei Tagen. Schon vor Wochen habe ich sie zurückerwartet. Nicht einmal eine Botschaft habe ich von ihnen erhalten. Hoffentlich ist ihnen nichts zugestoßen!«

»Beruhigt Euch doch«, mahnte Isabel mitfühlend. »Als sie uns besucht haben, waren sie wohlauf.«

»Ihr seid aus Gysinheym, sagtet Ihr?«

»Ja. Nach dem Besuch bei uns wollten sie nach Hause zurückkehren.« Isabel stockte. Erst jetzt wurde ihr bewusst, dass dies Wochen her war. Erschrocken schlug sie die Hand vor den Mund. »Wann waren sie zuletzt hier?«

»Sie haben sich vor Monaten auf den Weg gemacht«, klagte die Haushälterin. »Sie wollten ihre übliche Handelsreise machen, bis nach Frankreich fahren und dann wieder heimkehren.«

»Sie kamen gerade aus Frankreich, als sie bei uns waren.« Isabels Stimme erstickte.

Die Haushälterin riss die Augen auf. »Dann ist ihnen etwas zugestoßen!« Tränen traten ihr in die Augen. »Ich wusste es. Ich wusste, dass dieser Tag kommen würde. O nein, o nein, o nein, o nein!«, jammerte sie.

Isabel drehte sich zu den anderen um und sah in ratlose Gesichter.

»Gute Frau«, sie wandte sich wieder der Haushälterin zu, »gewiss haben sie eine ganz besondere Handelsofferte erhalten und deshalb einen Umweg gemacht. Sorgt Euch nicht. Sie werden heimkommen, ganz bestimmt.«

Die Haushälterin war in Tränen ausgebrochen.

»Bitte sagt ihnen, sobald sie heimkommen, dass wir hier waren.«

»Wie war noch Euer Name?«

»Isabel Velten. Sagt ihnen, die Veltens und die Staubers waren hier und hoffen, sie bald wiederzusehen.«

»Das werde ich.« Die Haushälterin schniefte. »Wenn ich sie denn je wieder zu Gesicht bekomme.«

»Sie werden heimkommen. Ich bin ganz sicher«, versuchte Isabel, der Frau Mut zuzusprechen, wenngleich auch sie kein gutes Gefühl hatte. Was könnte die beiden Männer veranlasst haben, ihre Reise um so viele Wochen zu verlängern? Wirklich nur ein gutes Geschäft, wie sie es der Haushälterin gesagt hatte? Isabel bezweifelte es.

»Gott schütze Euch«, sagte Isabel zum Abschied.

Die Antwort der Haushälterin ging in einem lauten Schluchzen unter. Dann schloss sie die Tür.

»Und jetzt?«, fragte Friedrich, als sie den Weg zurückgingen, den sie gekommen waren.

»Lasst uns dorthin gehen, wo das Hansefest stattfinden wird«, schlug Matthis vor. »So wissen wir wenigstens, was wir verpassen.«

»Und das willst du wirklich tun?«, vergewisserte Isabel sich.

»Hast du einen besseren Vorschlag? Ansonsten bleibt uns nichts anderes übrig, als zu dem Kahn zurückzugehen und dort zu warten, bis der Schiffer genug Schlaf bekommen hat. Auch nicht gerade die beste Aussicht.«

Isabel blickte die anderen an. »Was sagt ihr?«

Friedrich zuckte mit den Schultern, Conrad sah sie teilnahmslos an. »Ja, lasst uns hingehen«, meinte dann Wendel freudlos.

Je näher sie dem Festplatz kamen, wo das Hansefest stattfinden würde, desto mehr glichen die Geräusche dem Summen eines Bienenstocks. Es war eigenartig. Die ganze Stadt schien in gemächlicher Ruhe ihrem Tagesgeschäft nachzugehen, doch als sie in die Gasse einbogen, die zum Festplatz führte, sahen sie Menschen, dicht an dicht gedrängt, die sich eifrig bemühten, ihre Stände aufzubauen und herzurichten, um bereit zu sein, wenn das Hansefest eröffnet wurde. Es roch nach Kräutern und Gewürzen, die Menschen lachten und scherzten miteinander, manche fuhren einander unwirsch an – eben ganz so, wie es immer bei solchen Gelegenheiten war, nur dass das eigentliche Fest noch gar nicht begonnen hatte.

Die Gysinheymer gingen weiter, grüßten die, an denen sie vorbeikamen, mit einem Kopfnicken und bestaunten die Vielfalt der Waren, die hier ab übermorgen feilgeboten würden. Matthis winkte erfreut, als er ein bekanntes Gesicht in der Menge entdeckte. Auch Friedrich, Wendel und Conrad beeilten sich, zu der allem Anschein nach reichen Bürgerin zu gelangen. Nur Isabel hatte diese nie zuvor gesehen. Die Begrüßung der jungen Männer und der zarten Frau mit den langen weizenblonden Haaren fiel herzlich aus.

»Mutter«, rief Conrad und winkte sie heran. »Das ist Anna von Goossen, die Duftnäherin. Wir haben dir von ihr erzählt.« Er wandte sich wieder der anderen Frau zu. »Das ist meine Mutter, Isabel Velten.«

Die beiden Frauen begrüßten sich.

»Wo ist Albert?«, fragte die Duftnäherin. »Und deine Mutter, Matthis … wie war doch gleich ihr Name?«

Die Gysinheymer blickten traurig zu Boden und schwiegen betreten.

»Albert war mein Sohn«, ergriff Isabel sodann das Wort. »Er ist ebenso wie Hanna bei einem schrecklichen Feuer ums Leben gekommen.«

Anna von Goossen schlug erschrocken die Hand vor den Mund. »Beim Herrn, das darf doch nicht wahr sein!«

»Leider ist es so.«

Die Duftnäherin sah sich um. »Hier in diesem Getümmel kann man kaum sein eigenes Wort verstehen. Darf ich Euch zu mir nach Hause einladen? Ich bin mit meinen Vorbereitungen schon fast fertig. Den Rest kann ich ebenso gut morgen erledigen.«

Die Gysinheymer tauschten Blicke.

»Aber wir wollen Euch wirklich nicht die Zeit rauben«, wandte Isabel ein.

»Bitte, seid meine Gäste!«, wiederholte die Duftnäherin ihre Einladung.

Nach einem weiteren Blick stimmte Isabel zu, und gemeinsam gingen sie in die Richtung zurück, aus der sie gekommen waren. »Hier waren wir heute schon einmal«, sagte Isabel zu Anna. »Wir wollten Ludger und Simon besuchen, doch sie waren nicht da.«

»Ich weiß.« Anna von Goossen seufzte. »Sie sind schon seit Wochen überfällig. Magda, ihre Haushälterin, weiß vor Sorge nicht mehr ein noch aus.«

Ein Wachmann öffnete ihnen die Tür und begrüßte seine Herrin und die Gäste.

»Gib Gertrud Bescheid, dass sie auftragen möge«, sagte Anna zu dem Wachmann, der sich beeilte, dem Befehl seiner Herrin Folge zu leisten.

»Setzt Euch doch«, bat die Duftnäherin, nachdem sie ihre Gäste ins Esszimmer geführt hatte.

Isabel sah sich um. »Wirklich, so ein schönes Heim habe ich nie zuvor gesehen.«

»Das Haus gehörte früher meinem Großvater. Das meiste ist noch von ihm. Er war Händler und hat die fernsten Länder bereist. Vieles von dem, was Ihr hier seht, hat er von diesen Reisen mitgebracht.«

»Einzigartig«, staunte Isabel.

»Ja, und genau so war er auch.« Es war der Duftnäherin anzumerken, dass sie den Mann, von dem sie sprach, sehr geliebt haben musste.

Eine Frau kam mit einem Tablett herein und stellte es auf dem Tisch ab.

»Gertrud, unsere Gäste kommen aus Gysinheym. Sie sind Winzer.«

Die Haushälterin lächelte. »Das ist gut. Uns geht langsam der Wein aus.« Dann ging sie wieder hinaus.

»Doch nun sagt mir, was ist mit Eurem Sohn«, Anna wandte sich zu Matthis, »und Eurer Mutter geschehen?«

Isabel erzählte, was sich ereignet hatte, und ließ auch nicht unerwähnt, dass ein missgünstiger und geldgieriger Bischof dafür verantwortlich war.

»Ein Bischof?«, fragte Anna nach. »Konnte man ihn der Tat überführen?«

»Er hat seine Strafe bekommen. Aber nicht nur wegen der Brandstiftung, sondern auch weil er nicht davor zurückschreckte, unseren Abt ermorden zu lassen. Am Ende hat man ihm den Kopf abgeschlagen.«

Die Duftnäherin machte große Augen. »Gysinheym scheint kein besonders friedvoller Ort zu sein.«

»Die letzten Monate waren hart für uns. Die ständige Sorge wegen der Verträge, die Todesfälle, und kaum dass wir hier sind, geht es weiter. Wir scheinen das Unglück geradezu anzuziehen.«

»Weshalb das?«

Matthis erzählte, was sich am Hafen zugetragen hatte.

Die Duftnäherin senkte den Blick. »Leider wundert mich das nicht. Und wenn ich ehrlich bin, kann ich die Männer sogar ein Stück weit verstehen. Jeder von ihnen hofft, auf dem Hansefest das große Geld zu machen. Im letzten Jahr waren die Einnahmen so hoch, dass wir hiervon einen Großteil unserer Schulden bezahlen konnten. Die Bremer waren schon immer Kaufleute, jedem geht es um das Gewicht der Münzen in seinem Beutel.«

»Im Grunde verstehe auch ich ihr Verhalten«, gestand Isabel ein. »Doch macht es unsere Sorgen nicht geringer. Morgen werden wir nach Gysinheym zurückfahren, und schon jetzt wissen wir, dass das Geld, das wir verdient haben, nicht einmal für einen Bruchteil der notwendigen neuen Setzlinge reichen wird.«

»Wo werdet Ihr heute Nacht schlafen?«

»Auf dem Kahn, der uns hergebracht hat. Dann können wir morgen in aller Frühe aufbrechen, sobald der Schiffer wach ist.«

»Macht mir die Freude und bleibt heute Nacht hier«, bat die Duftnäherin. »Dann lernt Ihr meinen Mann Gawin und unsere Kinder kennen. Unsere Zwillinge Rafael und Robert sind gerade neun geworden, und unsere Sophie wird nächsten Monat sieben Jahre alt. Bitte. Sie würden sich gewiss freuen, Euch kennenzulernen.«

Matthis und Isabel tauschten einen zweifelnden Blick. Die drei anderen waren hingegen Feuer und Flamme.

»Bitte, Mutter!« Conrad sah sie flehend an.

»Ihr seid wirklich sehr großzügig. Wir nehmen Eure Einladung mit Freuden an.«

Es wurde ein ausgesprochen heiterer Abend. So viel hatten die Familien sich zu erzählen. Annas Mann Gawin, der eine Zimmerei unterhielt, wusste die Gäste ebenso gut zu unterhalten wie seine Frau. Gemeinsamkeiten taten sich auf und ebenso Unterschiede. So wie in Gysinheym jede fünfte Familie mit den Reben zu tun hatte, schien es in Bremen neben einer Handvoll Handwerker nur Kaufleute, Kaufleute und wieder Kaufleute zu geben. Die Duftnäherin wurde von ihren Gästen gedrängt zu erzählen, wie sie auf den Einfall mit den Duftkleidern gekommen war, und Gawin gab eine Geschichte über eine rätselhafte Mordserie zum Besten, die sich im letzten Jahr in der Stadt zugetragen hatte und deren Aufklärung die schreckliche Erkenntnis hervorbrachte, dass Andres, ein Zimmermann aus Gawins Werkstatt, hinter den Taten steckte. Gawin betonte, dass Andres kein schlechter Mensch war und der erste Mord eigentlich ein Unfall gewesen war. Danach hatte er jedoch wieder und wieder getötet, weil eins zum anderen kam und ständig die Gefahr lauerte, entdeckt zu werden.

Es war spät, schon weit nach Mitternacht, als die Runde sich schließlich auflöste und Anna den Gästen ihre Kammern zeigte. Dennoch bestand die Duftnäherin darauf, dass sie mit ihnen zusammen in aller Frühe das Morgenmahl einnehmen würde, um die Gäste gebührend verabschieden zu können. So geschah es dann auch, wenngleich Isabel große Schwierigkeiten hatte, ihre müden Glieder zu erheben. Die Lagerstatt, die die Duftnäherin ihr bereitgestellt hatte, war einfach zu bequem.

Die Verabschiedung fiel herzlich aus, verbunden mit dem beidseitigen Versprechen, einander zu besuchen und dann einige Tage als Gast zu verweilen. Isabel hatte die Zeit mit Bremens Duftnäherin genossen. Sie hatten sich auf Anhieb gut verstanden, und Isabel hatte das Gefühl, womöglich eine neue Freundin gefunden zu haben, auch wenn diese Hanna niemals würde ersetzen können.

Als sie den Hafen erreichten, stand der Schiffer ein wenig entfernt vom Anleger und erleichterte sich in die Weser. Isabel bat die anderen, langsamer zu gehen. Wenn sie eines gewiss nicht brauchen konnte, war es, einem Schiffer entgegenzutreten, der sein bestes Stück noch nicht wieder unter der Kleidung verstaut hatte. Als sie sahen, dass er fertig war und über die Planke wieder auf den Kahn ging, kamen auch sie herüber und begrüßten ihn.

Isabel betrachtete den Kahn, der neben ihrem festgemacht hatte und auf dem Dutzende Weinfässer gestapelt waren. Matthis folgte ihrem Blick. »Da kommt die nächste Lieferung für das Hansefest«, stellte er mit Bitterkeit in der Stimme fest. »Was würde ich dafür geben, diese vollen Weinfässer mein Eigen nennen zu dürfen.«

»Können wir dann?«, rief der Schiffer.

»Ja«, gab Matthis ebenso laut zurück.

Der Bootsjunge zog die Planke ein, löste das Seil und schleuderte es zum Kai hinüber.

Isabel warf einen letzten Blick auf Bremen, die Stadt, von der sie nicht wusste, was sie von ihr halten sollte. Auf der einen Seite Anna, Gawin, ihre Kinder. Und auch Ludger und Simon, von denen Isabel nur hoffen konnte, dass sie alsbald sicher heimkehren würden. Auf der anderen Seite die Wirte und Händler, die keinen Finger gerührt hatten, um ihnen zu helfen. Doch warum sollten sie auch? Sie waren Fremde. Hätte Isabel selbst es anders gemacht, wäre das Gleiche in Gysinheym geschehen? Sie wusste es nicht. Als sie sich umdrehte, nahm sie aus dem Augenwinkel eine Bewegung am Ende des Hafens wahr. Sie blickte auf das Wasser, während der Schiffer und der Bootsjunge den Kahn mit Stangen von der Kaimauer abstießen.

Ein schriller Pfiff durchbrach die morgendliche Stille, dann noch einer. Die Gysinheymer sahen sich an, wussten zunächst nicht, woher das Geräusch gekommen war.

»Dort!«, rief Conrad auf. »Seht nur! Simon! Es ist Simon!« Conrad hob den Arm und winkte dem Mohren heftig zu.

»Haltet ein!«, rief Matthis dem Schiffer zu. »Wir müssen noch mal anlegen.«

Der Schiffer stieß einen Fluch aus, bedeutete dann aber dem Bootsjungen, mit ihm auf die andere Seite zu gehen und die Stangen so zu setzen, dass sie wieder anlegten.

Simon war das letzte Stück gerannt. Seine Haltung entspannte sich, als er sah, dass sie wieder zurückkamen. Er winkte und zeigte immer wieder auf den anderen Kahn. Isabel wusste nicht, was er ihnen bedeuten wollte, aber das war auch nicht wichtig. Sie war erleichtert, ihn gesund vor sich zu sehen.

Simon warf dem Bootsjungen das Seil zum Vertäuen zu.

Friedrich und Wendel griffen die Planke, noch bevor der Kahn ganz still lag. Simon packte das andere Ende und drückte es mit seinen Händen fest auf den Boden. Matthis balancierte als Erster hinüber, gefolgt von seinen Brüdern und Conrad. Isabel kam als Letzte, beobachtete genau, ob die Planke sicher lag. Als sie fast drüben war, erhob sich Simon und streckte ihr die Hand entgegen. Sie stolperte, doch der Mohr hielt sie fest, sodass sie wohlbehalten das Ufer erreichte. Überschwänglich begrüßten sie einander, erst Simon und Isabel, dann auch die anderen.

»Wir sind heilfroh, dass Euch nichts zugestoßen ist«, brachte Isabel erleichtert hervor. »Eure Haushälterin ist krank vor Sorge gewesen.«

»Ja, Vater und ich werden uns noch einiges von Magda anhören müssen, weil wir erst jetzt heimgekehrt sind. Wäre ihre Haut nicht so hell, man könnte glauben, sie wäre meine Mutter.«

Isabel lachte auf. »Nur kurze Zeit später, und wir hätten uns nicht mehr gesehen. Woher wusstet Ihr, dass wir hier sind?«

Simon lächelte. »Nun, dass Ihr in Bremen seid, wusste ich von Anna und Emilia. Und dass Ihr Euch gerade auf den Rückweg nach Gysinheym gemacht habt, wusste ich von der Duftnäherin. Ich bin ihr begegnet, als ich Euch auf dem Hansefestplatz suchte.«

»Langsam«, bat Isabel. »Anna und Emilia? Ihr wart also in Gysinheym?«

»Ja, Vater und ich. Der Arme sucht Euch wohl noch immer auf dem Hansefest.«

Matthis sah den Mohren verwirrt an. »Verstehe nur ich nicht, was Ihr da redet, oder geht es euch anderen auch so?«

»Ich habe etwas für Euch. Das wird es rasch erklären.« Simon zog eine Pergamentrolle hervor und reichte sie Isabel. Diese schlug überwältigt die Hand vor den Mund, als sie die Schrift erkannte.

»Was steht da, Mutter?«

»Ja, lies vor«, forderte Wendel.

Isabel atmete mehrmals tief durch, bis sie sich wieder gefangen hatte. Dann las sie laut vor:

> *Meine liebe Isabel!*
> *Ich war erschrocken und bestürzt, als ich erfuhr, was für ein schreckliches Schicksal dich und die Deinen ereilt hat. Es gibt keine Worte, die meine Betroffenheit angemessen beschreiben könnten. Es tut mir unendlich leid! Auch wenn es heißt, es geschehe, wie es dem Herrn, unserem Gott,*

gefalle, hadere ich doch in manchen Momenten des Lebens mit dem, was er uns auferlegt. Und dennoch, meine liebe Isabel, bin ich gewiss, dass du diese Bürde tragen kannst. Du wirst stark sein für deine Lieben, für die, die dich brauchen.

Und mein tiefer Wunsch ist es, dich hierbei zu unterstützen auf die einzige Art, wie ich dir zu helfen vermag. Lass mir eine Botschaft zukommen, wann du die Setzlinge brauchst, um deine Hänge neu erblühen zu lassen, und scheue dich nicht, so viele Setzlinge einzufordern, wie ich nur geben kann. Und bitte verschwende keinen einzigen Gedanken daran, wie viel du mir für die Setzlinge schuldig sein wirst. Wir werden eine Vereinbarung finden, die es dir erlaubt, dies erst in den kommenden Jahren zu begleichen, wenn die Reben reichlich einbringen.

Simon berichtete mir, dass du und die Deinen offenbar viele Geschäfte abschließen konntet, bevor die Flammen all eure Bemühungen zunichtemachten. Daher möchte ich dir nun mit neun großen und zwei Dutzend kleinen Fässern Wein aushelfen. Teile mir in deiner Botschaft mit, wie viel du hierfür bezahlen kannst, um selbst noch einen Gewinn zu haben. Ich bin schon jetzt mit dem von dir angebotenen Erlös einverstanden.

Liebe Isabel, seinerzeit kamst du auf meine Bitte hierher, ohne nachzufragen, und hast alle Bedenken überwunden, um Claude diesen letzten Gefallen zu erweisen. Aus diesem Grund werde ich für immer in deiner Schuld stehen. Doch diese Zeilen schreibe ich dir nur aus aufrichtiger

Freundschaft und weil ich dein Wesen bewundere. Bleibe tapfer! Bleibe stark! Sei ein Vorbild für deine Kinder und die Deinen und zeige all denen, die dich stolpern und scheitern sehen wollen, was eine Frau zu vollbringen vermag.

Ich erwarte deine Botschaft voller Ungeduld und werde selbst dafür Sorge tragen, dass dich das, was du brauchst, auf kürzestem Wege erreicht.

In tiefer Verbundenheit und mit dem Wunsch auf Gottes Segen

Deine Mélisande de Lazalle

Isabel liefen Tränen der Freude und Erleichterung über die Wangen, während Matthis, Friedrich, Conrad und Wendel laut aufjubelten. Conrad umfasste seine Mutter und hob sie hoch. »Wir haben Wein, Mutter, jede Menge Wein!« Er setzte Isabel wieder ab, die nun lachte, ohne dass die Tränen zu laufen aufhörten.

»Alles wird gut, Isabel«, sagte Simon in zärtlichem Tonfall. »All die Fässer dort auf dem Kahn sind für Euch. Verkauft auf dem Hansefest, was Ihr nur könnt!«

Isabel sah ihm in die Augen. Ihr war in diesem Moment egal, was jemand von ihr denken mochte. Sie trat an ihn heran und umarmte ihn. »Deshalb wart Ihr so lange fort? Weil Ihr unseretwegen noch einmal nach Frankreich gereist seid?« Sie löste sich wieder von ihm.

»Hätte es je einen besseren Grund geben können?«

20. Kapitel

Was für ein Fest! Nie zuvor hatte einer von ihnen etwas Vergleichbares erlebt. Diese Vielfalt, diese Pracht! Bunte Stoffe wurden neben Gewürzen, Obst und Kräutern feilgeboten, Stände mit Würsten und Broten, Wein und Bier reihten sich aneinander, dazwischen solche mit Schriften neben Ständen mit Holzarbeiten. Auf einem Podium, das eigens errichtet worden war, präsentierten Gaukler, Jongleure und Magier dem begeisterten Publikum ihre Kunststücke. Es gab nichts, was es nicht gab. Acht Tage lang feierten die Gysinheymer mit den Bremern wie im Rausch. Musik drang von überall her an ihre Ohren, die Menschen amüsierten sich, scherzten, lachten ausgelassen miteinander. Es war, als wäre das Leben ein einziges Fest.

Ihr Stand mit den großen Weinfässern als Unterkonstruktion und dem von Philipp gefertigten stabilen Gestänge, an dem die mit Wein gefüllten Schweinsblasen hingen, erregte Aufmerksamkeit und sorgte für Bewunderung. Und rasch sprach sich herum, dass bei dem Stand mit den Fässern der beste Wein ausgegeben wurde, der auf dem Fest zu bekommen war. So kam es, dass die Gysinheymer trotz der gewaltigen Menge, die Mélisande ihnen gesandt hatte, am siebten Tag ihren Stand abbauen mussten, weil kein einziger Tropfen mehr in den Fässern war.

Die ganze Woche über waren sie bei Ludger und Simon zu Gast. Es war eine herrliche, unbeschwerte Zeit, und Isabel fühlte sich zum ersten Mal seit Monaten wieder gut. Sosehr sie Emilia und Anna auch vermisste, musste sie doch zugeben, dass es ihr schwerfiel, die Bremer wieder zu verlassen. Und dies nicht nur wegen der Gastfreundschaft, die man ihnen entgegenbrachte. So fremd Simon auch aussehen mochte, so vertraut schien Isabel doch sein Wesen. Er hatte etwas an sich, das in ihr den Wunsch weckte, sich bei ihm anzulehnen und sich von ihm halten zu lassen.

Die Stimmung war gedrückt, als die fünf, begleitet von Ludger und Simon, zum Hafen gingen, um den Heimweg nach Gysinheym anzutreten. Besonders für Friedrich, Wendel und Conrad war es hart, nach den aufregenden, lauten und fröhlichen Tagen in Bremen in die Eintönigkeit Gysinheyms zurückzukehren.

»Im Frühjahr werden wir euch besuchen kommen«, kündigte Ludger an.

Isabel sah zu dem Kaufmann auf. »Das ist eine lange Zeit. Wenn euch der Winter hier in der Hansestadt zu erdrücken droht, kommt früher! Unsere Tür steht euch immer offen.«

Ludger umarmte die Winzerin herzlich, drückte sie an sich. »Du wirst mir fehlen, Isabel! Du und deine Jungs.«

»Und ihr werdet uns fehlen.« Sie musste die Tränen zurückhalten.

Während die anderen vier sich von Ludger verabschiedeten, trat Isabel an Simon heran. »Nun ist es also so weit.«

»Ich will nicht, dass du gehst.« Seine Stimme klang rau und eigenartig.

»Ich würde gern bleiben.«

»Dann tu es – lass die Weinberge Weinberge sein und bleib hier!«

»Das kann ich nicht, und das weißt du.«

»Ich will dich wirklich nicht gehen lassen.« Er atmete schwer aus.

Isabel lächelte. »Leb wohl, Simon. Gott schütze dich.«

»Und Gott schütze dich, Isabel.« Er kam näher, fast meinte Isabel, er wollte sie küssen. Sie sah ihn an, spürte in diesem Moment jedoch, dass sich die Blicke der anderen auf sie richteten, und machte einen Schritt zurück.

»Es wird Zeit.«

Sie wartete, bis alle sich Lebewohl gesagt hatten. Dann trat sie an die Planke, hob noch einmal die Hand, ging hinüber und betrat den Kahn.

»Warte!«

Matthis, der gerade die Planke überqueren wollte, drehte sich überrascht um.

Simon kam herangeeilt, schob sich an ihm vorbei, rannte über die Planke und sprang an Bord. Mit zwei großen Schritten war er bei Isabel, zog sie an sich und küsste sie. Isabel schloss die Augen, glaubte, den Boden unter den Füßen zu verlieren. Sie küssten sich weiter, hielten einander fest. Als sie die Umarmung endlich lösten, sah Simon ihr tief in die Augen. »Ich werde zu dir kommen, Isabel. Und dann werde ich dich nicht mehr loslassen.« Er gab ihr noch einen Kuss, machte abrupt kehrt und ging über die Planke wieder an Land.

Die anderen vier standen mit offenen Mündern da.

»Wird das heute noch was, oder wollen wir einen weiteren Tag bleiben?«, schnauzte der Schiffer, und erst jetzt löste sich Matthis aus seiner Starre, überquerte die Planke und half sodann Conrad, Friedrich und Wendel herüber.

Als der Kahn ablegte, liefen Isabel die Tränen über die Wangen. Ihr Blick war unverwandt auf Simon gerichtet, bis er kaum noch zu sehen war. Erst dann drehte Isabel sich zur Reling auf der anderen Seite und betrachtete die Landschaft, die an ihr vorbeizog. Bremen hatte ihnen viel gegeben. Doch das, was sie zurückließ, erschien ihr um ein Vielfaches mehr.

Epilog

Die Regenfälle im Herbst hatten die lockere schwarze Rußschicht von dem verbrannten Weinberg gewaschen. Noch bevor der erste Schnee in Gysinheym gefallen war, hatten die Veltens und die Staubers – mit der Hilfe der anderen Winzer, der Dörfler und auch der Mönche – die verkohlten Rebstöcke entfernt, den gesamten Hang umgegraben und ihn dann dem Winter übergeben, der alles mit einer weißen Schicht bedeckt hatte. Als der Boden wieder auftaute und die Tage länger wurden, sah der Hang aus, als hätte es dort nie eine einzige Traube gegeben, aber auch keinen Brand.

Gestern waren die Setzlinge eingetroffen, die Mélisande für Isabel auf den Weg gebracht hatte. Heute am frühen Morgen, noch bevor jemand anders im Hause wach war, nahm Isabel ihren Umhang und die warmen Schuhe, griff eine Schaufel, holte drei Setzlinge und stieg den Hang hinauf. Als sie ganz oben angekommen war, hob sie in gleichmäßigem Abstand drei Löcher aus, setzte die Pflanzen hinein und füllte mit den Händen die Erde auf.

Nur sie würde wissen, dass diese Rebstöcke in ihren Gedanken die Namen Albert, Hanna und Abt Dimitrius trugen und für Isabel mehr waren als nur Setzlinge. Sie waren ein Symbol des Lebens, der Hoffnung und auch der Unsterblichkeit. Und Isabel wusste, sie würden wachsen, gedeihen und stark werden. Kein Sturm würde je einen dieser Rebstöcke aus der Erde reißen können.

Isabel blieb dort oben sitzen, bis die ersten Sonnenstrahlen den Himmel rosa färbten. Sie war glücklich.

Printed in France by Amazon
Brétigny-sur-Orge, FR

31044333R00155